CW01666041

Malin Stehn est née en Suède en 1969. Diplômée en lettres et sciences humaines, elle a exercé le métier d'éditrice pendant des années avant de se tourner vers l'écriture de romans pour la jeunesse. *Sa Dernière Nuit*, son premier roman destiné à un public adulte, a rencontré un succès phénoménal et a été traduit dans le monde entier.

De la même autrice :

Sa Dernière Nuit
Se taire à jamais

CE LIVRE EST ÉGALEMENT DISPONIBLE AU FORMAT NUMÉRIQUE

www.editions-hauteville.fr

Malin Stehn

Se taire à jamais

Traduit du suédois par Élodie Coello

Hauteville

Hauteville est un label des éditions Bragelonne

Titre original : *Lycka Till*

© Malin Stehn 2023

Publié avec l'accord de Ahlander Agency

© Bragelonne 2025, pour la présente traduction

ISBN : 978-2-38122-781-8

Bragelonne – Hauteville
58, rue Jean Bleuzen – 92170 Vanves

E-mail : info@editions-hauteville.fr
Site Internet : www.editions-hauteville.fr

À Lukas et Elvira.

Prologue

Emily

Il est allongé au pied de la pente raide. Les pans de sa veste de smoking sont retroussés sous son dos, son bras droit est tordu dans un angle peu naturel et sa joue repose lourdement sur l'herbe mouillée par la rosée. On dirait qu'il dort.

— Emily Brandt ?

Un grand policier en uniforme se dirige vers moi et le faisceau de sa lampe torche balaie le parc, soulignant brièvement le vert des arbres et des buissons avant de les laisser replonger dans l'obscurité.

— Nihlzén, rectifié-je. Emily Nihlzén.

— C'est vous qui l'avez trouvé ?

L'agent désigne le haut de la côte. Je lève les yeux et aperçois la pleine lune, suspendue comme une boule à facettes blafarde au-dessus de l'Öresund. On dirait un tableau, j'aimerais en profiter encore un peu, mais la lumière vive de la torche m'arrache à ma contemplation. Comme on me répète la question, je secoue la tête et chancelle.

— Vous voulez vous asseoir ?

Il me prend par le poignet. Je plante les talons dans le sol et rassemble la traîne sous mon bras.

— Non, ça va aller.

— Alors ce n'est pas vous qui l'avez trouvé ?

— Nos invités… (Je me tourne vers lui.) Comment… Qu'est-ce qu'on va leur dire ?

Sans répondre, il me conduit plus loin.

Nous remontons lentement le chemin de graviers. J'ai le corps lourd, mais il me semble planer ; mes pieds butent contre les cailloux.

On a éteint les lanternes. Une ambulance et deux voitures de police sont garées de travers dans la cour, elles jurent avec le décor et n'ont rien à faire là. Des voix agitées s'élèvent depuis la terrasse du château. Des femmes et des hommes en tenue de soirée se pressent contre la balustrade pour scruter le parc noyé dans l'ombre.

Quand nous arrivons au pied de l'escalier de la terrasse, la rumeur se tait. J'ai l'impression que tous les regards se posent à présent sur moi. Au travers du voile trouble de mes larmes, je vois mes escarpins blancs avaler chaque marche l'une après l'autre et laisse le policier m'accompagner jusqu'aux portes vitrées.

Il y a trop de gens pour un calme si lourd.

Mais à peine ai-je franchi le seuil de la salle de réception que le silence se rompt. Le bruit nous vient d'en bas, dans le parc. C'est d'abord une plainte étouffée, puis un cri déchirant.

Celui du désespoir profond qui bouleverse cette soirée du mois d'août.

Le mariage

1

Annika

Le soleil matinal a réveillé une mouche qui s'obstine à tourner autour de ma tête. J'essaie de l'ignorer pendant un moment, m'accroche à mon demi-sommeil. Finalement, je m'énerve. Elle ne peut pas aller bourdonner ailleurs ? Certes, mon appartement n'est pas immense, mais il y a bien assez de place pour nous deux. Quand la bestiole se pose pour la troisième fois sur mon nez, je veux la chasser d'une gifle, que je me prends finalement en pleine face.

Bon, le voilà. Ce samedi que j'essaie de repousser depuis plus de sept mois. Ce samedi marqué d'une croix noire dans mon agenda. Je soulève le plaid qui m'a servi de couverture pour la nuit et cherche à tâtons mon téléphone, qui a glissé entre deux coussins du canapé. L'écran fissuré indique 5 h 45. Il m'aurait fallu deux bonnes heures de sommeil de plus, au minimum. Mais ça y est, mon cerveau turbine, ce n'est même pas la peine d'espérer me rendormir.

Je laisse ma tête retomber sur les jolis coussins, le téléphone m'échappe et atterrit sur le tapis au pied de la table basse. Je ferme les yeux, parfaitement immobile, assaillie par des palpitations sourdes derrière mon front. Pourquoi ai-je autant bu hier ? S'il y avait bien un jour dans l'année où je devais rester fraîche, c'était aujourd'hui. Franchement, qu'est-ce qui m'a pris ?

Soyons honnête, j'étais parfaitement consciente de ce que je faisais. C'était le vendredi soir d'une semaine chargée, j'avais les nerfs en pelote et je savais que je ne trouverais jamais le sommeil sans alcool. Mon plan était d'engloutir une pizza avec un verre ou deux de vin rouge, pas plus. Le cubi posé sur la table basse semble indiquer que j'ai dépassé mon quota. J'ai mal au ventre. Est-ce à cause de ma gueule de bois ou de la date ? Va savoir.

La mouche s'est éloignée vers la fenêtre et se jette frénétiquement contre la vitre. Je compte sur mes doigts. Dans sept heures, je dois être prête, avoir fait mon sac et pris mon déjeuner. Dans sept heures, je dois être en état de prendre le volant. L'objectif me paraît hors d'atteinte. Comme une montagne à gravir. Ou plutôt une traversée du désert. J'ai la bouche pâteuse et ne sais même pas comment m'extirper de ce canapé pour aller boire de l'eau.

Et encore, me préparer, ce n'est rien comparé à ce qui m'attend au bout du chemin. Avec ma fidèle collègue Pirkko, j'ai passé des heures à chercher une bonne excuse. On a pensé à : « Je ne peux pas, je pars en voyage ce week-end-là », « Mince, mon chat doit se faire opérer, désolée » ou « J'ai une gastro ». Mais, restons lucide, aucune de ces excuses n'est valable. Et puis, au fond, je crois que j'ai envie d'y aller. Sinon, je n'aurais pas accepté, pas vrai ?

La lettre gisait sur mon paillasson un mercredi de janvier. Je rentrais tout juste du travail après un détour pour faire quelques courses. Sous la pluie battante fouettée par les vents, j'avais remonté la fermeture Éclair de ma doudoune jusqu'en haut et tiré ma capuche par-dessus mon bonnet en laine. Seuls mon nez et mes lunettes dépassaient.

J'ai tout de suite senti qu'un truc clochait. La couleur de l'enveloppe, rose pâle, m'a mis la puce à l'oreille, et puis cette écriture que je reconnaîtrais entre mille. Celle de ma fille.

Ce n'était pas vraiment une surprise. Pourtant, j'ai eu des palpitations en voyant cette graphie argentée joliment bouclée. Toujours emmitouflée dans ma doudoune, je me suis assise sur le tabouret près du meuble à chaussures et ai glissé le doigt sous le rabat pour le déchirer. Le papier collait à mes doigts moites et de la buée couvrait encore le verre de mes lunettes, mais j'ai pu clairement lire le message :

Bloquez la date !
Nous nous marions le 24 août 2019.
Les invitations et le déroulement de la journée vous parviendront sous peu.
Emily et William

Ces mots me donnent encore la chair de poule, je replie mes jambes sous le plaid. La mouche semble avoir renoncé à sa tentative d'évasion. Elle bourdonne toujours, mais le son faiblit.

J'aimerais être ailleurs. En fait, j'aimerais être quelqu'un d'autre. Les choses n'auraient pas dû se passer comme ça. Mais il faut être naïf pour croire qu'on peut contrôler sa destinée. La vie fait tout ce qu'elle veut, et pour celui ou celle qui chercherait à tout planifier, c'est la déception assurée.

2

Emily

— Je t'aime.

William embrasse mon front en sueur et roule vers son côté du lit, allongé sur le dos, le souffle court.

— Moi aussi…, halète-t-il. Je t'aime.

Un coup d'œil à l'horloge me fait me redresser d'un bond.

— Merde, William, on est à la bourre !

Je croise un regard bleu pétillant.

— C'est complètement ta faute, sourit-il. Tu avais qu'à ne pas être irrésistible.

Je m'assieds dans le lit et lui donne une tape avant de poser les pieds au sol, et me dirige vers la salle de bains.

— Allez, debout ! Tu dois bientôt rejoindre Ibbe, non ?

— Détends-toi, ma chérie, je gère.

Je me glisse vite dans la douche, fais couler l'eau et ferme les yeux. Enfin, c'est le grand jour, j'ai attendu tellement longtemps. J'imagine déjà toutes les scènes, elles s'enchaînent dans ma tête comme un film dont je connais d'avance le montage, les musiques qui constitueront sa bande originale et à quoi ressemblera la scène finale. Même topo pour les photos. Elles sont déjà gravées sur ma rétine, rangées mentalement dans un dossier étiqueté « Notre amour ». Ou un autre intitulé, peu importe.

— Tout va bien ?

La voix de William me fait sursauter. Il passe la tête dans la cabine, alors je décroche la douchette et vise directement son visage. Il y échappe de justesse.

— Désolé, dit-il en riant derrière la paroi transparente. C'était trop tentant.

Tout en me rasant les jambes, je passe en revue la liste des choses à faire. Il ne reste plus grand-chose, la plupart des cases sont cochées.

Cette année, j'ai consacré presque tout mon temps libre à éplucher les devis de location de salle, à goûter aux menus des traiteurs et à chercher la robe parfaite. J'ai choisi les fleurs, réservé les musiciens et la photographe, envoyé les faire-part, établi le plan de table et finalisé la playlist. Et puis, j'ai bien tiré profit de mon boulot dans une agence de com. En tant que manager, je ne connais pas grand-chose en graphisme, mais mes collègues dont c'est le job m'ont aidée à choisir l'épaisseur du papier, les couleurs et la police d'écriture pour tous les imprimés.

William ayant été contraint de se consacrer en priorité à son travail, il a suggéré que l'on embauche une professionnelle pour organiser notre mariage. Après mûre réflexion, j'ai refusé. Je ne voulais pas mettre notre grand jour entre les mains d'une inconnue.

Le château d'Örenäs, je suis tombée dessus par hasard. Une fille à la salle de sport m'a montré un post Instagram. Après quelques recherches, j'ai tout de suite senti que ce serait l'endroit parfait. À la fois romantique et luxueux, et juste assez grand pour nous.

William a invité *Hänt i Veckan* à notre mariage. Enfin, disons plutôt que le magazine people a payé pour être le seul à couvrir l'événement. Je ne me réjouis pas de me vendre à un torchon de tabloïds, mais l'avantage, c'est qu'on limite le nombre de journalistes sur place.

Je lui laisse la douche, enfile ma robe de chambre et remonte dans la cuisine pour débarrasser le petit déjeuner qui a tourné court. Le sourire aux lèvres, je repense à la façon dont il m'a coursée jusqu'à la chambre. Il n'y a que lui pour me faire chavirer comme ça. Et il semblerait que ce soit réciproque. Encore maintenant, après cinq ans de relation, on a du mal à rester dans la même pièce sans se toucher. Je l'aime fort, de tout mon cœur. C'est l'amour de ma vie et je ne le laisserai jamais filer.

— Allez, j'y vais !

Il est habillé et pose son sac au pied de l'escalier. La longue housse de son smoking est suspendue à la rampe.

— Tu as fait vite, dis-je en m'approchant pour reposer mon front contre son torse. Tu stresses ?

William dépose un baiser sur le sommet de ma tête.

— Pas le moins du monde. Tu as pensé à tout.

Je recule d'un pas.

— Exact. Quoique… Un dernier petit détail me chiffonne.

— Lequel ?

Il semble poser sincèrement la question.

— Ma mère.

— Bah, ne t'inquiète pas, répond-il avec légèreté. Tout se passera bien. Et puis, elle n'est pas du genre à faire une scène, si ?

— Disons qu'elle ne l'a pas fait depuis longtemps, nuancé-je en secouant la tête, des fois que ça chasserait l'angoisse qui me guette. Mais tu as raison, il faut que j'arrête de m'inquiéter.

— Tu passeras le bonjour à Cissi et à Amanda. Tu me manques déjà.

Il m'envoie un baiser et récupère sa veste.

Les marches métalliques grincent sous ses pas, puis j'entends claquer la porte d'entrée. Je resserre les pans de ma robe de chambre et m'approche de la baie vitrée pour lui faire signe. J'ai juste le temps de le voir lever la main, puis il disparaît au loin. La mer scintille devant moi et j'aperçois à l'horizon la silhouette du pont de l'Öresund. Une personne court, un casque sur les oreilles, et tourne au coin du bar *Italia*, tandis qu'un groupe de touristes se prend en photo sur le point de vue panoramique de notre réplique locale de la proue du *Titanic*. Et le soleil brille, comme dans mes rêves.

Je m'éloigne de la fenêtre, trouve mon téléphone et le déverrouille. Le 24 août. Je ne me rends pas encore compte que c'est le grand jour. Rien ne pourra venir le gâcher, je ne le permettrai pas.

Ni Erik. Ni maman.

Un doute me secoue. Mon frère fait rarement des histoires, mais je ne peux pas en dire autant de ma mère. Ai-je bien fait de l'inviter ?

Annika Brandt est comme la météo, c'est l'un des rares éléments de mon organisation qui échappe à mon contrôle. Je sais qu'elle ne porte pas William dans son cœur. Tous ceux qui connaissent ou ont connu notre famille savent ce qu'elle pense de lui. Et elle ne s'en est jamais cachée, bien au contraire, elle a plutôt tendance à le crier sur tous les toits.

Quand je me suis mise en couple avec William, je pensais qu'elle finirait par se calmer, qu'elle s'apercevrait qu'il a changé. J'espérais une réconciliation. Un nouveau départ pour ma mère et moi, pour elle et William, et pour le reste de nos deux familles. Mais ni les fiançailles ni l'annonce du mariage n'ont eu l'effet voulu. À l'inverse, chaque étape nous a même un peu plus éloignées. Ma mère se comporte comme une gamine, c'est à peine si l'on s'est adressé la parole depuis l'annonce du mariage.

Papa m'a promis de la garder à l'œil. D'ailleurs, je m'en veux un peu. Il devrait profiter de ses soirées au lieu de jouer les baby-sitters pour son ex à moitié alcoolique. Mais je me sens un peu responsable vis-à-vis de William. Après tout ce que ma mère a dit et fait, je ne veux plus prendre aucun risque. N'oublions pas que mon futur époux est devenu célèbre. Les gens sont jaloux de son succès, or la jalousie peut rendre fou.

Si ma mère se met à boire comme un trou devant tous nos invités, notamment les journalistes, je ne saurai plus où me mettre. En même temps, quel genre de fille n'invite pas sa mère au plus beau jour de sa vie ?

3

Erik

— Où est ta veste ?

À l'approche de Nike, je relâche le tissu noir du costume protégé dans sa housse et referme rapidement la fermeture Éclair.

— Bon, tu n'as pas changé d'avis ? me demande-t-elle. Ne prends pas cet air soulagé, je te parle des fringues. Tu es sûr de vouloir attendre plus tard pour te changer ?

Pendant une seconde, j'ai vraiment cru qu'elle proposait d'annuler, de ne pas aller à ce foutu mariage. Je grommelle :

— J'avais compris. Oui, je suis sûr. Je m'habillerai en arrivant.

Elle me prend la housse et s'éloigne dans le couloir, puis se retourne.

— Comment tu te sens ?

Ma gorge se serre.

— Ça va. (Je déglutis.) Pourquoi ?

— Tu as l'air un peu abattu.

— Ce n'est rien, dis-je en tentant un sourire qui se solde probablement par un échec. C'est juste William et… tout ce bordel. Ils ont loué un putain de château.

Nike me rend mon sourire.

— À mon avis, ils n'ont pas loué tout le château. Örenäs propose aussi des salles de conférence et des spas. Il doit y avoir plusieurs bâtiments.

— C'est pareil, marmonné-je. Un château est un château, il faut mettre un costard et… Je suis fatigué, c'est tout. Il cherche à impressionner qui, au juste ?

— Ses invités, je suppose, dit-elle en haussant les épaules. Et le reste du monde, tant qu'à faire. Il doit avoir au moins cent mille followers sur Insta, non ? Et puis, il n'est pas seul à décider. Ta sœur a dû y mettre son grain de sel.

Je soupire en regardant par la fenêtre. L'automne n'arrive que dans un mois, mais il a fait si sec tout l'été que les feuilles du petit bois d'à côté jaunissent déjà. C'est agréable d'habiter si près du centre-ville tout en ayant la nature à proximité. Je n'ai jamais regretté d'avoir choisi Göteborg pour mes études, cette ville présente de nombreux avantages. Contrairement à mes camarades, j'ai esquivé les chambres d'étudiant en achetant tout de suite un appartement. L'agent immobilier avait l'air surpris de traiter avec un acheteur de vingt piges. Mais l'argent n'était pas un problème.

Je me retourne vers Nike.

— On repartira demain matin juste après le petit déjeuner. Hors de question de rester là-bas une minute de trop.

— Courage, Erik. Vois-le comme des mini-vacances. (Comme elle sait que je vais riposter, elle lève la main pour me couper dans mon élan.) Tu vas manger un bon repas, boire du bon vin et profiter d'un petit déjeuner d'hôtel, tout ça à l'œil. C'est plutôt positif, non ?

Un dîner et une nuit au château d'Örenäs, ce serait les vacances parfaites si je n'étais pas obligé de subir une foule de gens qui me rappellent tout ce que j'aimerais oublier. Pendant des mois, j'ai été convaincu qu'on n'irait pas, mais

Nike refusait que je réponde négativement au faire-part sur un coup de tête. Comme papa, elle m'a demandé d'adopter le point de vue de ma sœur.

— Emily veut que tu viennes. Sinon, elle ne t'aurait pas invité.

Le dernier jour du délai de réponse, j'ai envoyé un mail à l'adresse indiquée pour dire que je serais là. J'ai menti en disant que je serais accompagné de mon auxiliaire, à savoir Nike. La réponse ne s'est pas fait attendre. Elle était la bienvenue, évidemment. Emily a promis de nous réserver deux chambres voisines et m'a demandé si ça nous dérangeait d'être logés dans l'annexe, et non directement au château. En rez-de-chaussée, évidemment.

J'ai répondu que ça irait très bien. Mais c'est faux, ça ne va pas du tout. Ce mariage, c'est le pire truc qui pouvait m'arriver. Il faut vraiment que l'univers m'en veuille pour que ma sœur se case avec William. C'est ça qu'on appelle le karma ? Une loi d'emmerdement suprême ?

William Nihlzén est un vieux copain de classe et ancien coéquipier. Aujourd'hui, c'est le fondateur et P.-D.G. de WibNet, une boîte qui se prétend technologique. Le nom fait branché, mais en réalité ils ne font que calculer des cotes et les proposer sur divers sites de paris en ligne.

Pourtant promis à un brillant avenir de footballeur, il a tout plaqué pour étudier l'informatique à la fac de Lund et, comme on pouvait s'y attendre, a arrêté ses études juste avant de décrocher son diplôme. Ce qui est surprenant, c'est que son entreprise ait connu un tel succès.

Mon futur beau-frère est devenu un modèle pour les jeunes entrepreneurs qui rêvent d'une carrière dans la tech. On le sollicite régulièrement pour des conférences ou des émissions de télé où il répète l'histoire de sa réussite, depuis ses premiers pas timides dans sa chambre d'étudiant jusqu'à sa prochaine introduction en Bourse. Il insiste sur le fait qu'il s'est construit tout seul, qu'il a connu des débuts difficiles. Parmi ses grandes phrases clichées, on entend souvent « crois en toi » et « quand on veut, on peut ».

Je trouve ça dérangeant. William Nihlzén n'a jamais connu de « débuts difficiles ». La vraie galère, il ne sait pas ce que c'est. Bien sûr, les premiers temps après la fac n'ont pas été tout roses, mais son père, Krister, a toujours été derrière lui pour le brosser dans le sens du poil et lui mâcher tout le travail. Il a acheté pour son fils un appartement d'étudiant au centre de Lund valant trois millions de couronnes et a continué à le financer pendant toute la période de lancement.

On a souvent tendance à oublier que c'est Ibbe, son associé, le vrai cerveau de la boîte. William n'est que le P.-D.G., c'est le visage de l'entreprise pour la presse. Mais pour ses fans toujours plus nombreux, ça n'a pas l'air de poser de problème. William Nihlzén a le profil parfait de la réussite. Il s'impose dans le secteur et parvient à convaincre les sites de paris du monde entier d'acheter sa plate-forme WibNet pour des sommes exorbitantes.

J'ai arrêté de compter le nombre de fois où j'ai failli l'appeler pour tout lui raconter. Non pas que je lui veuille du mal, tout ça, c'est du passé. Mais seulement pour partager le fardeau.

4

Mats

— Comment tu te sens, mon chéri ?

Isobel se tient derrière moi et pose les mains sur mes épaules pour les masser doucement.

— Ça va, dis-je en retournant le papier griffonné. Mais je vais devoir réécrire cette merde. Je n'arrive pas à me relire.

Elle se penche pour m'embrasser la joue.

— D'accord, mais fais vite. On n'a pas toute la journée.

J'arrache une nouvelle feuille du carnet, mais, quand je me mets à écrire, je bloque dès la première phrase. Le texte est raturé de partout, avec des flèches dans tous les sens. Je transpire, ouvre la petite boîte de snus et m'en glisse un morceau sous la lèvre. Je suis vraiment un cas. Il faut être débile pour faire ça à la dernière minute.

Avant, j'aimais bien parler en public. J'avais l'habitude d'improviser et ça se passait généralement plutôt bien. Mais ça, c'était il y a des années. Et puis, aujourd'hui, c'est particulier. Il faut réfléchir un peu, trouver les bons mots. Quand le père de la mariée fait son discours, il n'a pas le droit à l'erreur. Il doit être émouvant mais pas sentimental, drôle sans être grossier. Je ne veux pas faire honte à Emily devant tous ses amis.

Franchement, j'aurais préféré un mariage moins grandiose, les événements pompeux me mettent mal à l'aise. J'ai hâte d'être au week-end prochain, quand le show sera terminé. Il n'y a rien de tel qu'un samedi ordinaire. Quelques heures de boulot, éventuellement un peu de jardinage, et puis une bière devant la télé.

Quand Emily est rentrée à la maison pour m'annoncer qu'elle sortait avec William Nihlzén, j'ai croisé les doigts pour que ce soit juste un flirt, que ça leur passe vite. Ils étaient tellement jeunes, ça ne pouvait pas durer plus de quelques mois. Aujourd'hui, ils sont toujours jeunes, mais l'amour est encore là, il n'y a rien à faire. Comment empêcher ma fille d'épouser celui qu'elle aime, d'autant plus que c'est réciproque ?

Visiblement, on n'arrivera jamais à couper les ponts avec la famille Nihlzén. Je me suis fait à l'idée, mais la mère d'Emily refuse de l'accepter. Annika fait un vrai blocage.

— Qu'est-ce que tu fais, Mats ? Tu dors ?

La voix d'Isobel m'arrache à mes rêveries. Je replie le papier, retire mes lunettes et demande :

— Tu veux que je fasse quoi ?

Le sourire aux lèvres, elle me tapote avec le cintre qu'elle tient dans la main.

— Commence par charger la voiture.

Je sors les valises et rentre récupérer ma veste de smoking quand j'entends Isobel fredonner une chanson qui passe à la radio. L'odeur du bacon grillé se répand dans toute la maison, on a décidé de manger sur le pouce avant de prendre la route. Je jette un coup d'œil dans la cuisine et la vois esquisser quelques pas de danse devant la gazinière. Son chemisier descend si bas qu'il recouvre presque son bermuda et ses longs cheveux noirs sont enveloppés dans un foulard fleuri, sans doute pour leur épargner l'odeur du gras.

— J'espère qu'on dansera sous les chandeliers en cristal, ce soir, dis-je en tendant ma housse de smoking. Ce n'est pas tous les jours qu'on assiste à un mariage dans un château.

— N'oublie pas le cadeau, lance ma compagne en levant les yeux de la poêle. Il est rangé dans le placard de la chambre.

Je retourne à la voiture, suspends la veste à l'appuie-tête du siège passager et m'assure qu'elle ne prend pas de mauvais plis dans sa housse. La chemise et le pantalon sont étendus sur le lit, il vaut mieux attendre d'avoir mangé pour les enfiler. J'entends la porte du voisin claquer de l'autre côté de la haie et m'empresse de remonter les marches. Pas le temps d'écouter Tommy palabrer, aujourd'hui.

Le paquet est bien dans l'armoire, posé sur une pile de pulls tricotés, emballé à la perfection. Pour trouver le bon cadeau de mariage, ç'a été un véritable casse-tête. Que peut-on offrir à un jeune couple plein aux as qui a déjà tout ce qu'il veut ? Après de nombreuses heures de débat et quelques chamailleries, on a finalement décidé de leur offrir un objet familial. Un vieux coffret en bois aux incrustations magnifiques, qui nous vient de la famille d'Isobel en Colombie. Chaque fois qu'elle vient nous voir, Emily ne peut pas s'empêcher de tripoter cette boîte.

Je n'ai aucune idée de ce que mon ex-femme compte offrir aux futurs mariés. Annika et moi, c'est terminé, et on ne s'appelle plus qu'en cas d'urgence absolue.

Mon téléphone est posé sur la table de chevet. Je repose le paquet et vérifie que personne n'a cherché à me joindre. Parfait, Erik ne s'est pas manifesté, c'est que tout va bien.

À l'instant où je glisse le téléphone dans ma poche, la sonnerie des messages retentit et je ressors le portable. Pourvu que ce ne soit pas la pension pour chiens. La femme qui s'occupe de Zorro et de Zita semblait prête à appeler au premier couac, comme ces proprios de chenil qui vous rendent votre chien au moindre pet de travers.

Non, ce n'est pas la femme de la pension. En lisant le nom de l'expéditeur, j'ai une sueur froide.

Huit ans plus tôt

5

Erik

— Erik ! appelle William en levant les bras. Par ici !

Il est sur la terrasse avec Hampus, Ibbe et Robin. Tous les quatre sont en pantalon de costume et chemise blanche, une canette de bière à la main. On dirait des adultes. Concrètement, on l'est, puisqu'on a eu dix-huit ans l'année dernière. Mais c'est maintenant que ça se joue. La vraie vie d'adulte commence.

Ma casquette de fin d'études me gratte, je la rabats sur ma nuque à défaut de pouvoir l'enlever. Hampus est le dernier à rester assidu. Nous autres, on a été expulsés du lycée Petri mardi dernier, ce qui nous a permis de passer le reste de la semaine à faire la fête, au moins deux par jour. La pelouse tangue sous mes pieds. Je devrais y aller mollo, j'ai un match demain, je dois être en forme. D'un autre côté, on ne fête le bac qu'une fois dans sa vie, c'est *la* semaine pour en profiter. Ne serait-ce que pour oublier que William et Ibbe ont tous les deux été sélectionnés dans l'équipe A ce dimanche. Ce qui leur ouvre des opportunités professionnelles. Je ne l'ai toujours pas digéré. Je ne vais quand même pas passer à côté d'une bonne soirée pour un match d'équipe U !

Je les rejoins sur la terrasse et écarte le bouquet de ballons bleus et jaunes qui ondule à hauteur de visage.

Mes potes sont en plein débat sur la boîte où ils veulent sortir ce soir.

— On va à *L'Étage*, argumente Robin. *Le Privat*, c'est pour les pédés et les intellos.

Ils éclatent de rire.

— Eh, tu t'es assis dessus ? me moqué-je en giflant la casquette d'étudiant crasseuse de William si fort qu'elle voltige et atterrit sur le plancher de bois.

— Va te faire voir, ricane-t-il en la ramassant. Mais non, le vent l'a emportée quand j'étais sur la remorque de la parade. Elle est tombée au milieu de la route, heureusement que personne ne l'a écrasée.

J'essaie d'apercevoir les tables disposées sous le barnum. Des filles chantent *Save The World* de Swedish House Mafia et leurs rires rebondissent sur les parois de plastique blanc.

— Sanja ne devait pas venir ?

Les mots sortent plus facilement quand on a bu.

— Pourquoi ? Tu veux te la taper ? me raille Ibbe en me bousculant.

— Comme tout le monde, non ? renchérit William.

Je me force à sourire pendant qu'ils se bidonnent en trinquant.

Robin se penche vers moi.

— Au fait, j'ai vu ta sœur avec sa copine… Comment elle s'appelle, déjà, Cilla ?

— Cissi, réponds-je.

— Oui, voilà, dit-il, son souffle chaud dans mon oreille. Elle est putain de canon.

Personnellement, j'ai du mal à voir les copines de ma sœur comme des filles canon. Pour moi, Cissi et Emily sont des gamines. D'ailleurs, j'en veux un peu à Hampus de les avoir invitées à sa soirée. William fouille dans la glacière posée au pied du mur de la maison, dégotte une nouvelle canette et l'ouvre. La mousse déborde, il l'aspire et passe un bras autour de mes épaules.

— La forme, mon pote ?

C'est alors que je l'aperçois. Elle marche droit vers nous. Petite robe jaune pastel, cheveux lâches.

— Au top, réponds-je sans pouvoir réprimer un sourire.

Quand William me lâche, je bondis sur la pelouse.

— Salut ! lancé-je, secoué par l'adrénaline. Tu veux un truc à boire ? Je vais te le chercher, si tu veux.

— Je veux bien un cidre, sourit Sanja. Tu peux en prendre un aussi pour Yasmin ?

Alors seulement, je remarque la présence de sa copine.

Quand je reviens avec leurs bouteilles, elles ont disparu. Je balaie les alentours d'un regard. Elles se cachent, ou quoi ? J'ai l'air débile avec toutes mes boissons.

Sous le barnum, la fête bat son plein et la musique est assourdissante. Je reste à l'entrée pour survoler les tables et trouve Cissi. Quand je m'approche, elle paraît clairement mal à l'aise. Sûrement à cause de sa bière à huit degrés bien entamée. Je m'en fiche, elles sont en troisième, qu'elles boivent si ça leur chante, tant qu'elles n'abusent pas.

— Emily est partie ?

Je dois hurler pour me faire entendre.

— Non, elle…, bredouille-t-elle en se penchant sur le côté pour essayer de cacher la bouteille. Elle est… juste aux toilettes.

— Et Sanja et sa copine, tu les as vues ?

Elle fronce les sourcils.

— Qui ça ?

— Laisse tomber.

Je repose une bouteille de cidre sur la table du buffet et retourne dans la cour avec l'autre dans la main. Tout en buvant une lampée, je jette un regard sur la terrasse. Il y a du monde, mais William et les autres ne sont plus là.

Et Sanja non plus. Elle est passée où ? Elle ne s'est quand même pas barrée, si ? J'ai le bide serré à l'idée qu'elle ait pu prendre un taxi pour aller en ville.

Sans moi.

6

Annika

— Tu ne veux pas plutôt rentrer à la maison ?

Je regarde mon mari sortir d'un pas chancelant sur le trottoir. L'obscurité de cette nuit d'été s'est finalement abattue sur le quartier, toutes les maisons sont plongées dans le noir à l'exception de celle des Nihlzén. On aperçoit Gittan par la fenêtre de la cuisine, sans doute occupée à ranger.

— Vas-y, toi. Je ne rentrerai pas tard, promet Mats avec un sourire alcoolisé. Il faut qu'on reparle des pronostics.

Krister confirme d'un hochement de tête.

— C'est important, Annika, dit ce dernier en lâchant Lucifer, le terrier noir, qui file aussitôt se promener dans la rue. Ne t'inquiète pas, je veille sur ton homme.

Inutile d'insister. Comme d'habitude, Mats a oublié ses clés en partant et je promets de lui laisser le double à l'extérieur, car j'ai bien l'intention d'aller directement me coucher. Il me tarde de retrouver mon oreiller.

J'abandonne donc mon mari et rentre à pied, car on habite à quelques pâtés de maisons. Quand les Nihlzén nous invitent à dîner, la soirée a toujours tendance à s'éterniser. Gittan met les petits plats dans les grands et Krister s'assure que les verres soient toujours bien remplis. Ce soir, il y avait également Fariba et Massoud, et le temps a filé.

La conversation a beaucoup tourné autour de nos fils du même âge. On a parlé de leur vie en général et du foot en particulier. On en revient toujours à ces sujets.

Une pointe d'agacement me pique quand je repense à ce que nous a annoncé Massoud. Les garçons se sont beaucoup entraînés avec l'équipe A au printemps, ils ont même disputé quelques matchs. Plus tôt dans la soirée, on a évoqué celui de dimanche. Des rumeurs circulent, un entraîneur des juniors de Malmö aurait prévu de venir dans les tribunes, jouer devant lui serait une occasion en or.

Toute la semaine, j'ai croisé les doigts pour qu'Erik soit sélectionné. Le fait que la visite d'un grand entraîneur tombe au milieu des fêtes de fin d'année des terminales, ce n'est pas l'idéal, et j'ai prévenu Erik qu'il ne devait pas trop forcer sur l'alcool ce soir. Je ne suis pas sûre que le message soit passé.

En tant que chef de l'équipe A, Massoud a toutes les informations en avant-première et c'est non sans fierté qu'il a lu la convocation qui venait d'être adressée aux joueurs. William et Ibbe figuraient tous les deux sur la liste. Le nom d'Erik, en revanche, a brillé par son absence, ce qui veut dire qu'il sera certainement appelé à disputer le match d'équipe U de demain.

C'est injuste ! Ibbe est le fils du chef d'équipe, alors certes, ça ouvre des portes, mais Erik est plus rapide et plus fort que William, c'est lui qui devrait aller en équipe A !

Évidemment, je ne pouvais pas faire un esclandre chez les Nihlzén en contestant la sélection. D'ailleurs, je l'ai tout bonnement mise en veilleuse. Quand on est parent d'un ado de dix-huit ans, on doit apprendre à garder ses distances, à ne plus interférer. Seulement, j'ai peur qu'Erik soit déçu, ça bouleverse mon cœur de maman, et qu'il soit majeur n'y change rien.

Mon fils est doué. C'est même l'un des meilleurs. Son seul problème, c'est qu'il a du mal à s'affirmer. Concernant l'équipe A, Erik et William se disputent le même poste, mais là où William est un garçon très social, Erik est plus en retrait, or les entraîneurs favorisent les arrogants aux dépens des caractères plus réservés.

Mon agacement n'est pas loin de se muer en colère, mais ça ne servirait à rien de s'énerver.

« Je dois accepter dans la sérénité tout ce que je ne peux pas changer. » C'est ce que disent les magazines. Et puis, je suis convaincue qu'Erik connaîtra un jour son heure de gloire. Il faut savoir être patient, ne pas baisser les bras.

L'allée qui mène au garage est plongée dans l'obscurité. Mats pourrait se bouger ce week-end et réparer ce fichu éclairage extérieur. Il a promis de ne pas mettre le pied à la boutique ni samedi ni dimanche. On verra ce qu'il en est. Ce n'est pas facile de rentabiliser un magasin de proximité, je comprends qu'il doive bosser les soirs et les week-ends – bien qu'il ait embauché une caissière. Mais parfois, j'ai l'impression qu'il préfère être au boulot qu'à la maison. Il y a toujours un problème à régler à la boutique et ça n'a jamais l'air de le déranger.

J'ouvre la porte d'entrée, attrape le double de clé et le place sous le pot de géraniums sur les marches. Ce n'est pas la cachette du siècle, mais on n'a jamais pris le temps de trouver mieux.

Le plafonnier de l'entrée m'éclaire jusqu'à la cuisine. J'ouvre le frigo et me sers un grand verre de lait. Les mélanges d'alcool – et la quantité, surtout – commencent à se faire sentir. Les chiffres lumineux du micro-ondes indiquent presque minuit et demi. Je bâille à m'en décrocher la mâchoire.

Le verre vide finit dans l'évier. Je vérifie que la porte d'entrée est bien verrouillée, monte à l'étage et jette un coup d'œil dans la chambre d'Emily. J'avais oublié… Ce soir elle dort chez Cissi. Elles ont prévu une soirée marathon de films d'horreur, du moins c'est ce qu'elle a dit. Après m'être négligemment brossé les dents, il est enfin temps d'aller me glisser sous les draps. Avant même de repenser à ce satané match d'équipe U, je me laisse emporter par le sommeil.

Un bruit lancinant vient s'insinuer dans mon rêve. Je mets un moment à comprendre qu'il vient de l'extérieur, du monde réel. C'est mon portable. Je cligne des yeux, les ouvre difficilement. Il est quelle heure ? Je tâtonne sur la table de chevet à ma droite, la sonnerie gagne en volume. Quand j'arrive enfin à attraper le téléphone – 1 h 17 du matin – je remarque l'absence de Mats dans le lit. Soudain bien réveillée, je me redresse.

— Allô ?

J'attends. Quelqu'un souffle au bout du fil et mon sang se glace.

— Allô ? reprends-je d'une voix étranglée. Qui est à l'appareil ?

— Bonsoir, c'est Patrik…

Une respiration lourde, puis :

— Patrik Svensson.

Patrick Svensson ? Le cœur affolé, je fais tourner mes méninges et recherche une explication, un contexte.

— Votre voisin du numéro 16, précise l'homme. On a un berger allemand, Rocky. Allô, vous êtes toujours là ?

Rocky. Ce chien baveux qui nous hurle dessus dès qu'on pose le regard sur son territoire. Ah oui, je remets son maître, un grand type sportif avec une coupe à la Zlatan. On dirait qu'il appelle de la rue et qu'il marche vite. Ou qu'il court.

— Oui, je suis là. (Ma tête bourdonne, j'ai soudain l'impression que je vais vomir.) Il… Il s'est passé quelque chose ?

Oh, mon Dieu.

Pas les enfants.

Dites-moi qu'ils vont bien.

— Je voulais juste… Je sortais Rocky et… (Le signal grésille, la voix de Patrik est coupée, d'autres personnes crient derrière lui. Puis je l'entends à nouveau clairement.) C'est Erik. Un accident… Il…

Non. Pas Erik.

Pas mon Erik.

Avec une terreur croissante, je prends conscience que ça y est, c'est maintenant. Ce fameux coup de fil que je redoute à chaque minute de mon existence depuis la naissance de mon premier enfant. J'ai le bout des doigts engourdi, le téléphone n'est pas loin de me glisser des mains.

— Que… Que s'est-il passé ? Il est blessé ?

Patrik hésite.

— Je… Je crois. On est un peu loin, je ne peux pas m'approcher. Ils le chargent dans l'ambulance.

7

Mats

Je cours sur les derniers mètres sans m'arrêter malgré le feu qui me brûle les poumons. Ma chemise colle à mon dos, des gouttes de sueur me tombent dans les yeux, elles me brouillent la vue. Une fois devant la maison, je marque une pause derrière la haie, me penche en avant, les mains sur mes genoux en attendant de calmer mon pouls effréné. Je me redresse et, en jetant un coup d'œil à notre façade, m'aperçois que toute la maison est éclairée.

Une fois que j'ai repris mon souffle, je reviens à la réalité. Et elle m'attaque brutalement d'un coup de massue, si bien que je chancelle d'un côté et trébuche à moitié dans les troènes. Il me faut fournir un gros effort pour me redresser. J'envisage brièvement de me mettre au sport pour perdre un peu de poids, puis l'idée repart aussi vite.

J'avance vers les marches, trouve la clé sous le pot et la glisse dans la serrure. À peine la porte s'ouvre-t-elle qu'Annika accourt, son portable à la main. Elle est habillée mais son pull est à l'envers, ses cheveux sont emmêlés et ses joues mouillées de larmes.

— Pourquoi tu ne décrochais pas ? crie-t-elle d'une voix stridente. J'ai essayé de t'appeler mille fois, Erik est blessé ! Il est à l'hôpital !

— Quoi ? dis-je en m'essuyant le front avec ma manche. Qu'est-ce qui s'est passé ?

— Erik ! répète-t-elle en s'agrippant à mon bras. C'est Erik…

Je m'avance dans l'entrée, retire mes chaussures et dégage mon bras de sa prise pour me tourner vers elle et la prendre par les épaules, les yeux dans les yeux.

— Annika, calme-toi. Respire. Tu m'expliqueras après.

Elle prend plusieurs inspirations saccadées.

— Patrik Svensson a appelé, notre voisin. Il a vu Erik… Il a eu un accident de voiture. Près de l'église. Je ne sais pas où exactement… Oh, mon Dieu ! (Elle marque une pause, reprend sa respiration.) Patrik a dit… Il a dit qu'Erik était blessé.

Elle s'effondre dans mes bras, le visage enfoui dans ma chemise, et pousse une longue plainte.

— Allez, viens, murmuré-je en l'accompagnant dans la cuisine pour la faire asseoir sur une chaise. Tu es sûre qu'il est à l'hôpital ?

— Patrik a dit qu'une ambulance était sur place. (Elle renifle et s'apprête à se lever.) Il faut qu'on aille le voir.

Je la coupe dans son élan.

— Attends, je vais d'abord appeler pour vérifier. Ils l'ont peut-être amené à Lund, ou ailleurs.

Je sors mon téléphone, cherche le site de l'hôpital de Malmö et clique d'un doigt tremblant sur la rubrique contact. Il est écrit que la ligne téléphonique de l'établissement est ouverte vingt-quatre heures sur vingt-quatre.

La tonalité résonne contre mon oreille. Après de très longues secondes, une voix répond et accueille mes questions affolées avec douceur. L'échange apaisé rend la situation presque banale, comme si cela arrivait toutes les nuits. C'est le cas pour eux qui bossent aux urgences, évidemment. J'entends que la femme tape au clavier, elle m'invite à patienter un instant.

— Alors ?

Annika a quitté son siège, elle tourne autour de moi et de mon téléphone. Je secoue la tête en lui faisant comprendre que je suis toujours en ligne.

La voix revient. J'écoute, la remercie et raccroche.

— Erik a bien été admis à l'hôpital. Mais elle n'a pas pu m'en dire plus.

8

Erik

Le lit fonce à travers des couloirs déserts, les murs et les dalles de plafond blanc sale défilent. Au-dessus de ma tête, des poches et des tubes pendent à une perche à perfusion. Quand on ralentit pour amorcer un virage, le tout se balance d'avant en arrière. Je distingue une personne habillée en blanc derrière moi, une voix d'homme m'apaise, mais je ne comprends pas ce qu'il dit.

Une scène tourne en boucle dans ma tête avec de légères variations chaque fois. À quoi ressemblait la version originale, déjà ? Sans les variations ? Je feuillette les images, essaie de les remonter chronologiquement, mais elles me glissent entre les doigts.

Je cours. Les crampons m'ancrent dans l'herbe douce et je vole à travers le terrain, irréfrénable. Le ballon ne fait qu'un avec mes pieds et, ensemble, on s'approche de la cage adverse.

Une jambe tendue, je trébuche et plonge, mais parviens à corriger mon centre de gravité pour atterrir à droite de la ligne. Le penalty est évident.

Puis l'herbe se change en asphalte. La ligne blanche se fragmente en tirets qui défilent sous le capot à une vitesse folle. Un bruit sourd, puis une explosion tonitruante.

Mon hurlement se mêle au bruit de verre brisé. Le monde se retourne, un éclair de lumière.

Quand l'ambulance est arrivée, j'étais couché dans les hautes herbes. Le ciel était d'un bleu violet, un peu comme le fond de l'assiette quand on a mangé des myrtilles dans du yaourt. Une ambulancière m'a demandé comment j'allais. J'ai dit que j'avais une douleur à l'épaule, alors elle a appuyé doucement, ce qui m'a fait un mal de chien.

Deux paumes chaudes se sont refermées autour de ma tête et ont glissé sous ma nuque. Elle parlait à un homme. Ils ont dit qu'on me donnerait des analgésiques.

Des portières ont claqué, de nouvelles voix se sont approchées. J'ai compris que c'était la police.

Quelqu'un m'a mis une minerve. On m'a transféré sur une civière, attaché et chargé dans l'ambulance. J'ai fermé les yeux. J'avais le sentiment que les flics me fixaient, que leurs regards me transperceraient si je montrais le moindre signe de conscience.

— Comment vous sentez-vous ?

Le lit ne bouge plus et la voix derrière moi est incarnée par le visage de l'homme en blanc qui s'approche sur le côté de mon lit. Il est balèze et doit pouvoir soulever deux fois son poids au développé couché.

Mal. Je me sens très mal. Mais il doit parler de mon état physique. Or, de ce côté-là, ça a l'air d'aller. Je suis vivant, j'ai moins mal à l'épaule. Mais putain, ces tubes dans le nez sont une plaie.

Le lit se remet à filer. Je ferme les yeux et entends le ronronnement soutenu des roues sous mon corps. Pourquoi est-il si pressé, bon sang ? Puis les roues s'arrêtent à nouveau. J'ouvre les yeux et tombe sur des néons aveuglants.

— Nous allons faire une radio de votre dos, annonce l'armoire à glace en posant sa grosse pogne sur mon bras.

Ne vous en faites pas. Nous avons toute une équipe d'infirmières prêtes à s'occuper de vous.

Alors seulement, je prends conscience que mon corps ne va pas bien du tout. Un bruit sourd résonne dans mes oreilles.

— Mes jambes ! me mets-je à hurler. Je ne sens plus mes jambes !

9

Emily

Du carrelage blanc et des serviettes vertes. Qu'est-ce que je fais par terre, dans la salle de bains de Cissi ?

— Enfin, tu te réveilles ?

Ma meilleure amie se penche au-dessus de moi et fait couler l'eau dans le lavabo. Elle porte un jean. Sous son sweat à capuche, j'aperçois son tee-shirt de pyjama gris Winnie l'Ourson.

Je gémis.

— Je suis là depuis combien de temps ?

— À peu près deux heures. Tu te sens mieux ?

Bonne question. Ma tête bourdonne et j'ai la bouche pâteuse. C'est la gueule de bois ou je suis encore soûle ? Est-ce que ça peut être les deux à la fois ?

— Je vais me coucher, dit Cissi en s'essuyant les mains. Tu peux te débrouiller ?

— T'es sortie ? je lui demande.

La réponse tarde et je commence à croire qu'elle ne m'a pas entendue.

— On en parle demain, finit-elle par dire en sortant de la salle de bains.

Je m'appuie sur la cuvette des toilettes pour me redresser. Qu'est-ce qui lui prend, elle m'en veut ? N'ayant pas la force d'aller lui poser la question, je me tourne vers le miroir.

La vache ! On dirait un clown. J'ai les yeux rouges, mon mascara a coulé et mon fond de teint est un carnage. Je me lave le visage et me sèche avec la serviette des invités. Je ne trouve pas ma brosse à dents, mais aperçois un tube de dentifrice et en mets une noisette sur le bout de mon index pour l'étaler sur mes dents. Je rince et crache. Je n'ai qu'une envie, m'allonger dans un lit douillet et dormir pendant mille ans.

En sortant de la salle de bains, je m'estime heureuse que Diana, la mère de Cissi, soit partie dormir chez une amie. Mais surtout, je suis bien contente d'avoir choisi de passer la nuit ici au lieu de rentrer à la maison. Ma mère serait folle si je rentrais dans cet état.

Je me faufile dans la chambre de ma meilleure copine, sors une couverture de son armoire et me glisse à côté d'elle. Elle ne dort pas, je l'entends à sa respiration.

10

Annika

— Amenez-moi à l'hôpital, dis-je au taxi quand celui-ci arrive enfin devant notre maison. Service des urgences.

D'habitude, Mats s'assied à côté du chauffeur pour discuter, mais cette fois il s'enfonce dans la banquette arrière à côté de moi et ne dit rien. Je reste aussi silencieuse, perdue dans mes pensées. L'hôpital n'a rien pu nous dire et mon imagination part dans des envolées folles. Les paroles du voisin résonnent dans ma tête.

« Ils le chargent dans l'ambulance. »

Erik est à l'hôpital, certes, mais ça ne veut rien dire. Il peut faire une hémorragie interne, avoir de multiples fractures ou un grave traumatisme crânien, mais il peut aussi s'être simplement cassé le bras. Pour me rassurer, je me dis que les soins médicaux en Suède sont excellents et qu'on sait désormais soigner la plupart des blessures. La rééducation est parfois longue, mais, avec un peu de volonté, on s'en remet plutôt bien.

Je sors mon téléphone de mon sac à main et tape « Mattias Melin » dans la barre de recherche sur Internet.

— Tu as des nouvelles d'Emily ?

La question me fait tressaillir de surprise, je lève les yeux.

— Elle ne répond pas, mais je lui ai envoyé un message. J'allais essayer de joindre Mattias. Erik ne pourra pas assurer le match de demain, donc…

Mats ne comprend pas tout de suite ce que je raconte, puis il me lance un regard noir.

— Pour l'amour du ciel, Annika, marmonne-t-il. Tu penses à ça maintenant, en pleine nuit ? Bon sang, oublie ce putain de match de foot !

Je range aussitôt mon téléphone dans mon sac et comprends que c'est déplacé. Mais je préfère me concentrer sur l'idée qu'Erik ne jouera peut-être plus jamais au foot plutôt que de spéculer sur son état, ça me permet de repousser l'impensable.

Mats me tourne le dos, son regard perdu dans la nuit derrière la vitre. Je me carre au fond de la banquette de cuir noir et regarde Malmö défiler. Nous passons sans bruit devant les stations de Rosengård, Annelund et Nobeltorget. Les nombreux arrêts de bus le long d'Amiralsgatan rassemblent quelques personnes, mais les rues sont autrement désertes.

Une question me traverse, je la lance derrière mon mari.

— Où est-ce qu'il allait ?

En l'absence de réaction, je hausse le ton.

— Que faisait Erik en voiture en pleine nuit ? Il était parti chez Hampus à vélo.

— Aucune idée, dit Mats sans se retourner. Peut-être qu'il allait à un after.

— Mais il était tout seul ? Et puis, elle était à qui, cette voiture ?

— Je n'en sais rien, Annika, dit-il en tournant finalement la tête pour me regarder d'un air fatigué. Je n'en sais pas plus que toi.

Quand le chauffeur s'engage dans la rue Jan Waldenström quelques minutes plus tard, j'aperçois la maternité. Mes yeux me piquent et je plaque une main sur ma bouche pour ne pas crier.

C'est là qu'il est venu au monde, mon fils chéri.

Je sors du taxi d'un pas chancelant et entre dans la tiédeur de cette nuit d'été. Quelques jeunes avec leur casquette de diplômé traversent le parking de l'hôpital. Leurs rires me donnent envie de pleurer. Il y a quelques jours à peine, nous fêtions le bac d'Erik dans notre jardin. Il avait passé la soirée à sourire, à bavarder avec les invités et à répondre poliment à leurs questions sur son avenir. Le désespoir me ronge.

Mats paie le taxi et me rejoint à la réception de l'hôpital. Je sors un mouchoir de mon sac et prends une profonde inspiration. À partir de maintenant, il faut être forte. Pour Erik.

Une femme en blouse blanche et chaussons nous conduit au bout d'un long couloir. Depuis le coup de fil, j'ai l'impression de m'enfoncer dans un monde parallèle. D'assister à la scène de loin, comme si ces deux parents terrifiés dans un couloir d'hôpital n'étaient pas Mats et Annika Brandt, mais deux acteurs d'un drame hollywoodien. Je prie au fond de moi pour une fin heureuse. Une fin avec des fanions colorés, des notes de violon et des larmes de joie. Mais, quand nous nous asseyons en salle de consultation face à un médecin barbu, il n'y a ni fanion ni violon en vue.

— Je comprends votre inquiétude, dit-il en remuant la souris pour réveiller son ordinateur. Et je n'ai malheureusement pas beaucoup plus d'informations concernant l'accident. Ce que je sais, c'est que la voiture a percuté un réverbère. Erik était au sol quand les secours sont arrivés. Il avait l'épaule gauche déboîtée et une profonde entaille sous l'œil. Nous avons rapidement identifié un risque de lésion au niveau de la moelle épinière. Il sera bientôt emmené au bloc pour être opéré.

Mille questions se bousculent, mais je n'arrive pas à en formuler une seule.

— Nous lui avons fait passer plusieurs radios, poursuit le médecin en pointant son écran. Ici, on voit une fracture nette. Et ici… (il affiche une image floue) c'est une hémorragie.

Comment interpréter ces images ? Ce qu'on voit, c'est sa colonne vertébrale ? Sur les deux images ? Les murs de la pièce commencent à tourner, je m'agrippe aux accoudoirs.

— Qu… Qu'est-ce que ça veut dire ? bafouille Mats.

— Il est encore trop tôt pour poser un diagnostic, explique le docteur en grattant sa barbe bien taillée. Mais la chirurgienne chargée de son opération est très compétente. Elle fera tout pour limiter les dégâts. (Il sourit.) La bonne nouvelle, c'est qu'Erik ne semble pas avoir été touché à la tête. Il était conscient et pouvait parler quand les secours l'ont trouvé.

— Dieu merci, marmonne Mats.

— Et ses jambes ? (Je lis le nom du médecin, Younis Abdul-Zarah.) Il pourra marcher ? Et courir ?

Un téléphone se met à sonner dans sa poche. Il s'excuse et se lève.

— Vous pouvez rester un peu si vous le souhaitez. Il y a une machine à café au bout du couloir.

Il indique la porte, puis à droite.

Mats ne veut pas de café. Et je n'en ai pas vraiment envie non plus. Mon corps tremble, j'ai froid et je transpire tout à la fois, comme si j'avais attrapé la grippe. Mais j'ai besoin d'agir, de m'occuper les mains et les pieds. Une fois de plus, j'ai l'impression d'être dans un autre monde. Il y a quelques heures à peine, Erik partait de la maison à vélo, habillé pour la soirée, le sourire jusqu'aux oreilles.

Il avait été appelé pour jouer un match d'équipe U contre Löddes cet après-midi. C'est la veille de la Pentecôte, tout le monde fait la fête.

J'avance jusqu'à l'embranchement au bout du couloir et m'arrête net. La machine à café est posée sur une table basse avec des gobelets en carton et des petites briques de lait vertes. À côté de la table, je trouve Gittan et Krister.

11

Mats

Je balaie des yeux les murs de la pièce et cherche désespérément un truc à regarder, mais il n'y a aucun tableau, pas la moindre planche anatomique, rien qu'un océan infini de peinture blanche. Un bruit monotone, sorte de tapotement régulier, commence à me rendre fou. Je m'aperçois que c'est mon pied droit qui frappe le sol et je l'arrête en posant la main sur mon genou.

Quand mon pied se tait, des pas rapides approchent dans le couloir et s'arrêtent à mon niveau. Deux voix masculines murmurent tout bas et s'insinuent par la porte entrebâillée. Les hommes se saluent et échangent quelques mots au sujet d'un accident, sans doute celui d'Erik. Je reconnais alors la voix du médecin de tout à l'heure.

— Heureusement que quelqu'un a trouvé les garçons, dit-il. Aucun n'était en état d'appeler les secours.

— On aurait dit qu'ils étaient là depuis un moment, répond l'autre. On aurait un meilleur pronostic si on nous les avait amenés plus tôt.

J'ai la nausée et cherche autour de moi un récipient pour vomir. Il y a une poubelle dans un coin. D'autres voix se mêlent aux leurs dans le couloir. Elles viennent d'un peu plus loin et me sont très familières. Je me remets de mon haut-le-cœur, me prépare en prenant un snus et me lève de ma chaise.

On dirait que le lino est vivant quand j'avance, qu'il ondule sous mes pieds. Je me déplace lentement et ne lève enfin la tête qu'en voyant une paire de chaussures cirées en cuir marron. Ils sont là, plongés dans une conversation intense, et s'interrompent en me voyant.

— Qu'est-ce que vous faites là ? demandé-je à Gittan. William aussi est blessé ? (Elle hoche la tête en reniflant.) Oh non, soufflé-je sur un ton qui sonne terriblement faux. Comment va-t-il ?

— Ils… Ils ne le savent pas encore, bredouille-t-elle. (Puis elle pleure si fort qu'elle a du mal à parler.) Ils ne savent rien du tout !

Krister accompagne sa femme vers un canapé le long d'un mur. Il s'assied, passe le bras autour de ses épaules et plante ses yeux gris acier dans les miens.

— Ils lui font passer une radio. Apparemment, William était inconscient quand les secours sont arrivés, mais il a repris connaissance sur la route.

— Bon, c'est… (Ma voix s'éraille, je me racle la gorge et reprends.) C'est plutôt rassurant.

Annika fait les cent pas devant la table basse, puis se tourne vers les parents de William.

— Et vous ? Vous savez quelque chose sur l'accident ? Vous savez ce qui s'est passé ?

Krister fait signe que non.

— On dirait que personne ne sait rien. C'est lamentable. On nous a baladés d'un service à l'autre et personne n'est capable de nous dire quoi que ce soit.

Comme je m'assieds sur une chaise, Annika en fait autant.

— Ils en parlent peut-être sur Internet. (Elle sort son téléphone de son sac, mais le garde en veille dans sa main quand une autre pensée la traverse.) Vous savez à qui était la voiture qu'ils conduisaient ?

— Aucune idée, répond Krister. C'est vraiment bizarre. William est parti chez Hampus à vélo. (Il se tourne vers moi.) Erik aussi, non ?

Je m'apprête à répondre, mais Annika me devance :

— C'est exactement ce que je disais à Mats tout à l'heure dans le taxi ! s'exclame-t-elle, tendue. Qu'est-ce que notre fils fichait en voiture ?

Le mariage

12

Emily

— Tu es tellement belle, me souffle Cissi en tournant autour de moi pour admirer son œuvre. William aura envie de te dévorer toute crue.

Elle enjambe la traîne, puis vient arranger ma coiffure.

— Merci.

Nous avons sorti le miroir sur pied de la chambre et je n'arrive pas à décrocher mon regard de mon reflet. J'ajoute :

— C'est toi qui as fait tout le boulot.

Nous avons fait plusieurs tests de coiffure et de maquillage avant le jour J, mais aujourd'hui, Cissi s'est surpassée. Elle a façonné une version éblouissante d'Emily Brandt – bientôt Emily Nihlzén.

— Arrête tes conneries, lance Amanda depuis le canapé où elle allaite Milo, sa robe de demoiselle d'honneur rose poudré déboutonnée dans le dos, une bretelle rabattue. La beauté vient de l'intérieur. Tu rayonnes, Emily.

— C'est gentil. Mais avoue qu'avoir une amie à la fois styliste et maquilleuse aide drôlement. Ou, en tout cas, ça ne fait pas de mal.

— D'accord, je l'avoue. (Elle jette un coup d'œil à l'heure affichée sur la cuisinière.) Au fait, à quelle heure on doit décoller ? Dans pas longtemps, non ?

— Tranquille, s'amuse Cissi en allant ouvrir le frigo. La mariée est la dernière arrivée.

Elle sort la bouteille de champagne rangée sur l'étagère du haut et se tourne vers Amanda :

— Une petite gorgée ?

L'autre fait la grimace.

— J'allaite et je suis votre chauffeuse, donc non. Mais je veux bien un grand verre d'eau, merci.

Je sors un verre à bière du placard, le remplis d'eau fraîche et le pose sur la table basse devant mon amie. En me redressant, je ne peux pas m'empêcher d'approcher le nez de la petite tête duveteuse de Milo pour respirer son odeur de bébé. Mon cœur se gonfle, j'ai l'impression que le corsage en dentelle de ma robe va craquer.

— Vous êtes prêtes ?

Cissi retire la coiffe en aluminium et détord le muselet. Le bouchon saute et atterrit sur le tapis moelleux, près de la table en verre. Elle se dirige vers l'îlot de la cuisine et remplit deux des trois verres à pied.

— Je sais que la mariée arrive en dernier, dit Amanda en essayant d'interrompre le repas de Milo sans succès, avant de se résoudre à lui donner l'autre sein. Mais il ne faudrait pas non plus qu'elle gâche la fête en arrivant à la bourre.

— Tu as raison, on va y aller, glousse Cissi. Mais d'abord, on trinque ! (Elle me tend un verre et lève le sien.) À ta santé, Emily ! Une amie merveilleuse le jour de son merveilleux mariage !

Je porte un toast à mes demoiselles d'honneur :

— À vous, grâce à qui cette journée sera si belle.

Amanda renifle.

— Merde, ça me fait toujours chialer, ce genre de discours.

— Ah non, la gronde ma styliste. Tu vas faire couler ton maquillage.

Alors la jeune maman rattrape une larme du bout du doigt et sourit.

— Désolée. Promis, j'arrête.

Cissi boit une longue lampée de champagne avant de déclarer :

— N'oublions pas les bijoux. (Elle repose son verre et ouvre l'écrin de velours posé sur le plan de travail de la cuisine.) William le prendrait mal si tu oubliais de porter son cadeau de mariage.

Cissi m'aide à fermer le collier et le bracelet offerts par mon futur époux, puis me met délicatement les boucles d'oreilles.

— Très joli, constate Amanda.

Je caresse du bout des doigts l'arrondi parfait des perles en goûtant à peine mon champagne. Et mon futur mari, où en est-il avec ses témoins et ses garçons d'honneur ? Est-il aussi excité que moi ? Aussi heureux ? Je pense que oui.

En dehors de ma famille, William est la seule personne à faire partie de ma vie depuis ma plus tendre enfance. Évidemment, je ne me souviens pas de notre première rencontre, je devais à peine sortir des couches quand il a commencé à venir à la maison.

Il a été le meilleur ami d'Erik depuis le CP jusqu'en troisième, et même au lycée ils passaient encore beaucoup de temps ensemble. À l'époque, je ne le voyais pas autrement que comme une sorte de second grand frère, en plus gentil. Je me souviens qu'il m'a manqué quand mon frère a cessé de le voir. Comme tous les copains d'Erik, d'ailleurs : Ibbe, Robin, Hampus et tous les autres membres de l'équipe de foot. Ils faisaient partie de mon enfance et, quand Erik est parti vivre à Göteborg, ils ont disparu d'un coup.

Trois ans plus tard, je suis tombée par hasard sur William en soirée à Lund. Je venais d'entamer des études en com tandis qu'il étudiait l'informatique. Le courant est tout de suite passé entre nous, et son vieux groupe de copains m'a accueillie à bras ouverts. C'était comme si je rentrais à la maison. De toutes leurs petites amies, Amanda est celle qui m'a tapé dans l'œil, on s'est très vite rapprochées. Je trouvais chez elle une amie et une grande sœur, un roc sur lequel m'appuyer.

L'hostilité de ma mère envers William ne m'a jamais freinée. Au contraire, savoir que j'avançais en terrain miné rendait l'aventure encore plus excitante. Et ça n'a pas loupé, ma mère a dégoupillé. Tout comme Erik, d'ailleurs. Au début, mon père a protesté aussi, mais il a vite fini par lâcher l'affaire. Je suis contente qu'on ait au moins papa et Isobel dans notre vie.

Certaines de mes copines m'ont dit qu'on était trop jeunes pour s'engager, que ce n'était pas courant de se marier à vingt-quatre ans, mais William en a vingt-sept et ça fait cinq ans qu'on sort ensemble. Je veux être une belle mariée. Pourquoi attendre d'être vieux et d'avoir des cheveux blancs ?

— Ce sera génial. (Milo s'est endormi, Amanda le couche à côté d'elle sur le canapé et fourre un plaid sous le coussin d'assise pour l'empêcher de rouler.) Ça m'a tellement manqué. On ne s'est pas réunis depuis des lustres, tout le groupe. Les gens courent partout, on n'a plus le temps de se voir.

Après avoir vidé son verre, Cissi pointe le mien du doigt.

— Eh, qu'est-ce qui t'arrive ? Tu n'as rien bu du tout.

— Non, c'est… (Je contemple les petites bulles qui remontent à la surface et sens déjà mes joues chauffer.) Ce n'est peut-être pas une bonne idée…

Cissi s'avance pour me scruter comme si j'étais une fringue dans une boutique de marque. Il ne lui faut pas longtemps pour comprendre.

— Emily ! s'écrie-t-elle. T'es enceinte !

Amanda se lève du canapé.

— Quoi ? bredouille-t-elle en nous regardant tour à tour. C'est vrai ?

Leur tête n'a pas de prix. Cissi en reste bouche bée et Amanda a le sourire jusqu'aux oreilles. Celle-ci se précipite vers moi pour me serrer contre elle.

— Ma chérie, c'est génial ! (Cette fois, elle ne peut pas retenir ses larmes.) Mince, je suis désolée, dit-elle à Cissi en reniflant d'un air coupable. Mais je vais avoir besoin d'une retouche maquillage avant de partir.

Au tour de Cissi de me prendre dans ses bras et de me serrer fort et longtemps.

— Félicitations ! William doit être fou de joie.

Je repose mon verre quasiment intact sur le comptoir.

— Je ne le lui ai pas encore dit. (Je me retourne vers mon reflet dans le miroir.) Je voulais lui faire la surprise. Ce sera mon petit cadeau de mariage.

13

Annika

— Ne fais pas cette tête, dis-je à mon chat. C'est juste le temps d'une journée.

Le regard accusateur de Kafka me suit vers la sortie, puis jusqu'au bout de la cour. Il fait une chaleur étouffante, je ne suis même pas arrivée à la voiture que ma robe colle déjà dans mon dos. C'est une journée typique d'été indien, les tournesols s'étirent et la brise apporte une odeur de pommes, cette variété précoce vert clair qui rappelle la rentrée scolaire.

La valise atterrit dans le coffre avec un bruit sourd et le sac à main sur le siège passager. Je m'assieds, introduis la clé dans le contact et la tourne. La voiture tousse. Un hoquet grinçant et étouffé, puis le silence total.

Et merde. Voilà que la sueur coule à flots. L'armature de mon soutien-gorge est trempée et des gouttes de transpiration me chatouillent la racine des cheveux. Je prends quelques profondes inspirations, puis retente de démarrer le moteur, mais cette fois il ne fait pas le moindre bruit. Même pas un toussotement. Le tableau de bord reste éteint. Qu'est-ce qui cloche ? Je viens de faire le plein, ça ne peut pas être une panne sèche. La batterie ? Peut-être. Je sors mon téléphone de mon sac à main. Les chiffres m'affolent : 12 h 49.

Merde, merde, merde.

Qui appeler à l'aide ? Je ne connais pas mes voisins, ce sont des visages sans nom, des silhouettes sans contour qui se déplacent entre les maisons. Pirkko est au travail, elle n'est pas dans le coin. Ma collègue a aussi une voiture, mais elle n'aime pas conduire dans les bouchons, elle a certainement pris le bus. Et puis, si elle était partie en voiture, elle n'aurait pas de câbles de démarrage pour m'aider. Qui pense à garder ce genre de truc dans le coffre ?

Ma migraine revient et la panique s'installe. Que faire ? Bon sang, j'aurais dû suivre mon intuition et refuser l'invitation.

Un jour, il y a pas mal d'années, je suis allée à un repas d'anciens élèves de mon lycée à Örebro. J'étais mitigée à l'idée de me rendre à cette soirée, mais la curiosité l'a emporté sur ma réticence et le repas ne s'est pas si mal passé. Personne n'a paru particulièrement surpris d'apprendre qu'Annika la bonne élève travaillait comme bibliothécaire. En revanche, certains étaient plus étonnés de me savoir mariée et suffisamment désirable pour être enceinte de mon mari.

Un bon nombre d'anciens camarades de classe étaient parents depuis longtemps. Certains de leurs enfants avaient déjà huit ans. Tout en mastiquant ma viande, je riais de leurs anecdotes amusantes sur l'arrivée de leurs bébés sans leur dire que je n'aurais jamais cru vivre ces choses-là moi-même.

Peu après mon vingt et unième anniversaire, j'avais commencé à ressentir une fatigue étrange. Puis étaient arrivées les nausées. Mats et moi sortions ensemble depuis trois mois et j'envisageais déjà de rompre. On était trop différents. Je trouvais qu'il manquait d'ambition – de quel droit le jugeais-je, moi la petite bibliothécaire ? Bref, c'était uniquement à cause de cette grossesse non désirée que j'étais restée avec Mats, mais le cœur de notre petit garçon avait cessé de battre à la trente-sixième semaine et nous avions attendu longtemps avant d'oser retenter l'expérience.

Le mariage d'Emily, c'est un peu comme une réunion d'anciens élèves puissance dix. La soirée grouillera de gens surgis d'une autre vie. Celle d'avant l'accident.

À l'époque, on formait un vrai petit gang de quinze ou vingt personnes qui se voyaient souvent. Notre seul point commun, c'était nos fils qui jouaient dans la même équipe de foot, mais ça ne nous empêchait pas de passer du bon temps ensemble. Le sport resserre les liens, ce n'est pas un cliché.

En semaine comme en week-end, dans les bons comme dans les mauvais moments, on était là les uns pour les autres, et pour nos enfants. On covoiturait pour les emmener disputer des matchs dans des coins perdus, on partageait des Thermos de café sous de grands parapluies et on s'asseyait sur des chaises pliantes. On pestait quand les parents de l'équipe adverse se comportaient mal, mais on trouvait toujours de bonnes excuses pour nos propres écarts de conduite.

À quelques couacs près, c'était une belle époque. Nos grands espoirs et nos tranches de rigolade compensaient les défaites et les coups durs. Notre quotidien était plus vivant, plus dynamique, et je pensais qu'on continuerait à se voir entre parents, même quand nos enfants partiraient vivre leur vie. Et ç'a été le cas. Du moins pour les autres.

Huit ans seulement, et rien n'est plus comme avant. Il faut dire que ces gens-là m'ont tout pris, plus ou moins directement. Je les déteste. Et je parie que c'est réciproque. Non pas qu'ils aient de bonnes raisons de m'en vouloir, puisque je n'ai rien fait de mal. Tout ce que j'ai fait, c'est de réclamer justice.

Un bref coup d'œil dans le rétroviseur me coupe le souffle. Il me renvoie le reflet d'une femme ridée par l'inquiétude, au front luisant et aux cheveux plats et ternes. D'un coup, j'ai envie de fondre en larmes sur le volant. L'idée d'abandonner me paraît terriblement tentante. Mais je ne peux pas, c'est impossible. Ma fille se marie aujourd'hui, je dois être présente. Et je ne peux pas arriver en retard.

Je pousse un soupir et parcours les contacts de mon téléphone. Dans les « M », je trouve le numéro que je cherche.

— Allô ?

Mats a l'air en colère.

— Salut… C'est moi.

— Oui, je sais. Qu'est-ce que tu veux ? On est un peu pressés, là.

— Ma voiture est en panne.

— En panne ? *Maintenant* ?

Mon ex-mari est essoufflé, on dirait qu'il monte un escalier.

— Oui, maintenant. Elle ne veut pas démarrer.

— Et que veux-tu que j'y fasse ?

Je ravale ma fierté.

— On peut covoiturer ?

— Annika, pour l'amour de… (Il se tait, puis se reprend.) T'as bu ?

— Non, bien sûr que non. (Je ferme les yeux et garde mon sang-froid.) Écoute, ma voiture m'a lâchée et je ne connais personne pour m'amener à ce mariage. Erik part de Göteborg et…

— D'accord, d'accord, soupire Mats. On arrive dans un quart d'heure, vingt minutes maximum. Tu seras prête ?

— Évidemment, je suis déjà dans la voiture.

De colère, je jette tout sur le trottoir et claque la portière et le coffre pour bien me faire entendre du voisinage.

— Bagnole de merde !

Ma chaussure heurte le pneu au moment où une fillette d'une dizaine d'années passe par là à vélo. Elle ralentit en ouvrant de grands yeux ronds. Son visage me dit quelque chose, elle doit être inscrite dans une école du coin. Toutes les classes passent à la bibliothèque plusieurs fois par an.

Je lui renvoie son regard. Elle détourne aussitôt la tête et disparaît au bout de la rue.

14

Erik

— Tu veux quelle boisson ?

On s'est arrêtés à une station-service à l'entrée de Glumslöv, à seulement quelques kilomètres du château d'Örenäs. Nike me réclame un Burger King depuis qu'on a passé Helsimbourg et j'ai accepté de faire un détour par l'aire de repos du côté nord de l'autoroute. Quand il s'agit de conduire, on n'a jamais besoin de me forcer. J'adore être au volant, ça me procure un sentiment de liberté, l'impression d'être comme les autres.

— De l'eau, réponds-je. Gazeuse.

— Au citron ?

Je fais signe que oui.

Pendant que Nike disparaît dans le fast-food, j'étudie les gens sur le parking. Presque toutes les places sont occupées. On est samedi et il fait grand soleil, les gens partent en week-end. Ils sortent. Ou rentrent de vacances.

Trois personnes dans la vingtaine bondissent d'une vieille Golf et vont fouiller le panier d'objets soldés devant l'entrée du magasin de la station. Une petite fille traverse le parking en courant pour rattraper sa mère. Derrière elles, un homme grisonnant marche à grands pas. Il gesticule en parlant fort, ses écouteurs fichés dans les oreilles. C'est un homme mûr, bien bâti dans sa chemise blanche.

Ce n'est qu'en le voyant passer devant ma voiture que je me rends compte de qui il s'agit.

Krister Nihlzén.

Mon cœur pique un sprint et je prends sur moi pour ne pas me cacher sous le volant. Par chance, il est trop absorbé par sa conversation pour s'intéresser à ce qui l'entoure. Il ouvre d'un mouvement sec la porte du magasin et s'y engouffre.

Je reprends mon souffle, mais le malaise persiste comme un pull en laine qui me gratterait la peau. Évidemment, je me doutais que Krister serait au mariage de ma sœur, c'est son futur beau-père. Mais je n'étais pas prêt à le voir là, maintenant.

Putain. J'aurais dû refuser. Pourquoi ai-je écouté Nike ? Pourquoi me suis-je laissé convaincre ?

La réponse est simple : Nike est mon auxiliaire de vie quelques heures par semaine, mais c'est aussi mon amie et l'une des rares personnes en qui j'ai confiance. Il nous arrive de nous voir en dehors des heures de boulot et je suis content que ce soit elle qui m'accompagne aujourd'hui. Le problème, c'est qu'elle n'a jamais rencontré ma famille ni mes anciens copains. Elle sait seulement ce que j'ai bien voulu lui raconter. Je n'ai aucune envie d'évoquer ce qui s'est passé il y a huit ans. L'alcoolisme de ma mère. Ou le fait que je n'aie quasiment plus adressé la parole à ma sœur depuis qu'elle s'est mise en couple avec William.

Nike doit penser qu'elle connaît tout de ma famille et de mes amis puisque je l'ai rencontrée dès mon arrivée à Göteborg. Mais il y a tellement de choses qu'elle ignore, tellement de choses que je n'ai pas envie de lui dire.

Une vague d'angoisse me coupe le souffle, je comprends aussitôt ce qui m'arrive. Les mains tremblantes, je m'empare de mon téléphone en me forçant à respirer très fort. La crise est là. Je cherche parmi mes contacts et appuie sur « Papa ».

La tonalité me hurle dans l'oreille tandis que mon champ de vision rétrécit progressivement.

Papa ne décroche pas. Évidemment, il doit aussi être sur la route. J'annule l'appel, puis retente. Mon cœur s'affole.

— Erik ?

Sa voix me paraît toute proche, je ravale les larmes qui me brûlent la poitrine.

— Erik, ça va ?

— Non, dis-je en figeant mon regard dans le vide vers les portes de la boutique. Putain, papa, je n'y arriverai pas. Je…

— Écoute-moi bien, m'interrompt-il. Moi non plus je n'y vais pas de gaieté de cœur, tu t'en doutes. Mais on doit prendre sur nous. Pour Emily. Elle serait terriblement déçue si on ne venait pas. (Une pause, comme s'il attendait ma réaction. Il finit par reprendre.) Tu comprends, pas vrai ?

— Oui, murmuré-je à mi-voix.

Il dit d'un ton plus doux :

— Je serai là. Tu ne seras pas seul.

Le silence qui suit est coloré par un chant d'oiseau, il doit être dehors. C'est la voix de maman que j'entends derrière lui ? Bizarre. Nous raccrochons au moment où Nike ouvre sa portière et monte dans la voiture.

— Tiens. (Elle me tend une canette de Ramlösa.) Ils n'en avaient plus au citron.

Le geste maladroit, je fais tomber la canette, qui roule sous mon siège. Nike ressort de la voiture et ouvre la portière arrière derrière moi.

— Ça va ? s'inquiète-t-elle en se baissant pour passer le bras sur le tapis en caoutchouc. Tu n'as pas l'air dans ton assiette.

À cet instant, la porte de la boutique s'ouvre et Krister sort avec deux gobelets sur un plateau. Je m'enfonce dans mon siège et tends le bras pour ajuster le pare-soleil et lui cacher mon visage.

— Tiens, dit Nike en se rasseyant à côté de moi. Tu ne la feras plus tomber, c'est bon ?

J'ouvre la canette, l'eau gazeuse gicle sur mes mains. Quelques gorgées plus tard, Krister a quitté le parking dans son SUV noir. Je cale la canette dans le porte-gobelet et ouvre le sac posé sur les genoux de Nike. L'odeur de friture me retourne l'estomac. J'inspire par le nez, expire et m'aperçois que mes mains moites ont laissé des traces de sueur sur le papier kraft.

15

Mats

— J'espère qu'on arrivera à l'heure.

Les ongles d'Annika tambourinent sur son sac à main. On vient à peine de s'engager sur l'autoroute et elle commence déjà sérieusement à m'agacer. Elle devrait s'estimer heureuse de ne pas avoir à prendre le taxi jusqu'à Örenäs. En plus, elle a le luxe du confort puisque Isobel lui a laissé le siège avant pour s'asseoir à l'arrière. Et malgré ça, mon ex-femme trouve le moyen de se plaindre. Elle ose même laisser entendre qu'on est en retard par ma faute. Je la reconnais bien.

Quand ça tourne mal, elle est incapable de reconnaître sa part de tort. Pourtant, c'est elle qui m'a demandé de traverser tout Malmö à la dernière minute pour venir la chercher. Et elle ne peut pas me reprocher d'avoir pris l'appel d'Erik. Elle aurait préféré que je l'ignore, peut-être ? Que je laisse notre fils seul avec son angoisse ?

Je serre le volant et les mâchoires. Pas besoin d'être psy pour comprendre que notre fils n'est pas en grande forme, et qu'il va même plutôt mal. J'espère que Nike le soutiendra toute la journée, et ce soir aussi. Après tout, c'est juste l'affaire de quelques heures.

— On a le temps, t'inquiète, réponds-je en me forçant au calme.

Annika fait la moue.

— Oui, du moment qu'on ne croise pas de travaux sur la route.

Elle l'a murmuré, mais assez fort pour que je l'entende. C'en est trop, je vois rouge.

— Mais putain ! m'écrié-je en frappant le volant. Tu vas arrêter de te plaindre, oui ? Puisque je te dis qu'on sera à l'heure.

Un silence lourd tombe dans l'habitacle. Isobel, qui tentait au début d'engager la conversation, regarde à présent droit devant elle, les lèvres pincées. Annika regarde par la vitre, probablement vexée. Elle doit préparer sa prochaine réplique. Elle a toujours voulu avoir le dernier mot.

Je n'ai jamais regretté d'avoir quitté Annika, et parfois c'est même important de se rappeler qu'on est bien où on est. Annika et Isobel sont toutes les deux des femmes de caractère. La différence, c'est qu'Isobel s'enflamme et sort en deux secondes tout ce qu'elle a sur le cœur, là où mon ex-femme peut ruminer pendant des jours. Or je préfère les coups de sang, brefs et rapides.

Au bout de quelques minutes de silence, je mets la radio et choisis une station de variété pour un public de notre âge. *Joyride* de Roxette nous accompagne pour un bout du voyage.

Huit ans plus tôt

16

Erik

— Comment tu te sens, mon chéri ?

La voix de maman me serre la gorge, mais je ne veux pas pleurer. Seulement, je n'arrive pas à me retenir. La chirurgienne qui m'a opéré vient de repartir, elle m'a annoncé que tout s'était bien passé, l'opération a été une réussite. Dans la foulée, elle m'a dit que j'avais une lésion à la moelle épinière qui risquait, au pire des cas, de me laisser handicapé à vie. Et elle appelle ça une réussite ?

Ma vie est foutue. C'est terminé. J'aurais préféré y rester.

— Oh, Erik, ne pleure pas, murmure ma mère en me serrant tendrement la main, des larmes mouillant ses joues. Je comprends que c'est dur, mais il reste de l'espoir, tu sais. Des gens avec des blessures encore plus graves ont réussi à s'en remettre.

La lumière me pique les yeux. Je cligne, déglutis et renifle.

Le visage de mon père apparaît à côté d'elle. Il a l'air fatigué. Des cernes sombres creusent le dessous de ses yeux et sa barbe naissante jette une ombre sur sa figure blême.

— Coucou, fils, grimace-t-il en esquissant un pseudo-sourire. Tu dois être épuisé. Tu n'as pas trop mal ?

— Non, ça va. J'ai un peu la nausée, c'est tout.

Il opine et je cherche dans ses yeux un signe, une réponse. Mais il n'y a rien. Il a le regard vide. Un peu triste, peut-être.

— Bon, c'est rassurant, dit-il. En même temps, tu es sous cachetons.

J'aimerais plutôt me tordre de douleur. Le fait de ne rien sentir du tout est pire que tout ce que j'ai vécu. Cent fois pire que les courbatures après l'entraînement. Mille fois pire que le jour où Ibbe m'a envoyé un ballon en pleine face.

Emily se tient à quelques mètres en retrait et a l'air terrifiée. Maman s'éloigne vers un distributeur de serviettes en papier accroché au mur près du lavabo. Elle arrache une feuille et revient près du lit pour m'essuyer les yeux. Mes bras et mes mains fonctionnent bien, mais je la laisse faire. Je n'ai pas la force de me battre, je suis lessivé.

— Qu'est-ce qui s'est passé ? (Elle tapote mon front avec la serviette, écarte quelques mèches rebelles.) Qu'est-ce que tu faisais en voiture au milieu de la nuit ?

— Annika, intervient mon père, sa voix dure comme le métal. Erik se réveille à peine d'une lourde opération. On pourrait attendre un peu avant de le bombarder de questions.

Des taches rouges apparaissent dans le cou de maman.

— Pardon. Excuse-moi, mon chéri. Bien sûr, repose-toi. Il faut que tu reprennes des forces.

On frappe à la porte, une infirmière entre.

— Erik, la police est là. Ils aimeraient vous poser quelques questions. Vous vous sentez prêt, ou je leur demande de repasser plus tard ?

17

Mats

— Pourquoi nous a-t-il demandé de sortir ? m'interroge Annika en levant les yeux de son ordinateur portable. On dirait qu'il nous cache quelque chose.

— On peut le comprendre.

— Comment ça ? On est ses parents.

— Raison de plus. (Je sors un pot de yaourt du réfrigérateur et le pose sur le comptoir de la cuisine.) Il doit avoir honte de ce qu'il a fait. Se tirer avec la BMW de Leif alors qu'il a bu comme un trou, il n'y a pas de quoi être fier.

Annika prend un air blessé.

— Ne dis pas ça.

— Je dis les choses comme elles sont. Tous ceux avec qui j'en ai discuté disent qu'Erik et William étaient tous les deux bourrés. De toute façon, Erik a dix-neuf ans. Même avec son accord, on n'aurait pas eu le droit d'assister à l'interrogatoire.

— Mon Dieu, soupire-t-elle en se passant la main dans les cheveux. Ce désespoir dans ses yeux, c'était insupportable.

Annika est au bord de la crise de nerfs. Dès qu'on est arrivés à la maison, elle s'est collée devant son ordinateur et s'est fermée au reste du monde.

— Qu'est-ce que tu fais ? ai-je fini par lui demander au bout d'une demi-heure.

— Il existe forcément une alternative. (Elle s'est mise à taper frénétiquement sur son clavier.) Tu te souviens du nom de cet endroit, en Allemagne, où le neveu de Krister a été hospitalisé ?

Quand je lui ai fait remarquer qu'Erik recevait déjà les meilleurs soins possibles et que le neveu en question était atteint d'une tout autre maladie, qui plus est soignée dans une clinique privée que nous n'avions pas les moyens de payer, elle s'est mise à bouder.

— Il faut trouver une solution, a-t-elle répliqué. L'argent ne doit pas être un obstacle. Erik doit se remettre, un point c'est tout.

Entre deux recherches sur Internet, elle a contacté l'entraîneur d'Erik. Il semblerait que Mattias Melin passe avant nos amis et notre famille, car, à ma connaissance, elle n'a appelé personne d'autre.

Je ne devrais pas être surpris. Le football a toujours été la priorité d'Annika. Elle s'est pliée en quatre pour qu'Erik soit disponible à tous les matchs et les entraînements, quitte à adapter nos vacances et nos réunions de famille. Je l'ai laissée faire pour la paix du ménage en espérant qu'elle finirait par comprendre que notre fils n'était pas taillé pour l'équipe nationale.

À présent, il semblerait que sa carrière de footballeur soit terminée et je regrette tous ces moments où j'ai maudit son sport et la façon dont il régissait toute la famille. Comme Annika, je n'ai pas de plus grand souhait que de revoir Erik sur un terrain de foot. Ou ne serait-ce que debout, fort et en bonne santé.

— Mats, tu m'écoutes ? (La voix de ma femme me ramène au présent. Elle pointe son écran du doigt.) Regarde. Je suis tombée sur un excellent site sur les lésions de la moelle épinière., Il y a plein de témoignages positifs que Erik pourrait lire, ceux de personnes paralysées qui ont récupéré toutes leurs facultés. Il faut lui faire comprendre que c'est possible, sinon il n'y arrivera jamais.

A-t-elle seulement écouté les médecins ? Il ne faut pas donner à notre fils de faux espoirs. Les perspectives ne sont pas optimistes. La chirurgienne nous a dit qu'il avait « peu de chances de pouvoir remarcher un jour ». Mais je n'ai pas la force de discuter. J'ai la tête comme une citrouille. Tout ce que je veux, c'est qu'Annika se taise. Au moins, quand elle se focalise sur le rétablissement d'Erik, elle arrête de parler de l'accident lui-même.

— Oui, tout finira par s'arranger, dis-je en sortant deux coupelles du placard. Quand Erik sera prêt.

Le pot de yaourt est resté sur le comptoir, je m'apprête à le prendre quand le téléphone vibre dans ma poche arrière. Une pointe au cœur, je le sors et regarde l'écran.

— C'est l'hôpital ?

Elle se penche vers moi, mais je détourne le téléphone.

— Non, tout va bien. C'est juste le boulot.

18

Erik

— Bonjour Erik, nous sommes de la police. On peut entrer ?

Une femme de l'âge de ma mère se tient sur le seuil de la porte. J'ai envie de leur hurler à tous de me foutre la paix, mais je réponds que c'est bon, ils peuvent entrer. Est-ce que c'est elle qui aurait dû venir tout à l'heure, et est finalement repartie ? À moins qu'elle soit déjà venue ? Et papa et maman, sont-ils vraiment passés me voir ? Mon esprit s'embrouille.

La femme entre, suivie par un homme a priori beaucoup plus jeune qu'elle. Ils portent tous les deux l'uniforme, mais me braquent quand même leur badge sous le nez.

— Pardonnez-nous pour l'attente. Nous avons eu une urgence, nous avons dû repartir. Je m'appelle Vibeke. (Elle se tourne vers son collègue.) Et voici Timo.

Ils me présentent leur main et ma paume moite se colle à la leur.

— Comment vous sentez-vous ? demande la policière.

— Bof.

— Nous venons vous parler de l'accident, vous devez vous en douter, reprend-elle. Pourriez-vous nous raconter ce qui s'est passé ?

— Bien sûr.

Ma tête bourdonne. Est-ce qu'on peut s'évanouir quand on est déjà couché ? Je les regarde approcher deux chaises du lit. Timo sort un dictaphone de la poche de sa veste.

— Je peux enregistrer l'entretien ?

Je fais signe que oui et me dis que rien de tout ça n'est réel. Je participe à un tournage et c'est la scène des deux policiers qui interrogent un innocent. On m'a donné le rôle principal.

— Vous pouvez commencer par le début, suggère Vibeke. Comment vous êtes-vous retrouvé dans cette voiture ?

— Eh ben…

Je ferme les yeux et cherche par quel bout prendre l'histoire, mais mes pensées pataugent dans la semoule.

— Prenez votre temps. Nous ne sommes pas pressés.

J'ai oublié la question et rouvre les yeux.

— Vous voulez boire un peu d'eau ? demande son collègue.

Je n'ai pas le temps de répondre, il est déjà debout, un verre à la main. Je bois quelques gorgées et repose le verre sur la table de chevet.

— La voiture, reprend la policière. Que faisiez-vous dedans ?

— On… (L'eau remonte, je me force à la ravaler.) On avait beaucoup bu donc… j'ai du mal à me rappeler. Mais on était à cette soirée… chez Hampus. Et puis, on a voulu essayer la voiture de son père. (Je remarque une longue tache sur le drap jaune clair.) C'était une idée débile. Surtout qu'on était bourrés.

— Qui a eu cette idée ? veut savoir Timo. De prendre la voiture.

On dirait que la tache bouge. Qu'elle s'étire et se rétracte.

— Je ne sais pas. Nous deux, j'imagine.

— Et qui conduisait ?

Je lève les yeux et m'aperçois que ceux de Vibeke sont vairons.

— William.

— D'accord. (Une pause. Elle fronce les sourcils.) Comment avez-vous eu les clés ?

— Elles…

Je fouille dans mes souvenirs flous de la soirée et revois le sourire de Sanja, les guirlandes lumineuses sous le barnum, Ibbe et Robin dans la cuisine, les canettes de bière sur le comptoir.

— Je crois qu'elles étaient toujours sur le contact. Leif, le père d'Hampus, venait de montrer la voiture à quelqu'un.

Les policiers opinent.

— Et ensuite ? Vous êtes montés à bord, William a démarré le moteur…

— Oui, il est parti vite dès le début. Je lui ai dit de ralentir, mais… il ne voulait rien savoir.

— Vous êtes allés loin ? s'enquit Timo.

— Non, pas du tout. Hampus habite à côté de Lottaparken. On venait de sortir du quartier quand William a perdu le contrôle.

Le silence s'installe dans la chambre. On n'entend que le ronronnement de la ventilation.

— Vous êtes certain que ça s'est passé comme ça ? finit par demander Vibeke.

— Oui.

Elle penche la tête.

— Vous n'avez rien à ajouter ?

— Non.

Enfin, si : *William, espèce de salaud, je te déteste !*

Mais je ne vais pas dire ça aux flics.

19

Annika

C'est le samedi le plus long de toute ma vie. Je suis déjà de retour à l'hôpital et je n'arrive pas à croire que quelques heures seulement se sont écoulées depuis qu'on a laissé Erik dans son lit d'hôpital après son opération. La voiture est proprement garée sur le parking du service orthopédique et je ne sais même pas comment j'ai atterri là, je n'ai aucun souvenir du trajet depuis la maison. Mes pensées fusent. Erik pourra-t-il à nouveau marcher ? S'il n'y arrive pas, qu'est-ce qui va se passer ? Et puis, pourquoi ? *Pourquoi* ont-ils pris la voiture de Leif ? Qu'est-ce qui leur est passé par la tête ? Ont-ils seulement réfléchi ?

Je me repose contre l'appuie-tête et essaie de reprendre mes esprits. Je ne peux pas aller voir mon fils dans cet état. Le personnel a promis d'installer un lit à côté d'Erik pour la nuit, ce qui n'a pas eu l'air de le réjouir quand il l'a appris ce matin. Mats non plus, il ne pensait pas que c'était nécessaire.

— Erik ne fait que dormir. Et puis, il dit lui-même qu'il peut très bien rester tout seul.

— Évidemment, ai-je répondu. Mais on ne peut pas l'abandonner comme ça après tout ce qu'il vient de traverser. Et s'il faisait des angoisses nocturnes et qu'il avait besoin de parler à quelqu'un ?

Décidément, je ne comprends pas mon mari. Il a l'air de croire qu'Erik n'a pas besoin de nous et minimise constamment la situation. Comme si l'accident n'était pas grave. Comme si notre fils n'était pas grièvement blessé. Il rejette la moindre de mes suggestions. N'a-t-il pas envie que son garçon reçoive les meilleurs soins possibles ? Ai-je tort de vouloir rassurer mon fils rongé par le désespoir ? Mats a toujours été d'un caractère distrait, mais là, cela relève plutôt de la froideur. Il doit être en état de choc.

Quand j'arrive enfin à sortir de la voiture, je plisse les yeux dans le soleil vif de l'après-midi. De l'autre côté de la rue, Gittan et Krister viennent à ma rencontre. Ils se dirigent vers le passage piéton mais je les rejoins sur leur trottoir.

— Vous repartez ? (Gittan fait signe que oui.) Comment va William ?

— Il a une grave commotion cérébrale et plusieurs côtes cassées, répond Krister. J'espère qu'il ne gardera aucune séquelle.

Sa femme s'accroche à son bras et ajoute :

— Il a dormi toute la journée. Et il vient de se rendormir. Tant mieux. Le repos est le meilleur remède pour se remettre d'une commotion.

Ils ont l'air fatigués. Le teint de Gittan, d'habitude hâlé, paraît cireux et on voit bien qu'elle a pleuré. Elle a les yeux rouges et gonflés.

— Il a dit quelque chose ? demandé-je. À propos de l'accident ?

— On lui a demandé, mais il ne se souvient de rien.

— Perte de mémoire, complète Gittan. Apparemment, c'est très courant après ce genre de choc à la tête. Par chance, son amnésie ne touche que le moment de l'accident lui-même. Ils lui ont fait passer des tests, sa mémoire à long terme n'est pas affectée.

— Et comment va Erik ? s'enquit son mari en posant la main sur mon épaule. Que disent les médecins ?

Je résume brièvement le diagnostic de la chirurgienne.

— Alors il y a un espoir, sourit Gittan. Qu'il puisse se rétablir un jour.

Les larmes montent, je me mords la joue. Si je me mets à pleurer maintenant, je ne pourrai plus m'arrêter.

— Et financièrement… (Il resserre brièvement mon épaule avant de retirer sa main.) Erik a une bonne mutuelle ?

J'ai envie de leur hurler que l'argent ne fait pas tout, que sa santé doit passer avant le reste. Mais, à bien y penser, cette question risque d'occuper une place centrale dans les prochains temps. Mats n'a pas tort quand il dit qu'on n'a pas les moyens de payer des soins spécialisés. Une bonne indemnisation nous permettrait d'en financer une partie.

— Absolument, réponds-je en me rappelant une conversation que nous avons eue il y a quelques années.

Lors d'un dîner chez les Nihlzén, la question de l'assurance des enfants a été abordée. Ni Mats ni moi n'avions bénéficié d'une mutuelle quand nous étions enfants et c'était pour nous une dépense inutile. Krister s'est alors lancé dans un exposé sur l'intérêt d'une bonne couverture sociale et, dès le retour à la maison, Mats et moi avons comparé les offres de plusieurs compagnies d'assurance.

Je regarde le Krister d'aujourd'hui, qui insiste un peu moins qu'à l'époque, et ajoute :

— Grâce à toi.

Les Nihlzén sont plutôt aisés et le père de famille a toujours aimé prodiguer ses conseils de gestion financière. J'aimerais croire qu'il le fait par pure considération pour autrui, mais parfois j'ai l'impression que parler d'argent lui donne un sentiment de supériorité. Ses bons conseils peuvent tourner autour du domaine des assurances et, la plupart du temps, il recommande des placements prometteurs dénichés grâce à ses contacts dans le milieu de la finance. Mais nous, on n'a pas assez d'argent pour le placer. C'est à peine si l'on a pu acheter un nouveau lave-vaisselle quand le dernier est tombé en panne juste avant la semaine de remise des diplômes.

— À bientôt, Annika, dit Gittan. Tu diras à Erik qu'on pense fort à lui, et William aussi d'ailleurs. Si tout va bien, il sortira dans quelques jours, peut-être dès demain.

— Super, dis-je en essayant de sourire. C'est encourageant.

Après un bref câlin, nous repartons chacun de notre côté. *Super.* Ce mot résonne dans ma tête comme une fausse note. Un blessé grave et un blessé léger, c'est mieux que deux blessés graves, je le sais bien. Mais, bon sang, pourquoi faut-il que ce soit Erik le plus amoché des deux, celui qui reste coincé à l'hôpital ?

Je repense au match d'équipe A prévu demain. Celui pour lequel Erik n'a pas été sélectionné. Dans ces circonstances, William ne sera pas non plus en état de le disputer et je ne peux pas dire que je le plaigne. Honnêtement, ça me réjouit même un petit peu.

En rentrant en taxi plus tôt dans la journée, j'ai envoyé un message à leur entraîneur.

> Salut Mattias, désolée de prévenir au dernier moment, mais Erik ne sera pas là au match d'aujourd'hui. Il a eu un accident. On te tient au courant dès qu'on en sait plus. Annika Brandt.

Je ne pouvais pas lui écrire que mon fils avait peut-être disputé son dernier match. Mes doigts s'y refusaient.

20

Emily

— Comment il allait ? demande Cissi en arrachant un bout de sa part de pizza et en laissant tomber le reste dans le carton. Il était triste ou…

— Sinistre. Il était sinistre.

Je ne vois pas d'autre mot. Les yeux d'Erik étaient vides, sans vie. Comme si on avait aspiré son âme et laissé sa coquille dans le lit.

— Comment ça ?

Je la regarde s'essuyer les mains dans l'herbe. Je ne peux pas lui expliquer. Elle ne comprendrait pas.

— Ben, c'était bizarre de le voir dans un lit d'hôpital. Et puis, ils ne savent pas s'il pourra remarcher un jour.

On s'est écrit plusieurs messages dans la journée, mais j'ai besoin de le répéter. De le dire à haute voix pour accepter cet accident, pour me dire que je ne l'ai pas inventé, que ça s'est vraiment passé.

Le Videdalsparken est désert, ce n'est pas commun. On s'est assises dans l'herbe sur nos vestes en jean, le carton de pizza entre nous. On devine les briques jaunes de l'école derrière les arbres. Jeudi, c'est notre dernier jour de collège. J'avais prévu de porter la même robe que celle d'Erik à sa remise de diplôme, mais maintenant je ne suis même pas sûre de vouloir fêter mon brevet. Est-ce qu'on peut faire la fête quand notre grand frère est à l'hôpital ? Quand Erik a fini son année de troisième, on a dîné en ville avec notre grand-mère et notre grand-tante Ulla. Mais, pour moi, ça me paraît compromis.

— C'est tellement horrible, soupire Cissi en prenant deux longues gorgées de Coca avant de se tourner vers moi. J'ai du mal à l'imaginer. Une vie en fauteuil. Cette virée en voiture, ils doivent s'en bouffer les doigts.

Si seulement on pouvait remonter le temps. Je ferais n'importe quoi pour revoir mon frère danser et jouer au foot. Quand je ferme les yeux, je revois ce visage sinistre. Ce garçon au visage pâle et aux yeux vides. J'entends encore le bip des appareils branchés tout autour de son lit.

Ma meilleure amie repose sa canette dans l'herbe.

— Qu'est-ce qui leur a pris ? (Elle prend une inspiration saccadée.) Merde, Emily, et s'ils allaient en taule ?

C'est seulement maintenant qu'elle y pense ? Moi, j'ai peur de ça depuis que j'ai mis le pied à l'hôpital. L'idée qu'Erik finisse derrière les barreaux m'obsède.

Mon téléphone vibre. Je n'ai même pas la force de le sortir de ma poche. On m'a bombardée de messages toute la journée. Ils ont commencé à affluer dans la nuit, mais je ne les ai pas lus. Tous ces gens que je ne connais même pas me posent des questions complètement tordues sur l'accident. D'ailleurs, d'où sortent-ils mon numéro ?

Je m'allonge sur le dos, l'herbe me chatouille les bras. Un nuage moelleux traverse le ciel, glisse au-dessus du gymnase et disparaît derrière les maisons de l'autre côté de la route. Au bout d'un moment, je m'aperçois que Cissi est restée silencieuse pendant trop longtemps et tourne la tête vers elle. Elle est assise dans la même position et chasse pensivement des miettes invisibles sur son jean. Puis elle lève les yeux et prend une inspiration.

— Je les ai vus.

Je me redresse d'un coup.

— Comment ça ?

— J'ai vu quand ils sont partis avec la voiture, répète-t-elle en fuyant mon regard. Erik et William.

— Mais… Pourquoi t'as rien dit ?

— Je te le dis maintenant.

— Et ce matin ? T'aurais pu le dire ce matin, quand je venais de l'apprendre de mon père. Mais… Si tu les as vus partir, tu aurais pu les arrêter, les empêcher de…

— Tu étais avec moi, on est sorties de la maison au moment où ils partaient, m'interrompt-elle. Sur le coup, je n'ai pas réfléchi au fait qu'ils avaient bu, tout ça. Et ce matin, tu étais dans tous tes états, je pouvais à peine te parler.

— Tu as vu qui conduisait ?

J'essaie de prendre un air détaché, mais mon cœur bat à cent à l'heure.

— Hum… (Elle reporte enfin son regard sur moi.) Je crois que c'était William, mais il faisait nuit. Et puis, tu étais appuyée sur moi.

Une vague de soulagement me submerge.

— Si William était au volant… (je referme le carton de pizza) mon frère sera forcément innocenté, non ?

— Je suppose, répond-elle, semblant réfléchir tout haut. Ne m'en veux pas, mais… je suis retournée à la fête, après.

— Quoi ? Mais pourquoi ?

Elle hausse les épaules.

— Pour récupérer mon téléphone. Je ne pouvais pas le laisser chez Hampus, ma mère risquait de m'appeler.

— Tu m'as laissée par terre dans la salle de bains, toute seule ?

— Détends-toi, soupire ma copine en se levant pour secouer sa veste et faire voler les brins d'herbe. Si tu avais été vraiment mal, je ne t'aurais pas laissée. J'ai couru aussi vite que j'ai pu. La fête était finie, il n'y avait plus personne, mais comme la porte était ouverte je me suis faufilée. Bon, il faut que je te raconte… (Elle se rassied et n'a plus l'air de se soucier de salir son jean blanc.) Il s'est passé un truc de dingue, commence-t-elle avant de baisser d'un ton. Je suis rentrée dans la maison juste le temps de récupérer mon portable et je suis ressortie. Mais, sur le chemin du retour, j'ai croisé le père de William. Il était en train de courir, genre, avec leur petit chien noir… Comment il s'appelle, déjà ?

— Lucifer. Il courait dehors ? En pleine nuit ?

Cissi opine.

— Comme Lucifer venait vers moi, je l'ai gratté derrière les oreilles. Ils aiment bien ça, les chiens. Mais Krister était vénère. Il tirait sur la laisse et criait après son chien. Je ne comprenais rien, je voulais juste lui dire bonjour. Et puis… (Elle marque une pause pour reprendre son souffle.) Quand je suis rentrée chez moi, j'ai remarqué que ma main était toute gluante, dégoûtante.

— De la bave de chien ?

— Non, dit-elle en secouant vivement la tête. C'était du sang.

21

Annika

Je contemple le ciel nocturne par la fenêtre de la chambre d'hôpital. C'est décidé, je ne remettrai plus jamais les pieds dans une église. Si c'est comme ça qu'on récompense ma gentillesse, non merci.

Toute ma vie, je me suis efforcée d'être quelqu'un de bien. D'être une gentille fille, une amie fidèle, une élève studieuse, une bonne épouse, une bonne mère et une collègue à l'écoute. J'ai toujours payé mes factures à temps, rapporté les bouteilles consignées et assisté à chaque foutue réunion parents-prof. À quoi bon faire tous ces efforts si on n'a rien en retour ?

Mon téléphone clignote sur le rebord de la fenêtre. Je consulte l'écran. Mattias, l'entraîneur d'Erik, a répondu à mon message.

Pas de souci. Salue Erik. M.

Si on ne le connaît pas, on peut croire qu'il se fiche royalement de l'accident. Ayant communiqué pendant des années avec les chefs d'équipe et entraîneurs, j'ai appris à les connaître et je sais que leurs messages sont très succincts. On pourrait croire qu'ils sont de mauvaise humeur, mais non, ils sont seulement pressés. Pourquoi perdre du temps à palabrer alors que trois mots suffisent ?

En revanche, pendant un match, ils n'ont aucun problème pour jurer, crier et taper du pied. Surtout quand leurs joueurs ne sont pas au top. Quand Erik était petit, je parlais souvent avec ses entraîneurs. Je leur demandais s'il ne serait pas plus productif d'encourager les enfants de dix ans, pour qu'ils s'épanouissent au sein de l'équipe. Ils étaient d'accord avec moi sur le principe, mais, dès le match suivant, ils se remettaient à pester depuis le banc de touche.

Je n'ai pas grandi dans un milieu de foot, alors, au début, leur langage me choquait. Comment un adulte pouvait-il humilier des enfants qui faisaient de leur mieux et leur hurler dessus ?

Je voyais bien qu'Erik et beaucoup de ses coéquipiers le vivaient mal, surtout quand ils étaient petits. Mais ça n'avait pas l'air de toucher les parents qui avaient fait du foot dans leur jeunesse, et j'ai rapidement compris que je ne pourrais pas changer toute une culture sportive à moi seule. Tant que les abus n'étaient pas trop manifestes, il fallait laisser couler.

Malgré tout, le message de Mattias me sidère. Après treize ans d'efforts, c'est à ça que j'ai droit ? À cinq mots froids ?

Non, il ne faut pas voir les choses sous cet angle-là. Ce n'est pas moi qui ai fourni tous ces efforts, c'est Erik. Mon fils a couru des milliers de kilomètres sur des terrains boueux. Il a travaillé ses coups francs, ses dribbles et sa défense. Il a bravé le froid glacial, les tempêtes et les insultes. Il a passé les deux tiers de sa vie à taper dans un ballon au stade du quartier d'Husie à Malmö, parfois jusqu'à cinq fois par semaine. Mes efforts à moi se résument à avoir parcouru les routes de Scanie en long, en large et en travers.

À laver ses chaussettes et à m'assurer qu'il n'aille jamais à l'entraînement le ventre vide. C'est tout.

Alors pourquoi est-ce que je ressens un manque total de reconnaissance ?

22

MATS

Toutes les lumières sont éteintes. Je suis à la fenêtre de la cuisine et regarde dehors, invisible pour quiconque aurait l'idée de se balader dans la rue à cette heure-ci. Une pluie battante s'abat sur Malmö. Le lilas contre la maison s'affaisse un peu plus à chaque nouvelle goutte sur ses feuilles. Il n'y a aucun bruit à l'étage, je suppose qu'Emily dort, mais rien n'est moins sûr. Peut-être qu'elle regarde un film ou qu'elle scrolle sur son téléphone. J'ai un reflux acide dans la gorge, mon vieil ulcère à l'estomac revient.

Les flaques d'eau se mettent à briller quand un rayon de lumière blafarde frappe le trottoir. Je me précipite dans l'entrée, enfile mon imperméable noir et jette mon sac à dos sur une épaule. J'ai l'impression d'être un soldat qui part en guerre : le devoir m'appelle, mais j'ai envie de me cacher sous le lit en attendant que ça passe.

Je pose la main sur la poignée de la porte, mais elle reste inerte, molle comme un poisson mort. Je sens une résistance presque physique, impossible de forcer sur la poignée. Je n'y arrive pas. Si je sors maintenant, je ne pourrai pas retourner en arrière, je n'aurai plus aucune excuse.

Mais, au fond de moi, je sais que c'est ma dernière chance si je veux essayer d'arranger les choses. Je ne peux pas rester planté là à ne rien faire, ce n'est même pas envisageable.

La pluie martèle les dalles de ciment de l'allée et je cours le dos courbé jusqu'à la voiture. Le pare-brise est embué, on ne distingue pas le visage derrière le volant. J'ouvre la portière du côté passager, jette mon sac à l'arrière et m'engouffre sur le siège. J'ai beau faire attention, la portière claque dans le quartier silencieux. Les voisins vigilants sont parfois nos pires ennemis.

— Tout est sous contrôle ? demande Krister en jetant un coup d'œil dans le rétroviseur pour faire demi-tour. Annika s'est endormie ?

— Elle est avec Erik, réponds-je. Elle dort à l'hôpital.

— C'est le timing parfait, alors.

Tandis qu'il reprend la route, je remarque sa nouvelle veste, un ciré vert militaire qui évoque la chasse au faisan et les grandes maisons de maître.

— Je ne sais pas trop, réponds-je pensivement.

Nous passons devant des villas endormies derrière leurs haies bien taillées. J'en viens à être jaloux de tous ces hommes tranquillement endormis chez eux. Peut-être qu'ils ont des boulots barbants. Ou des épouses barbantes. Mais aucun ne s'est foutu dans une merde noire comme moi. Aucun.

— Comment ça, tu ne sais pas trop ? Tant mieux si elle n'est pas à la maison. Comment t'aurais justifié ta petite escapade nocturne, sinon ?

Il met le clignotant gauche ; on emprunte Amiralsgatan.

— Et toi, alors ? rétorqué-je. Gittan n'est pas là ?

Il accélère la cadence des essuie-glaces, qui fouettent fébrilement le pare-brise.

— T'inquiète. Elle prend des somnifères qui l'assomment pendant une bonne partie de la nuit.

— T'en es sûr ?

Krister se met à rire.

— Certain. Ça va faire trente ans qu'on dort ensemble.

On est arrivés. J'ai soudain mal aux poumons, du mal à respirer. Est-ce qu'il appellerait les secours si je faisais une attaque ? Probablement pas. Il ralentit et se gare sur la fine bande de gazon qui sépare la route de la piste cyclable. Les gens se garent là parfois. Les parents fainéants dont les enfants ont le malheur de devoir s'entraîner sur des terrains de fortune prennent souvent la pelouse pour un parking. Il arrive aussi que la police vienne ici dresser les chiens. En journée, bien sûr. Si un maître-chien venait se garer là maintenant, on n'aurait vraiment pas de bol.

Je regarde par la vitre. Le ciel pluvieux rend cette nuit d'été particulièrement sinistre. Trois cages de foot sont jetées au milieu du terrain, évoquant les squelettes de vieilles espèces animales éteintes.

Je me tourne vers Krister.

— Ce que je veux dire, c'est que… je n'aime pas savoir qu'Annika dort à côté d'Erik. Et s'il se mettait à parler dans son sommeil ? Après tout, ils l'ont bourré de médocs…

Il me lance un regard.

— J'ai eu une petite discussion avec Erik. Je suis sûr qu'il tiendra sa langue.

Le mariage

23

Erik

La voiture engloutit les routes sinueuses à travers les champs où broutent des chevaux. On a vue sur l'Öresund et, au milieu de cette étendue bleue, on distingue la pointe de la verdoyante île de Ven.

On y est allés un jour en famille quand j'étais petit. On a pris le bateau depuis Landskrona et loué des vélos jaunes en haut de la colline qui surplombe le port. J'ai peu de souvenirs de ce voyage, mais je me rappelle ma fierté de pédaler sur mon propre vélo. Emily était trop petite, elle était sur un siège enfant derrière papa.

— C'est magnifique, ici, fait observer Nike en se retournant vers une ferme entourée de vieux arbres fruitiers. Je ne savais pas que cette région de Scanie était aussi jolie.

Je ne peux pas répondre, j'ai encore trop de mal à respirer. Et plus on s'approche du château, plus ça devient difficile.

— Tu es nerveux, remarque-t-elle.

Je garde mon attention braquée sur la route, mais je sens son regard sur moi, elle essaie d'interpréter la moindre de mes réactions. On se connaît depuis pas mal d'années, elle commence à être douée.

J'aimerais dire quelque chose, réfuter ses soupçons, mais pour l'instant c'est à peine si j'arrive à garder mon sang-froid et à maintenir la voiture sur la route. Mon pouls bat à tout rompre contre mes tempes.

Le panneau apparaît sur ma gauche, je freine trop brusquement et la voiture dérape. Nike ne dit rien, mais je sais ce qu'elle pense. Elle se demande pourquoi je ne lui réponds pas. Et pourquoi je conduis si mal. Elle fouille dans sa mémoire, des fois que j'aurais un jour laissé échapper un détail sur ma famille et mes amis, un indice qui expliquerait mon attitude.

On s'engage dans l'allée et j'ai l'impression de rouler vers ma propre mort. Ce n'est pas la première fois. Il y a huit ans, j'ai ressenti exactement la même chose et j'y ai échappé de justesse. Mais j'ai survécu. Quant à savoir si ma vie en vaut la peine depuis, c'est une autre histoire. J'ai souvent regretté de ne pas y être resté ce soir-là.

La chaussée se rétrécit, les arbres tendent leurs branches au milieu du chemin comme de vieux bras décharnés. J'échappe à leurs griffes et accélère. Nike s'agrippe à la poignée.

La voiture enfin garée, je me repose contre l'appuie-tête et ferme les yeux.

— Tu veux en parler ?

Je fais signe que non. Je ne veux pas en parler. Je vais devoir serrer les dents en attendant que cette journée se termine. Bizarrement, je repense à un bouquin de développement personnel que ma mère m'a offert à Noël quelques années après l'accident : *Choisir la joie*. D'après l'auteur, on a tous le choix : soit on subit notre vie, soit on en reste maître. Quelle blague.

Quelques minutes passent et je rouvre les yeux. Une femme en robe de cocktail traîne un grand étui.

— Waouh, une harpe ! s'exclame Nike en la pointant du doigt. Tu te rends compte du prix que ça doit coûter, d'embaucher une harpiste ? Il y en a combien dans toute la Suède, d'après toi ?

Comme je ne réponds pas, elle se retourne vers moi.

— Allez, Erik. Dis quelque chose, s'inquiète-t-elle, le front creusé par une ride. Je te trouve bizarre depuis qu'on a fait le plein. Il s'est passé quelque chose ?

Je m'empare de la canette de Ramlösa et vide les dernières gouttes pour mouiller ma langue le temps que mon cerveau trouve une réponse crédible. Mais je n'en dégotte aucune, et je déteste mentir.

— Non, rien de spécial, dis-je en reposant la canette et en essayant de prendre un air jovial. C'est l'émotion. N'empêche, c'est un grand jour.

Elle grommelle.

— Tu crois vraiment me faire avaler ça ? En plus, tu n'avais même pas envie de venir. Tu disais détester William et trouver Emily stupide pour s'être laissé séduire par ce crétin.

— Crois ce que tu veux. William est un crétin, certes. Mais ça ne m'empêche pas d'être un peu sentimental. Ma petite sœur va se marier, bordel !

Nike change de sujet.

— Vous étiez dans la même classe, toi et William ? demande-t-elle en détachant sa ceinture de sécurité sans toutefois sortir de la voiture.

J'opine.

— Jusqu'à la fin du collège.

— Tu l'as toujours détesté ?

J'y réfléchis une seconde.

— Non. Pas toujours.

— Qu'est-ce qui s'est passé ?

Je chasse vaguement l'air.

— Rien de spécial. On s'est éloignés, c'est tout.

24

Emily

— Je suis tellement contente pour vous ! dit Amanda en cherchant mon regard dans le rétroviseur. Et puis, c'est génial pour Milo. Dans quelques années, ils pourront jouer ensemble, nos bouts de chou.

Elle conduit trop vite, comme d'habitude. C'est étrange de la voir derrière le volant d'un break adapté aux poussettes, elle qui a toujours eu un faible pour les voitures de sport.

— Je me suis dit la même chose, murmuré-je, lissant un pli sur ma jupe de soie blanche. Il était temps de lui trouver un compagnon de jeux.

C'est étrange de parler tout haut de ce petit embryon dans mon ventre. Mon enfant. Notre bébé.

Quand les deux petites lignes se sont affichées sur le test de grossesse, j'étais seule à la maison dans notre salle de bains. Il était tôt ce matin-là, mais William était déjà parti au bureau. Mon premier réflexe a été de l'appeler, mais je me suis retenue en me disant que ce genre d'annonce se faisait plutôt de vive voix. L'idée m'est alors venue de garder la surprise pour le jour de notre mariage. Du champagne sans alcool et des roses rouges seront livrés dans notre suite – après minuit, pour que les glaçons du seau à champagne ne fondent pas. Il me tarde.

William n'a l'air de se douter de rien. Pour l'instant je me sens bien, les nausées ne surviennent généralement qu'à partir de la sixième semaine. C'est ce qu'ils disent en ligne, en tout cas.

Amanda quitte l'E6. On se rapproche. Je m'apprête à le faire remarquer à Cissi, mais ravale mes mots. Elle s'est murée dans le silence depuis qu'on a quitté Malmö et je crois savoir pourquoi. Elle vient tout juste de revenir sur le marché du célibat. Son mec était barbant à mourir, mais elle était amoureuse. Bien sûr, elle doit être contente pour moi, mais ce doit être douloureux pour elle de tout recommencer de zéro. Inutile de lui rappeler qu'elle est jeune et qu'elle a encore le temps pour tout ça. Quand on vient de se faire larguer, on n'a pas envie d'entendre ces choses-là.

Je lui touche doucement l'épaule.

— Il y aura quelques célibataires ce soir. Le petit cousin de William est un très bon parti.

Elle sourit d'un air absent.

Le vieux dicton nous dit « malheureux en amour, heureux au jeu », ce serait donc gage de fortune et ça correspond plutôt bien à Cissi. Son salon marche du tonnerre, mais côté cœur elle a eu moins de succès. Il m'arrive parfois de penser que je ne mérite pas la chance que j'ai. Cissi a travaillé dur pour lancer l'entreprise dont elle rêvait. Moi, je n'ai jamais nourri de grandes ambitions, à part celle de faire des études supérieures. Pourtant, aujourd'hui, j'ai tout ce dont je pourrais rêver. Grâce à William.

Amanda tourne à gauche et s'engage sous les arbres de l'allée ombragée.

— Je te dépose devant l'entrée, dit-elle. On te rejoint après.

Le parking est presque plein. La Mercedes d'Ibbe est là, je peux souffler. S'il est arrivé, alors William aussi. La Toyota de papa est garée à côté du SUV de Krister et Gittan, mais je ne vois pas la voiture de maman. Elle n'est pas encore arrivée ?

Je regarde autour de moi. Non, aucune petite Renault grise en vue. C'est la déception. A-t-elle oublié quel jour on était ? Lui est-il arrivé quelque chose ? Aurait-elle changé de voiture ? Non, ça m'étonnerait. Ma mère est trop radine. Et puis, les voitures ne l'intéressent pas. Elle n'en achètera jamais une neuve tant que l'ancienne roulera.

En vérifiant mon téléphone, je constate qu'elle n'a pas cherché à me joindre. Mon cœur se change en pierre. Je n'aurais jamais dû l'inviter. C'est du Annika Brandt tout craché, de disparaître au dernier moment sans rien dire à personne. Quelle lâcheté. Oui, voilà, c'est une lâche.

Si c'était le mariage d'Erik, je parie qu'elle serait arrivée des heures en avance. Elle se serait impliquée dans les préparatifs, aurait tout fait pour que ce soit parfait.

Une larme perle au coin de mes yeux, je me tourne vivement vers le château pour faire mine de l'admirer. Il est vraiment magnifique. Le mur de pignon qui s'élève devant nous est à moitié drapé de plantes grimpantes. Elles serpentent le long des hautes fenêtres à croisillons et s'entrelacent entre les colonnes de la balustrade de la terrasse. À droite de la porte en chêne, le long du bâtiment, un énorme pot sur pied attire mon attention. Il est rempli de fleurs blanches débordant en cascades. Les détails de cuivre patiné sur le toit captent les reflets du soleil.

J'essuie cette larme agaçante et décide d'oublier ma mère. Elle ne mérite pas que je me mette dans cet état. Aujourd'hui, je dois m'amuser et profiter.

— Et voilà, *mademoiselle** ! annonce Amanda en freinant. Maintenant, dépêche-toi.

Cissi se tourne vers moi et me serre tendrement la main.

— Désolée, soupire-t-elle sincèrement. Je repensais à ce salaud. Mais il ne doit pas foutre en l'air ta journée. Aujourd'hui, c'est l'amour qui compte.

Ma robe bruisse quand je sors de la voiture et j'ai du mal à rassembler tous mes jupons. Nous aurions pu nous rejoindre au château, mais je préférais qu'on se retrouve à la maison. Je voulais que ce moment avec mes demoiselles d'honneur soit chaleureux, familial. Et c'était réussi.

Je me prépare, reprends mon souffle et aperçois quelqu'un d'autre dans la cour. Un peu plus loin sous les arbres, je vois mon futur beau-père discuter avec mon grand frère. C'est très étonnant. Autant que je sache, Erik a fait comme maman, il a coupé les ponts avec la famille Nihlzén après l'accident. Et voilà qu'ils discutent. C'est peut-être bon signe. Leur langage corporel ne révèle rien du tout. Krister agite les bras, mais ça n'a rien d'exceptionnel, il le fait toujours quand il s'emballe. Ils pourraient aussi bien parler de l'architecture du château que projeter un assassinat.

Cette idée me fait doucement rire, je les salue de loin, même si la mariée ne doit pas être aperçue avant la cérémonie. Qu'est-ce que ça peut faire, après tout ?

---

* Les mots suivis d'un astérisque sont en français dans le texte original.

25

Mats

J'admire les gens qui parviennent à entretenir leur pelouse. Qui y arrivent vraiment, je veux dire. Aucune mauvaise herbe, pas de mousse. Juste de l'herbe. Ceux qui connaissent un peu le sujet savent que c'est du boulot et que ça coûte un bras en engrais rien que pour obtenir un gazon potable. Chapeau bas au jardinier de ce château.

La pelouse descend en pente douce vers la mer, qui scintille sous le soleil de l'après-midi. Toutes les chaises sont disposées dans l'herbe de sorte que tout le monde puisse profiter de la vue. Maman et tante Ulla ont déjà rejoint leurs places à côté de ma sœur d'un côté de l'allée au bout de laquelle se dresse une grande arche ornée de feuillage vert et de roses aux différentes nuances. C'est très joli.

— Allez, viens, me presse Isobel en me poussant vers le monde qui s'installe tranquillement dans les rangées. Il faut saluer les invités.

— Tu veux que je serre la main de cent cinquante personnes ?

— Bien sûr que non, dit-elle en souriant. Mais tu devrais pouvoir dire bonjour à deux ou trois d'entre elles, non ?

À peine un pas vers eux et je commence déjà à suer. Ce n'est pas tant à cause de la chaleur que de cet attroupement d'amis d'Emily et de William, tous bâtis comme des stars, le teint hâlé et les cheveux brillants. Comment se fait-il qu'ils soient aussi beaux ? Je repense aux poupées Barbie avec lesquelles Emily adorait jouer quand elle était petite.

— Ça fait un bail.

Quelqu'un m'assène une vigoureuse tape dans le dos. Je me retourne.

— Hampus ?

Le jeune homme hoche la tête.

— Content de te revoir, Mats. La forme ?

Je cherche une pointe d'hostilité dans son regard ou de l'ironie dans sa voix, mais il a l'air sincèrement content. C'est surprenant. Même si je ne sais pas vraiment à quoi je m'attendais. Tous ces gens-là ont arrêté de donner des nouvelles quelque temps après l'accident. L'attitude d'Annika y a fait, et notre divorce aussi.

C'est triste de voir son cercle d'amis s'étioler, mais dans ces circonstances, il valait mieux. Peu de temps après, j'ai rejoint le groupe de copains d'Isobel. On s'est rencontrés après le drame, ils ne savaient pas qui j'étais avant de les connaître, et l'ignorent encore d'ailleurs. Même Isobel.

— Ça va, mens-je. Il fait beau, on n'a pas à se plaindre.

— Je te présente Benjamin, ajoute Hampus en se tournant vers un garçon de son âge. C'est mon copain.

— Mats, le salué-je en lui tendant la main. Le père de la mariée. Et voici Isobel, ma compagne.

— Enchanté, répond le dénommé Benjamin avec un sourire éclatant avant de désigner le château. C'est beau, hein ? Très classe.

Quelqu'un attire son attention et Isobel en profite pour me conduire plus loin. Je balaie la foule d'un regard et cherche un fauteuil roulant parmi tous les pingouins.

— Tu as repéré Erik ?

— Non, me dit-elle en regardant autour d'elle. Je pensais justement à lui. Il devrait déjà être arrivé, non ?

— Il ne va pas tarder.

Je sens alors une lourde main se poser sur mon épaule.

— Mats.

Krister se penche vers moi et je m'aperçois que je ne m'étais pas trouvé aussi près de lui depuis de nombreuses années. Aux rares occasions où Emily estimait qu'il nous fallait être présents dans la même pièce, je veillais toujours à maintenir une distance respectable.

— Viens par là, je dois te parler, m'ordonne-t-il sur le ton d'un agent de sécurité grincheux. (Il accorde cependant à Isobel un grand sourire.) Je vous l'emprunte juste une minute, je peux ?

Comme elle ne proteste pas, je le suis. Telle une marionnette sans volonté.

— Tout va bien ? demande-t-il en regardant autour de lui, vérifiant que personne ne nous écoute. Dis, j'ai eu une petite discussion avec Erik tout à l'heure, il n'a pas l'air très stable. Je compte sur toi pour le garder à l'œil ce soir. Il ne faudrait pas qu'il nous fasse une scène, hein ?

26

Annika

Un petit orchestre s'installe en biais derrière l'arche de roses. C'est un quatuor à cordes complété par une harpiste. Rien que ça. Je ne serais pas étonnée qu'Emily ait commandé une volée d'anges pour tomber du ciel sur la musique de sortie.

Il fait une chaleur étouffante et je regarde autour de moi, je prendrais bien quelque chose à boire. Et puis, j'aimerais bien m'asseoir. Le trajet en voiture m'a épuisée. On était déjà en retard quand Mats s'est engagé dans ma rue et, pile au moment où on allait repartir, son téléphone s'est mis à sonner. Au lieu de le mettre en haut-parleur pour prendre la route, il est sorti de la voiture et a papoté pendant une éternité. J'ai cru que j'allais exploser. En quoi son coup de fil pouvait-il passer avant notre ponctualité au mariage de sa fille ?

Fidèle à son habitude, Mats est grognon et désagréable. On dirait qu'il me soupçonne d'avoir saboté volontairement ma voiture. Ou de mentir. Mais pourquoi aurais-je envie de covoiturer avec mon ex-mari et sa nouvelle compagne ? Je me passerais bien de les voir, au contraire.

J'ai l'estomac noué. Pourvu que la cérémonie commence à l'heure et qu'on n'ait pas à faire la conversation pendant cent ans. Personne ne vient me parler, mais rester plantée là toute seule, c'est presque pire. J'essaie de figer un sourire. Il paraît que j'ai l'air en colère quand je ne souris pas.

Hampus Olsson, l'un des copains de l'ancienne bande d'Erik, fait son intéressant un peu plus loin. Il travaille dans la finance et habite à Stockholm. Comme William, c'est devenu une sorte de star du show business. Dès qu'on entend parler de nouveaux riches de cette branche, la photo d'Hampus ou de William apparaît à la télé.

À côté de lui, c'est son compagnon, Benjamin Al Hadid. Hampus ayant laissé son compte Instagram public, j'ai quasiment suivi leur romance en temps réel. De loin, évidemment. Il ne me viendrait pas à l'idée de liker quoi que ce soit. Si j'ai téléchargé l'application, c'est uniquement pour me tenir informée, je ne publie jamais rien. Ma vie ne s'y prête pas vraiment.

Sous la terrasse du château, Robin et Sanja Landin posent devant une photographe munie d'un gros reflex numérique. Robin était le seul de la bande à ne pas avoir abandonné le foot. Il a gravi les échelons et a même disputé quelques matchs nationaux dans l'une des équipes junior. Aujourd'hui, il dirige une boîte d'événementiel à Malmö avec sa femme.

Étant donné le nombre de célébrités inscrites sur la liste des invités, il n'est pas étonnant qu'Annika Brandt ne dorme pas dans le château. De toute évidence, William ne s'entoure que de l'élite de notre société. Si moi-même et une poignée d'autres quidams avons le privilège de nous trouver ici, c'est uniquement en raison de nos liens familiaux. D'ailleurs, je vois approcher un autre type lambda dont la présence est seulement tolérée pour cette raison.

— Salut, maman.

Erik roule lentement dans l'allée de graviers en pente. Il est un peu pâle mais très élégant dans son costume. Derrière lui, une jeune femme sûre d'elle aux cheveux noirs et nombreux piercings marche d'un bon pas dans sa robe violet foncé. On dirait qu'elle se rend à un festival gothique.

Je me précipite vers mon fils pour me pencher et le serrer dans mes bras. C'est compliqué. Pas à cause du fauteuil, mais parce que faire un câlin à mon fils revient à étreindre un tronc d'arbre.

— Te voilà enfin. J'ai eu peur que tu n'arrives pas à temps. Le trajet s'est bien passé ? (Je me tourne vers la brune.) Annika, je suis la maman d'Erik. Vous devez être Nike.

— C'est ça, confirme-t-elle en me tendant sa main tatouée. Ravie de faire enfin votre connaissance.

Robin et Sanja s'approchent.

— Eh, salut ! s'exclame le garçon en tendant la main pour faire un high five qu'Erik, après une brève hésitation, finit par accepter. On ne s'était pas vus depuis un bail ! C'est con d'avoir perdu contact comme ça.

Il enchaîne avec un véritable interrogatoire. Erik habite-t-il toujours à Göteborg ? Dans quelle branche travaille-t-il ? Et ainsi de suite. Je vois bien que mon fils est mal à l'aise, mais il répond gentiment. À mon avis, il partage mon sentiment sur la journée qui s'annonce.

Sanja et Nike accrochent tout de suite. Elles essaient de m'inclure dans leur conversation, mais j'ai du mal à me concentrer sur ce qu'elles disent, trop étourdie par ce que je vois.

Robin Landin a toujours la carrure charpentée, il a le sourire d'une pub pour blanchir les dents et dégage l'assurance propre aux gens qui ont réussi dans la vie. Chaque fois qu'il rit, Erik se ratatine un peu plus. Mon cœur saigne de voir mon fils aussi… anéanti. Je ne peux pas le supporter. C'est trop douloureux. Je marmonne que je dois m'éclipser aux toilettes et pars au petit trot en direction du château.

— Où tu vas ? (Mats m'attrape le bras quand je passe devant lui.) La cérémonie va bientôt commencer.

Je me dégage d'un geste sec et reprends ma course. J'ai besoin de partir d'ici.

Sur la terrasse, les serveurs sont en pleine préparation du toast des mariés. Je m'arrête net, ajuste ma coiffure et essuie avec un doigt la sueur qui perle au-dessus de ma lèvre.

— Bonjour, est-ce que je pourrais… (Je désigne les bouteilles enfoncées dans de grands seaux à glace à l'ombre derrière les arbres.) J'ai besoin d'un petit remontant.

Les deux jeunes serveurs, tirés à quatre épingles dans leur pantalon noir et leur chemise blanche, échangent un regard.

— Ben…, hésite le garçon. On ne doit pas encore les ouvrir. Pas tant que ce n'est pas fini là-bas.

Je suis son regard vers la pelouse où tout le monde s'est assis.

— Vous pourriez peut-être faire une exception ? tenté-je avec un air malicieux. Ce serait notre petit secret. (Pas de réaction, alors je continue.) Allez, quoi. Je suis la mère de la mariée et je suis à deux doigts de tourner de l'œil tellement je stresse.

Les jeunes se regardent à nouveau, puis la fille finit par attraper une bouteille, non sans un soupir sonore. Je m'empare d'un verre sur la table et le tends.

— Si vous pouviez faire vite…

Le bouchon saute et atterrit derrière la balustrade de la terrasse. La fille me sert en regardant nerveusement autour d'elle. J'incline le verre pour limiter la quantité de mousse.

Une alerte retentit au fond de mon esprit, assez faible pour que je l'ignore. Le soleil donne des reflets dorés au champagne, que je bois d'un trait. Personne ne proteste quand je me fais servir une seconde tournée.

Huit ans plus tôt

27

Emily

Ma chemise de nuit me colle à la peau et j'ai la tête lourde, le soleil est braqué comme un projecteur sur mon lit. Comment ai-je pu oublier de baisser le store ? Je reste allongée un long moment sous les draps, trempée de sueur, l'oreille tendue. Mais je n'entends pas un signe de vie dans la maison, seulement le chant monocorde d'un oiseau par la fenêtre entrouverte. Où sont les autres ?

Tout me revient. Maman n'a pas dormi là, elle est restée à l'hôpital. Papa retourne souvent à la boutique le dimanche matin, mais il n'y est quand même pas allé aujourd'hui, si ? Il aurait pu me prévenir hier soir.

Je me lève du lit et sors dans le couloir. La porte de la chambre d'Erik est entrebâillée, j'ai juste à la pousser. Surmontant mon malaise à l'idée d'envahir son intimité, je fais quelques pas dans la chambre, c'est plus fort que moi. Le lit est défait. Par terre sont éparpillés des chaussettes, des caleçons et des maillots de sport. La veste de son costume pour la remise des diplômes est jetée sur le dossier d'un fauteuil. Pas le pantalon, il le portait à la soirée de Hampus. Sur le bureau, on trouve quelques manuels scolaires, des papiers et un bout de crayon. L'écran de l'ordinateur est noir, mais le casque est posé sur la boîte de Fifa 11.

On pourrait croire qu'il vient juste de partir chez William. Ou à l'entraînement. Rien ne laisse penser que tout a changé, que rien ne sera jamais plus comme avant.

J'en ai déjà marre de l'accident. Tout le monde ne parle que de ça. Les messages continuent d'affluer, les gens demandent comment va Erik, s'il va s'en remettre. Je ne sais pas quoi leur répondre. Il est paralysé, mais ça aurait pu être pire. Je suis contente qu'il ait survécu.

Mais on dirait que maman ne peut pas en dire autant. Elle est en boucle sur des histoires d'indemnisation et sur l'importance qu'Erik commence sa rééducation le plus tôt possible. Elle va même poser des jours de congé pour rester avec lui à l'hôpital.

Il faut dire qu'elle l'a toujours couvé, cédant à ses moindres caprices. Elle l'a toujours conduit à l'entraînement quand il le réclamait, alors qu'on peut presque apercevoir les terrains depuis notre maison. Et il a souvent été dispensé d'aider aux tâches ménagères parce qu'il devait « se reposer avant un match important » ou parce que « l'entraînement l'a fatigué ». Comme si mon frère risquait d'être moins bon footballeur s'il débarrassait la table ou étendait le linge. Alors que moi, je n'y échappais jamais.

La cuisine est déserte, mais la machine à café est allumée et une brique de lait est posée sur le plan de travail. La porte de la terrasse est ouverte, je passe la tête dehors. Bien qu'il fasse frais, l'auvent est presque entièrement déroulé. Papa est assis à la table, une tasse de café à la main. Devant lui, une boîte de snus et un journal ouvert. Mais il ne lit pas, il fixe le jardin.

— Coucou papa.

Il tourne lentement la tête vers moi.

— Bonjour, ma chérie. Tu as bien dormi ?

— Moyen.

En réalité, je n'ai pas fermé l'œil avant 4 heures. Ce que m'a raconté Cissi tournait en boucle dans ma tête, le fait qu'elle ait vu William et Erik partir de la fête. Pourquoi ne l'a-t-elle pas dit tout de suite ? Est-ce que je dois en parler à mes parents ? S'ils apprennent qu'on était à la soirée de Hampus, ils vont péter un câble. D'un autre côté, n'est-ce pas dans l'intérêt de mon frère que quelqu'un ait vu que c'était William derrière le volant ?

Je m'assieds et tends les jambes sous la table.

— Tu as des nouvelles de maman ? (Les dalles sont froides sous mes pieds nus et le coussin de la chaise est humide, il a dû passer la nuit dehors.) Et d'Erik ?

— Pas aujourd'hui.

Lui non plus n'a pas dû trouver le sommeil. Il est tout pâle et a de grosses valises sous les yeux.

— Papa ? (Pas de réaction.) Tu sais, avant-hier…

Je me penche vers lui et agite la main pour qu'il me regarde.

— Quoi ?

Il a l'air perdu, on dirait qu'il ne me reconnaît pas.

— Cissi les a vus partir.

Mon père se lève et demande :

— Qu'est-ce que tu veux pour le petit déjeuner ?

28

Mats

— T'es sûre que c'est une bonne idée ? (J'ouvre la portière et m'installe derrière le volant.) T'as envie de sortir, toi, ce soir ?

Annika est déjà sur le siège passager.

— Relativise, ce n'est pas comme si on sortait en boîte.

— Je sais, mais je suis fatigué. Je n'ai pas envie de voir des gens.

Nous avons passé l'après-midi dans la chambre d'Erik à le regarder dormir. Quand il s'est réveillé, on s'est relayés pour lui apporter du jus ou de la soupe de cynorhodon. Aucun de nous n'a évoqué l'accident.

Aujourd'hui, il n'y avait ni la chirurgienne ni l'autre médecin, probablement parce que c'est dimanche. Le peu de personnel présent courait partout d'une chambre à l'autre et n'avait pas le temps de répondre à nos questions. Si j'ai envie de rester chez moi, ce n'est pas que j'ai vu trop de monde, mais j'ai besoin d'être un peu seul pour réfléchir.

La voiture démarre du premier coup, chose rare, et je passe la marche arrière. Sur le mur de béton en face de nous, quelqu'un a tagué « ÇA CRAINT » à la peinture en spray rouge. Je suis assez d'accord avec ça.

— Des *gens* ? s'agace Annika. Ce sont nos amis, je te rappelle. Ils nous invitent à manger… (Elle se tait, soupire et reprend.) Tu sais, moi aussi je trouve que c'est bizarre. On devrait rester avec Erik jour et nuit. Mais ça nous fera du bien de faire une pause.

En sortant sur le parking de l'hôpital, on a croisé Gittan et Krister avec la famille Jafari. Ils avaient rendu visite à William, mais pas à Erik. Fariba et Massoud se sont aussitôt montrés encourageants.

— Vous devez être au bout du rouleau, a dit Fariba. Et si vous passiez à la maison ? On vous fera un petit repas simple, vous pourrez vous reposer un peu.

— Je ne sais pas… (Annika s'est tournée vers moi, puis vers les Nihlzén.) On est vraiment fatigués. En même temps, ce serait bien de ne pas avoir besoin de cuisiner.

— On peut s'arrêter sur la route, prendre un plat thaïlandais à emporter, ai-je plutôt proposé. Ou aller au restaurant chinois de Sallerupsvägen.

— Ne dis pas de bêtises ! s'est indigné Massoud. Venez manger persan. En plus, ce sera totalement gratuit.

L'affaire était déjà conclue.

La voiture sort du parking. Je cherche une excuse pour ne pas y aller ce soir, mais n'en trouve pas de valable. Emily n'a pas voulu venir, ça lui allait bien de s'acheter un plat préparé à réchauffer au micro-ondes.

— On ne restera pas longtemps, promet Annika comme pour s'autoconvaincre. On gardera nos téléphones près de nous, pour rester joignables en cas de besoin.

— Bienvenue. Entrez, entrez.

On a laissé la voiture à la maison pour venir à pied chez les Jafari, qui habitent à deux pas. Massoud nous fait traverser le salon pour gagner la terrasse, où Gittan et Krister sont déjà installés. Des boissons et des amuse-gueules sont disposés sur la table. Je m'assieds à côté de ma femme et accepte volontiers la bière fraîche que me tend Massoud, ça me calmera les nerfs.

La conversation s'anime au bout de quelques minutes à peine. Annika, Gittan et Krister se relaient pour évoquer ce qui s'est passé, dans le détail et parfois en se coupant la parole. Pour ma part, je reste discret.

— Excusez-moi, intervient Annika au milieu de la conversation. J'ai conscience que ça peut paraître déplacé, mais on se connaît bien, vous comprendrez que… J'ai beaucoup réfléchi à l'accident, et, hum… (Elle se tourne vers Gittan et Krister.) Est-ce que vous savez qui était au volant ?

Le silence tombe autour de la table. Il persiste assez longtemps pour que Gittan s'agite sur sa chaise. Fariba prend une poignée de noix et Annika esquisse un sourire gêné en balayant l'assemblée du regard.

— Ce n'est pas très important, bien sûr, insiste ma femme. Et en même temps, ça l'est quand même un peu. (Elle fait de grands gestes et sourit plus franchement.) Mais bon, le plus important, c'est que nos garçons s'en remettent.

— Tu as raison, renchérit Krister. Quant au pourquoi du comment, on en saura plus en temps voulu.

Pendant tout le repas, j'ai l'impression qu'il m'a à l'œil. Au bout d'un moment, j'ai besoin de faire une pause. Je m'excuse à mi-voix, seulement entendu par ma femme, et quitte la table pour gagner discrètement la salle de bains. Je referme la porte derrière moi, m'assieds sur le rabat des toilettes et prends ma tête dans mes mains.

Et merde.

Merde, merde, merde.

Je frappe du poing sur le rebord du lavabo et une douleur fulgurante me remonte le bras. Putain, qu'est-ce qu'on a fait ! Est-ce que ça en valait vraiment la peine ?

Au bout de longues minutes assis là, je me force à me relever. Je me rince le visage, avale une gorgée d'eau glacée au robinet et prends un snus. Puis je retourne lentement à la terrasse en espérant ne rien montrer du chaos qui me tord les boyaux.

Ils se sont tous les cinq installés au salon de jardin dans les fauteuils immenses, avec des tasses à café et mugs de thé devant eux sur la table. Il fait doux et il n'y a pas le moindre vent, les flammes des bougies sont parfaitement droites. Je m'assieds et observe un papillon de nuit solitaire qui danse autour de l'éclairage extérieur.

— Vous savez quand William pourra rentrer à la maison ? demande Fariba aux intéressés.

— Peut-être dès demain, répond Krister.

— Génial. (Massoud prend sa tasse de thé.) Ça lui fera du bien de quitter l'hôpital.

J'ai l'image de mon fils allongé dans son lit d'hôpital, aussi blanc que ses draps, les yeux brillants de larmes. Je jette un coup d'œil à Krister, qui parle à Massoud de soldes d'été dans une boutique de matériel de golf. Comment peut-il parler de choses aussi futiles ? Comment peut-il avoir l'air aussi détendu ?

Je me lève.

— Excusez-moi. (Les discussions animées se taisent.) Merci pour ce repas. (Je me tourne vers Massoud et Fariba.) C'était vraiment délicieux. Mais il faut que je rentre me coucher. Je suis tellement fatigué que je ne sais plus où j'habite.

Ma femme se lève également.

— Oui, il est temps de rentrer. Ces derniers jours ont été difficiles.

— Bien sûr, dit Fariba en imitant d'un bond notre mouvement. Non, non, laissez tout, on va s'en occuper.

Elle fait signe à Annika de lâcher les tasses qu'elle allait débarrasser, et cette dernière se tourne vers Gittan.

— Dis à William de se remettre vite d'aplomb. L'équipe aura besoin de lui sur le terrain.

— Merci, Annika. (Elles se prennent dans les bras l'une de l'autre.) Vous embrasserez Erik. Dites-lui qu'on pense très fort à lui.

Nous prenons le chemin de la maison dans cette calme nuit d'été alourdie par un parfum entêtant de seringat. Des voisins font la fête dans leur jardin et s'esclaffent sous des lampions colorés. Une autre arrose son potager.

Annika a le visage fermé. À quoi pense-t-elle ? Je sais bien que je devrais lui promettre que tout s'arrangera.

Mais ce serait lui mentir.

29

Erik

— Tiens. De la part de toute l'équipe.

Mattias me tend un bouquet de fleurs et une boîte de chocolats. Le bouquet est enfermé dans un plastique transparent avec l'étiquette rouge vif de la station-service sur le côté. Je le remercie et repose les cadeaux sur ma couverture.

— Tu n'as pas de vase ici, constate-t-il en sondant la pièce.

— Non, mais peut-être dehors…

Pendant qu'il sort dans le couloir, j'essaie de me remettre de mon choc. Je ne m'attendais pas à le voir ici. Mon entraîneur. Enfin, *ancien* entraîneur. Mon estomac se serre.

Mattias Melin est probablement le meilleur entraîneur de foot que j'aie jamais eu. Ce n'est pas un causant, mais il sait pousser une équipe entière vers un but commun, et avec un calme contagieux. Sans jamais avoir besoin de crier, il sait se faire écouter. Parce qu'il dit des choses sensées. Avec lui, on en apprend tous les jours. Benny, l'entraîneur de l'équipe A, est un homme des cavernes. Il sort des clichés du genre « laisse le ballon bosser pour toi », il nous gueule dessus en nous traitant de lavettes et s'énerve contre les arbitres, pour finir bien souvent exclu du terrain. Bref, c'est un pitre.

La porte s'ouvre brusquement et Mattias revient, un vase à la main. Il le remplit d'eau et y installe le bouquet. Le vase posé sur ma table de chevet, il reste planté là. Sa peau au-dessus du col de sa chemise vire au rouge pivoine, comme quand il trouve qu'on ne se donne pas assez sur un match important.

— Comment ça va ?

Je force un sourire et réponds :

— La pêche.

Sur un soupir, il secoue la tête.

— Désolé, Erik. Je ne sais pas trop quoi te dire.

— C'est… (Je reprends mon souffle, mes poumons ne suivent pas le rythme.) T'inquiète. Il n'y a pas grand-chose à dire.

— Mais… (Mattias jette un bref coup d'œil à mes jambes immobiles sous la couverture) ce n'est pas complètement foutu, si ? Ta mère a dit qu'il y avait un espoir. Je veux dire… que ton corps pourrait s'en remettre.

— C'est vrai. (Quand je remarque que je tripote frénétiquement le pli du plastique de la boîte de chocolats, je m'arrête brusquement.) Mais il est maigre.

Il opine, se balance d'un pied sur l'autre. Au moment où le silence devient vraiment gênant, on frappe trois coups légers à la porte. Quand elle s'ouvre, mon cœur manque un battement avant de reprendre douloureusement son rythme.

— Salut, toi ! lance alors l'entraîneur, soulagé. Comment ça va ?

William entre dans la pièce. Ses cheveux foncés ont l'air humides, comme s'il venait de prendre une douche. J'ose à peine le regarder. Mon père m'a expliqué que William avait perdu la mémoire et que c'est assez courant après un traumatisme crânien. Et puis, elle peut revenir au bout d'un moment. Est-ce pour cette raison qu'il vient me voir ?

— Ça va. J'ai un peu mal à la tête. Et ici, aussi, ajoute-t-il en montrant sa poitrine. Mais à part ça, je vais plutôt bien.

— Content pour toi.

Mattias lui donne une vigoureuse tape dans le dos, puis s'excuse de l'avoir fait grimacer de douleur.

— Bon, justement, j'allais partir, bredouille l'entraîneur en nous regardant. Vous devez avoir un tas de trucs à vous dire.

William perd son sourire. Il fourre ses mains dans ses poches en regardant ses chaussures, puis se tourne vers moi.

— Il paraît que... Ma mère a dit qu'on t'avait opéré. Comment tu te sens ?

Je l'observe un instant et remarque qu'il a l'air secoué. Je me calme aussitôt. Si William est bouleversé, c'est qu'il a mauvaise conscience.

30

Annika

Erik est endormi quand on entre dans la chambre. Je m'approche du pied du lit et le regarde. J'observe son nez légèrement courbé et ses cils épais, ses joues encore lisses et ses cheveux blonds, coupés court pour la cérémonie de remise des diplômes.

Mon joli garçon. Mon enfant chéri.

Qu'est-ce qui lui a pris de monter dans cette voiture ? Mats a raison, Erik et William devaient être bourrés. Pourtant, ça me paraît invraisemblable. Mon fils est raisonnable. Et il a toujours été très prudent avec son permis. Il ne prendrait jamais le volant en ayant bu. Pas de son propre gré, en tout cas. Il a dû subir la pression des copains, chose à laquelle on résiste difficilement quand on a picolé. Peut-être que c'était un défi, un pari ou ce genre de trucs dont les ados de son âge raffolent.

Plus j'y pense, plus j'en suis convaincue : c'est William qui conduisait. Ce qui s'est passé, ce n'était pas la faute d'Erik. Je me tourne et m'approche de Mats, assis sur une chaise, le regard perdu par la fenêtre.

— Il faut qu'on lui demande ce qui s'est passé, chuchoté-je. Comment c'est arrivé. Qui conduisait.

Mats tourne la tête vers moi.

— Pourquoi t'es si pressée ?

— Pressée ? soufflé-je. On attend depuis trois jours. Et il est parfaitement capable de parler. Tu ne veux pas savoir, toi ? Tu ne te demandes pas…

— Il finira par en parler, m'interrompt Mats. Il faut lui laisser le temps. Il a besoin de calme, de silence. Et pas d'un interrogatoire. Celui de la police suffit, tu ne crois pas ?

Intérieurement, je bouillonne. Généralement, Mats et moi tombons d'accord sur à peu près tout. Enfin, disons plutôt que j'ai des idées bien arrêtées et qu'il s'en fiche assez pour s'y plier. Mais maintenant, voilà qu'il a un avis sur tout, et souvent en contradiction avec moi. J'ai besoin de prendre l'air.

— Je vais à la cafétéria, tu veux quelque chose ?

— Non merci, ça va.

Je sors et remonte le couloir d'un bon pas. J'allais franchir les doubles portes quand celle des toilettes attire mon regard. Finalement, je vais plutôt là. À peine ai-je fermé le verrou que les larmes coulent. Depuis cette fameuse nuit, j'ai le cerveau en ébullition, et là, il va exploser. Je me sens terriblement seule et impuissante. Mats est sur une autre planète et nos amis proches sont trop touchés par ce qui nous arrive, on ne peut pas être totalement transparents avec eux.

J'arrache une serviette en papier du distributeur, m'essuie les yeux et me mouche. Mon reflet dans le miroir me renvoie le sourire que j'essaie de forcer. Je rejette les épaules en arrière en espérant que le corps suivra, qu'il retrouvera sa droiture.

Maintenant, il faut penser positif. Réjouissons-nous qu'Erik ait survécu à l'accident et arrêtons de pleurer parce qu'il risque de finir en fauteuil roulant. On peut vivre heureux même en fauteuil. Rester assis ne l'empêchera pas de faire des études, de se faire des copains et de fonder une famille, ni même de se remettre un jour au sport.

Mais imaginer ne plus jamais le voir courir… c'est impossible. Ne plus revoir cette étincelle dans ses yeux quand il recevait une convocation pour un match. Cette détermination quand il disputait le ballon à l'adversaire.

En remontant le couloir, je manque de peu de percuter une infirmière et arrive presque à la porte de la chambre quand je reconnais les voix de mon fils et de mon mari.

— Mais qu'est-ce que tu ne piges pas ? crie Erik. Il ne s'agit pas de lui, mais de moi !

Mon premier réflexe serait de me précipiter dans la chambre pour protéger mon garçon d'un potentiel danger, mais quelque chose m'en empêche. Au lieu de ça, je reste là, le cœur battant, à tenter de comprendre ce qui se passe.

— Pourquoi tu ne l'as pas dit plus tôt, putain ? rétorque Mats, désespéré. Ça change tout !

— Je sais, hoquette Erik. (Voilà qu'il pleure.) Mais j'ai pas osé… je…

— Excuse-moi, soupire mon mari, aussitôt calmé. Pardon, Erik, je ne voulais pas…

Il se tait. On n'entend plus que les sanglots de notre fils. Je pousse la porte et fais quelques pas vers le lit, puis me tourne vers Mats.

— Tu ne disais pas qu'il avait besoin de calme et de silence ?

Il s'apprête à répondre, mais Erik est plus rapide.

— Ce n'est rien, marmonne-t-il. C'est moi qui ai commencé.

Ses yeux rougis me font mal au cœur, je me retourne à nouveau vers mon époux.

— J'ai raté quelque chose ? Vous auriez oublié de me dire un truc ?

L'atmosphère est lourde, j'ai du mal à respirer.

— Non, dit finalement mon garçon. Mais puisque tout le monde veut le savoir… (Il regarde le plafond.) C'était William qui conduisait.

Mon soulagement n'arrive pas vraiment à chasser la peur qui m'assaille.

— Il y avait quelqu'un d'autre dans la voiture ?

— Non. Seulement lui et moi.

L'image de William Nihlzén m'apparaît et ça me retourne l'estomac. Aurait-il volontairement quitté la route ? Pour blesser Erik et se débarrasser d'un éventuel concurrent sur le terrain de foot ? Ne savait-il pas déjà que c'était lui, et non Erik, que l'équipe A convoquait pour ce match important, pour ce potentiel tremplin vers une carrière professionnelle ?

J'essaie de chasser cette idée trop tirée par les cheveux ; William n'avait pas l'assurance de s'en sortir sans blessure grave. Pourtant, elle s'implante dans mon cerveau et refuse de partir.

Je regarde Erik.

— Tu l'as dit à la police ?

— Évidemment.

31

Mats

J'essaie de lire le résultat des courses d'aujourd'hui, mais j'ai du mal à me concentrer, les chiffres et les lettres se baladent sous mes yeux comme des mouches. Ma tête bourdonne, pas trop fort, mais assez pour me rendre dingue. Je n'arrive plus à dormir depuis l'accident, c'était il y a presque une semaine.

— Ça me rend folle ! (Annika descendant bruyamment les escaliers. Elle a pris une douche et, vêtue de son peignoir, pose brutalement son ordinateur portable sur la table de la cuisine devant Emily et moi.) J'ai lu toutes les conditions d'assurance et parlé à deux gestionnaires différents, impossible d'avoir une réponse claire.

Les gouttes qui tombent de ses cheveux laissent des taches qui s'étendent sur le papier de mon journal. Je lève les yeux.

— Une réponse à propos de quoi ?

— À propos de tout ! (Comme elle lève les bras, son peignoir s'ouvre.) Tu vas voir qu'Erik ne touchera aucune indemnisation.

— Pourquoi il n'y aurait pas droit ? (Je me ressers un peu de jus en espérant que le sucre me réveillera et qu'il fera taire ce satané bourdonnement.) Tu en veux, Emily ?

Elle fait signe que non et retourne à son téléphone portable. Sa mère ajuste son peignoir, resserre sa ceinture et consulte son ordinateur.

— C'est à cause de l'enquête en cours, explique-t-elle avant de lire sur son écran. « Si les dommages surviennent alors que l'assuré commet ou participe à un acte criminel intentionnel susceptible, selon la loi suédoise, d'entraîner une peine de prison… » (Elle lève les yeux.) Alors l'assurance ne rembourse rien du tout.

J'abandonne ma lecture, replie le journal et le pousse plus loin sur la table.

— Mais la police n'a pas fini l'enquête. Et, quelle que soit leur conclusion, je serais étonné qu'Erik écope d'un séjour en taule. Si j'ai bien compris, il a été retrouvé à droite de la voiture après l'accident, or on sait bien qu'il n'a pas pu se déplacer après la collision. William raconte qu'il ne se souvient de rien, il s'en sortira peut-être avec une simple amende. Ils n'ont aucun casier judiciaire, la seule chose qu'on puisse leur reprocher, c'est d'avoir conduit en état d'ivresse.

— C'est *William* qui a conduit en état d'ivresse, rectifie Annika, tranchante. Et il va sûrement tout faire pour rejeter la faute sur notre fils. Tu le connais, il…

— Quoi ? dis-je en déglutissant avec peine. Qu'est-ce que tu as dit ?

— J'ai dit que William Nihlzén était responsable de l'accident de notre fils et qu'il était hors de question qu'il le prive d'une indemnisation à laquelle il a droit.

— Tu as parlé à William ? Il nie la version d'Erik, c'est ça ?

— Non. Je ne lui ai pas parlé. Mais je sais que Krister a des contacts très haut placés. Il serait prêt à tout pour innocenter son fils, quitte à exploiter une faille dans le système. Il aurait l'air de quoi, sinon, si son propre fils se retrouvait avec un casier judiciaire ?

— Ma foi, dis-je avant de finir mon verre de jus. Si ça se produisait, Krister devrait l'accepter et passer à autre chose. Je n'aime pas que tu accuses William ou son père de choses qui ne sont même pas arrivées.

Annika referme son ordinateur en le faisant claquer et me jette un regard noir.

— Et moi, ça ne me plaît pas que tu n'aies pas confiance en ton propre fils ! Comment peux-tu défendre William ?

Le ton monte, mais moi, j'essaie de conserver une voix normale.

— Arrête, s'il te plaît. Je ne défends personne. Mais je ne vais pas non plus condamner qui que ce soit sans raison. Erik a dit qu'il ne conduisait pas. Faisons-lui confiance et espérons que la police et le tribunal lui donneront raison. Finalement, on se fiche de savoir qui était au volant. Ce n'est pas plus malin de monter dans une voiture conduite par un mec bourré que de conduire soi-même bourré. Tu ne crois pas ?

— Tu plaisantes ? C'est le jour et la nuit ! (Elle s'empare de son ordinateur.) Ce qu'on veut, c'est obtenir l'indemnisation. Il faut réclamer des dommages et intérêts.

— Bien sûr, opiné-je en me levant.

Je me cogne alors le genou contre la table.

— Aïe, *putain* ! (Je me masse douloureusement.) Écoute, on ne peut rien y faire pour l'instant, alors laisse ça de côté en attendant que la justice fasse son boulot.

— La justice ? crache Annika comme si ce mot était toxique. Comment peux-tu parler de justice quand notre fils est paralysé alors que son soi-disant ami est déjà sur pied ? Et s'il avait fait exprès ? Et si William en avait profité pour se débarrasser d'Erik, une fois pour toutes ?

J'allais rejoindre le lave-vaisselle, mais m'arrête net pour me retourner vers elle.

— De quoi tu parles ?

— Depuis le début du printemps, ils se disputent une place en milieu de terrain, répond-elle, les poings sur les hanches. William sait qu'Erik vaut mieux que lui, ce n'était qu'une question de temps avant que les entraîneurs de l'équipe A s'en aperçoivent.

Elle est sérieuse ? On dirait bien. Ses lèvres sont plissées, ses yeux brillants.

— Ne dis pas n'importe quoi, c'est…

Je m'interromps à temps pour ne pas aggraver les choses, mais je n'arrive pas à croire qu'on ait cette conversation. C'est complètement absurde. J'essaie de garder mon calme.

— Si – je dis bien *si* – William avait quitté la route volontairement, il aurait risqué sa propre vie. Il aurait pu finir paralysé, lui aussi.

Elle hausse les épaules.

— Je n'ai jamais dit que c'était malin. De toute évidence, il était bourré.

— Annika, dis-je plus fort, car le bourdonnement gagne en volume et je m'entends à peine parler. Attention à ne pas tomber dans des théories complotistes. Le monde ne tourne pas autour du foot. Je comprends que tu aies du mal à l'entendre, ça fait plus de dix ans que tu ne penses qu'à ça. Mais William et Erik ne sont pas concurrents, ils ne l'ont jamais été. Cette rivalité est dans ta tête. Nulle part ailleurs.

Ma femme me fixe sans rien dire, pour une fois à court de mots.

Emily, qui n'a presque rien dit de tout le petit déjeuner, se lève pour poser son verre dans le lave-vaisselle. Elle s'apprête à quitter la pièce quand sa mère lui lance :

— Tu n'as pas cours, ce matin ?

Elle examine sa fille de la tête aux pieds et ajoute dans la foulée :

— Tu es sûre de vouloir mettre une robe aujourd'hui ? Il paraît qu'il va pleuvoir cet après-midi.

C'est gênant et j'aimerais pouvoir les tirer de là toutes les deux, mais il est déjà trop tard.

— Allô ? fait Emily en jetant un regard foudroyant à sa mère. C'est la fin d'année, il n'y a plus cours.

Annika marque une pause, confuse, puis finalement se détend.

— Ah oui, pardon, ma puce. J'ai trop de choses en tête, avec l'accident et tout ça… (Elle repose l'ordinateur sur la table et serre notre fille dans ses bras.) Tu es très belle.

Emily se dégage, mais Annika continue :

— On pourrait se commander à manger ce soir, pour fêter ton grand jour. Tu as envie de quoi ? Une pizza ?

— On verra, répond la petite en sortant dans le couloir. Je pensais plutôt aller chez Cissi.

32

Annika

— Malheureusement, je ne peux rien vous dire, dit la femme au bout du fil. L'enquête est toujours en cours.

J'ai envie de lui hurler qu'Erik est mon enfant, histoire de faire comprendre à cette bornée qu'on parle ici de l'avenir d'un jeune homme. Mais ça ne servirait à rien. Ni de crier ni d'expliquer mes droits de parent. Une limite a été posée quelque part, et ce dès le jour de ses dix-huit ans. Erik en a eu dix-neuf en mai. C'est officiel, je suis impuissante.

Et puis, ce serait idiot de se fâcher avec la personne chargée d'enquêter sur cet accident. Non pas que ça risque de l'influencer, mais les policiers restent humains. Ils sont plus sympas avec les gens qu'ils apprécient, c'est normal.

— Je comprends, réponds-je d'une voix mielleuse. Merci pour votre aide.

En regardant autour de moi, je remarque que les décorations de table sont toujours sur le plan de travail, celles qu'on avait préparées pour fêter le bac d'Erik. Des bleuets et des gerberas jaunes coupés et disposés dans de petits verres que nous avions placés sur toutes les tables pour les assortir aux guirlandes et aux drapeaux bleu et jaune. À présent, les têtes de gerberas pendent tristement par-dessus le bord du verre et les pétales des bleuets tombent en petits tas indigo sur le plan de travail.

Pourquoi est-ce si difficile d'obtenir des informations sur l'accident ? Que ce soit la compagnie d'assurance ou la police, personne n'a l'air de pouvoir répondre clairement à mes questions. J'ai même tenté de joindre les ambulanciers, sans succès. Une histoire de secret professionnel, je suppose. Mais à force de nager dans le doute, je vais perdre la boule.

Je reste là, le téléphone à la main, et hésite un instant avant de finalement composer le numéro de Gittan. Avec un peu de chance, je la choperai entre deux rendez-vous.

— Salut Annika, comment ça va ?

— Bien, réponds-je par réflexe. Enfin, ce n'est pas la grande forme, mais… on fait aller. Et toi ?

Tout va bien pour elle. J'apprends par ailleurs que William est presque totalement rétabli. Seulement, il faudra attendre quelques jours avant de reprendre l'entraînement. C'est un vrai moulin à paroles, comme si elle cherchait à éviter le sujet de l'accident. William par-ci, William par-là.

— J'ai appelé notre assurance, finis-je par dire pour interrompre son flot incessant. Ils ne peuvent toujours pas me donner de réponse, ça me rend chèvre.

— Ah oui, j'oubliais, pépie alors Gittan. Krister a tout pris en charge, aussi bien la franchise que l'avance des frais pour la voiture et…

— Je ne parlais pas de la voiture.

— D'accord, semble-t-elle s'agacer. Et de quoi tu parlais, alors ?

— D'Erik. Son indemnisation va dépendre de… (Je parviens à me reprendre et opte pour une autre approche.) Et la mémoire de William, au fait ? Vous avez du nouveau ? Je veux dire…

— C'est pour ça que tu appelles ? (Cette fois, le ton a définitivement changé.) Pour grappiller des informations qui pourraient innocenter Erik ?

Je ne sais plus pourquoi je l'ai appelée. Je repense à ce qu'a dit Mats ce matin sur la rivalité entre nos fils et j'ai soudain un vertige. On dirait que le sol et le plafond échangent leurs places.

Une fois l'appel terminé, je me laisse choir sur le tabouret et ferme les yeux. Qu'est-ce que j'ai encore fait ? Je parie que Gittan va aussitôt appeler Fariba pour se plaindre, et celle-ci sera de son côté. Je n'en suis pas certaine, mais je le sens.

Il est 14 h 20. J'ai prévu de faire des courses en ville avant de passer rapidement à l'hôpital. Mats m'a écrit pour me dire qu'il ne pourrait pas venir, et je le comprends. Je peux plus facilement poser des jours de congé à la bibliothèque que lui, coincé à la boutique. Mais il a aussi glissé qu'Erik aurait peut-être besoin d'une pause sans ses parents.

— Si Erik ne veut pas qu'on aille le voir, il n'a qu'à le dire, ai-je répondu.

— Tu crois vraiment qu'il le ferait ?

Je ne comprends pas ce qui lui prend. Est-il encore sous le choc ? D'abord il me traite de conspirationniste, ensuite il affirme que notre fils ne veut plus nous voir. Et voilà qu'il refuse de me dire de quoi ils parlaient tous les deux, prétextant que ce n'était pas important. Je trouve que c'est louche. Pas important pour qui ? Pour lui ou pour Erik ? De ce que j'ai entendu, ça paraissait plutôt grave, au contraire.

Moi, je sais que mon fils a besoin de compagnie. Sur le papier, c'est un adulte, mais ça reste encore mon garçon et il a besoin de sa mère plus que jamais.

Quand je m'apprête à partir, j'entends quelqu'un dans l'escalier et me retourne. C'est Emily.

— Tu es déjà rentrée ? m'étonné-je.

— Mais maman, les cours sont finis, aujourd'hui ! se renfrogne-t-elle. Combien de fois il faut que je te le dise pour que tu imprimes ? (Elle remarque les clés de voiture dans ma main.) Tu vas où ?

— J'ai deux ou trois choses à faire en ville. Et après, je passerai à l'hôpital.

— OK, lance-t-elle en se dirigeant vers la cuisine. Au fait, pas besoin de commander de pizza pour moi. Diana m'a invitée à manger chez elle.

Je m'en veux et je suis soulagée à la fois. J'avais complètement oublié qu'on lui avait promis une pizza. On se rattrapera pour fêter la fin du collège.

33

Emily

Après le dîner, on a laissé la mère de Cissi gérer la vaisselle dans la cuisine. Elle nous a dit qu'elle nous y autorisait, pour fêter les vacances. Cissi se blottit sur son lit et me regarde d'un air que je connais par cœur. Elle a un truc important à me dire. Comme d'habitude, elle fait durer le suspense et me fait mijoter jusqu'à ce que je craque.

— Tu ne sais pas la dernière ? finit-elle par dire.

Comme je secoue la tête, elle se penche et baisse d'un ton.

— Ton frère aurait couru derrière William avec un couteau.

— Quand ça ? dis-je, la bouche pâteuse, regrettant qu'on n'ait pas emporté à boire. À la soirée d'Hampus ?

— Ouais. (Elle sourit, comme pour adoucir le coup.) Mais ce n'est qu'une rumeur, hein. C'est sûrement n'importe quoi.

— Ouais, dis-je en m'efforçant de ne pas chevroter. C'est… Ce serait trop dingue.

Trop tard, ses paroles sont déjà plantées dans mon cœur comme des épines, si fines qu'on les voit à peine, et pourtant tellement douloureuses. Erik et William se seraient-ils fâchés ? William en aurait-il voulu à mon frère au point de provoquer volontairement l'accident ? Je n'y comprends rien. Pourquoi William serait-il monté en voiture avec celui qui venait de le courser avec un couteau ?

Cissi s'apprête à ajouter quelque chose quand le téléphone sonne dans l'entrée. On dirait que Diana fait tomber un objet dans la cuisine, puis, derrière le mur, on l'entend se précipiter pour décrocher. Au bout du fil, c'est une personne qu'elle ne connaît pas, on l'entend à sa voix tendue. D'instinct, je suis déjà sur mes gardes avant même que la porte ne s'ouvre.

— La police a appelé, vient-elle nous informer en essayant de paraître calme alors qu'elle ne l'est pas. Ils veulent te parler, Cissi.

— Moi ? Pourquoi ? s'étonne mon amie, soudain pâle.

— Je ne sais pas. Ils n'ont pas voulu me le dire.

J'échange un regard avec Cissi, puis sa mère paraît encore plus inquiète. Elle observe sa fille et dit sévèrement :

— Ils nous convoquent au poste demain matin. Cecilia Björling, si tu as quelque chose à me dire, c'est le moment.

Avec un soupir, ma copine descend du lit et quitte la pièce. Je reste assise sur le fauteuil et fixe la grande affiche de Rihanna au-dessus du bureau. J'ai l'impression qu'une bête fait son nid sous mes côtes, ça me gratte, ça s'agite. La police veut-elle parler à Cissi de l'accident ? C'est forcément ça. Mais de toutes les personnes présentes ce soir-là, pourquoi s'intéressent-ils à elle ? Sont-ils au courant qu'elle a vu Erik et William partir en voiture ?

Je pense alors à nos fausses pièces d'identité. Les aurait-on laissées traîner quelque part ? Ou est-ce à propos du gloss qu'on a volé chez H&M ? Peut-être que ça n'a rien à voir avec l'accident.

Et merde, est-ce qu'ils voudront m'interroger, moi aussi ? Dans ce cas, j'espère que c'est à propos d'Erik. Papa et maman accepteront plus facilement l'idée que j'aie trop bu à la soirée d'Hampus. Et puis, je ne sais rien sur l'accident. En revanche, le gloss et les cartes d'identité, ils ne me les pardonneraient jamais. En guise de punition, j'écoperais un couvre-feu pour le restant de mes jours. L'enfer.

Je tends l'oreille pour entendre ce qu'elles disent dans la cuisine, mais ne distingue qu'un murmure sourd. Quand Cissi revient, la petite bête a quitté mes côtes et vient se pelotonner dans ma gorge.

— Qu'est-ce que tu lui as dit ? parviens-je à articuler. Tu n'as pas parlé du gloss et des cartes, j'espère.

Elle ouvre des yeux ronds.

— T'es folle ? Non, j'ai juste dit que j'étais à la soirée de Hampus. C'est sûrement de ça que la police veut parler.

— Comment ont-ils pu savoir que t'y étais ?

— Aucune idée, reconnaît-elle en levant les mains. Ils ont dû se renseigner sur les invités et sur les personnes présentes.

L'animal me gratte le palais.

— Alors ils vont vouloir m'interroger aussi ?

— Sûrement.

Je déglutis.

— S'ils ne te posent pas la question, tu ne leur diras pas que j'étais là, hein ?

— Bien sûr que non, m'assure ma meilleure amie en se rasseyant sur le lit. Mais ils vont sûrement me demander avec qui j'étais.

J'ai la chair de poule à l'idée que la police puisse appeler chez mes parents.

— OK, mais qu'est-ce que t'as dit à ta mère ?

— La vérité. Je lui ai dit qu'on y était. Que j'ai vu William partir en voiture et que j'y suis retournée plus tard pour récupérer mon portable. Elle était furieuse, mais en même temps elle était rassurée que je n'aie pas été complètement soûle. (Elle sourit.) Tu aurais eu plus de mal que moi à raconter ce qui s'est passé à la soirée, espèce d'ivrogne. (Elle reprend soudain son sérieux.) Je lui ai aussi parlé de cette histoire de couteau.

— Quoi ? Mais pourquoi ? C'est juste une rumeur.

Cissi hausse les épaules.

— Je sais, c'est ce que je lui ai dit.

— Et qu'est-ce qu'elle t'a répondu ?

— Elle pense que je devrais le répéter à la police. Elle dit qu'il n'y a pas de fumée sans feu.

34

Mats

Ma poche arrière vibre. Par deux fois, j'ai dû arrêter la tondeuse pour sortir mon téléphone, mais l'écran était en veille. Je lâche à nouveau la poignée pour actionner la sécurité et ressors mon portable. Cette fois, quelqu'un m'appelle vraiment. Et le nom qui s'affiche me donne envie de balancer le téléphone dans les buissons.

Annika

Depuis notre conversation de ce matin, je commence à me demander si elle n'aurait pas pété les plombs. Il n'y a qu'elle pour faire le rapprochement entre l'accident de voiture et le foot. Erik n'a jamais mentionné la moindre rivalité avec William. Il n'a pas non plus parlé de traitement injuste de la part des entraîneurs. C'est sa mère qui le compare constamment à ses coéquipiers, qui ressasse le fait qu'il n'ait pas été sélectionné pour ceci, pour cela, qui se monte la tête avec des histoires de favoritisme et de coalition entre les entraîneurs.

Erik ne se laisse jamais embringuer dans ces discussions. Il accepte la concurrence, serre les dents et s'entraîne encore plus dur. Comme le font les gens normaux. Maintenant, je préfère ne plus penser au foot du tout. Ce chapitre de la vie d'Erik est clos.

Je décroche, porte le téléphone à mon oreille et me prépare au pire.

— Il… Il…, sanglote Annika. Oh, mon Dieu, Mats… Il faut que tu…

Elle hoquette, je ne comprends rien à ce qu'elle dit. Pris d'une soudaine crampe au ventre, je me penche par réflexe en avant.

— Qu'est-ce qui se passe ? C'est Erik ? Où es-tu ?

Ses pleurs sont incontrôlables. Y aurait-il eu des complications suite à son opération ? Il n'a quand même pas essayé de se suicider ?

— Il… (Elle toussote.) Je suis sur le parking.

— Quel parking ? Celui de l'hôpital ?

— Oui… (Elle reprend son souffle.) Il faut que tu appelles Erik.

Mon soulagement est énorme. S'il peut parler au téléphone, c'est qu'il est vivant, ni dans le coma ni sur la table d'opération.

— Que je l'appelle ? Pourquoi ? Bon, calme-toi et explique-moi ce qui s'est passé.

Je me redresse et me masse le bas du dos.

Un autre sanglot tremblote à l'autre bout du fil.

— Il ne me laisse pas entrer.

Je m'assieds sur les marches de la véranda.

— C'est tout ?

— Tu ne m'as pas entendue ? se met-elle à crier. Je n'ai pas pu le voir. Une infirmière m'a dit qu'il lui avait demandé de ne laisser personne entrer aujourd'hui.

— Et alors ? soupiré-je en époussetant l'herbe tombée sur ma chaussure. Il doit être fatigué, il a besoin de se reposer. Bon sang, Annika, tu m'as fait peur. J'ai cru qu'il s'était passé un truc grave.

— Mais *c'est* grave ! Tu imagines ce que ça fait d'être plantée devant la porte de son fils sans avoir le droit d'entrer ?

— Oui. Ce n'est pas une première. Moi, ça m'est arrivé souvent.

— Mais là c'est différent ! s'emporte-t-elle, la voix chevrotant de frustration. Une inconnue m'a fichue dehors. Et si Erik se sentait mal ? Et s'il avait besoin de soutien ? Comment pourrais-je savoir s'il a besoin de moi, si on m'empêche de le voir ?

Une pie descend du pommier et atterrit sur la pelouse dans l'espoir de trouver des vers après la tonte.

— Il est à l'hôpital, fais-je remarquer. S'il a besoin de soutien, il est au bon endroit.

Annika soupire.

— Mats, je t'en supplie. Essaie au moins de l'appeler.

— Non. (Comme je me lève, la pie s'envole pour aller se percher dans le bouleau.) Je ne l'appellerai pas. Si Erik veut se reposer aujourd'hui, on doit le respecter.

Annika prend une profonde inspiration.

— Ça suffit ! hurle-t-elle, si fort que j'écarte le combiné. (Mon oreille siffle.) Qu'est-ce qui ne tourne pas rond chez toi ? Tu n'as plus de cœur, ma parole ! On dirait que tu te fous de ton propre fils !

On a tous une limite de tolérance à la connerie. La mienne vient juste d'être franchie. J'en ai ma claque.

— De quel droit tu m'accuses de m'en foutre ? Tu n'as strictement aucune idée de ce que…

Un clic retentit.

— Allô ? Annika ?

Je regarde l'écran. Elle a raccroché.

Je reste immobile un long moment à écouter le bourdonnement qui me remplit la tête. Finalement, je parcours mon historique d'appels et clique sur un nom.

Erik

35

Annika

Je me gare dans la rue, retire la clé du contact et reste assise. Mon pouls bat contre mes tempes, j'ai la gorge serrée. Je devrais peut-être rentrer à la maison. Je repense alors à la conversation qu'on a eue tout à l'heure avec Mats, quand j'ai crié si fort sur le parking que les gens se sont retournés.

Je n'ai pas envie de rentrer. Ce que je veux, c'est parler à quelqu'un de sensé, une personne qui n'est pas directement touchée par ce qui s'est passé, qui peut m'écouter sans m'interrompre et voir les choses avec objectivité. En temps normal, je me tournerais vers Gittan. Quand je me dis qu'elle a réussi à convaincre Fariba de se ranger de son côté, j'espère vraiment me tromper.

Les Jafari habitent dans une villa en briques blanches datant des années 1960, comme nous. Il y en a beaucoup dans le quartier, ce ne sont pas forcément les plus jolies de la ville, mais on s'y plaît. Les jardins sont luxuriants et relativement grands, on échappe à la circulation du centre-ville tout en pouvant s'y rendre en un quart d'heure. Et puis, il y a beaucoup d'écoles à proximité.

Je monte les escaliers et appuie sur la sonnette.

La porte s'ouvre.

— Annika, dit Massoud en me prenant dans ses bras. Tu tiens le coup ? Je peux faire quelque chose ?

Sa sollicitude fait éclater la boule dans ma gorge comme une bulle de savon et je fonds en larmes.

— Excuse-moi, bafouillé-je en reculant pour ne pas rester coincée dans son étreinte. Je…

— Tu n'as pas à t'excuser, Annika. (Il sourit.) Tu veux entrer ? Viens, je vais te préparer un thé. Ou tu préfères du café ?

— Du thé, ce sera parfait. (Je cherche un mouchoir dans mon sac à main, mais n'en trouve pas.) Fariba n'est pas là ?

— Elle a une réunion, me répond-il en me conduisant gentiment vers le couloir. Entre, ne reste pas dehors.

Fariba est membre actif de l'organisation des femmes du parti modéré. J'admire son engagement, mais je me demande où elle trouve l'énergie et le temps de s'y consacrer. À croire que les journées font plus de vingt-quatre heures pour Fariba Jafari.

— Dis-moi tout, m'encourage son mari en passant devant moi dans la cuisine. Comment va Erik ?

La question suscite une nouvelle montée de larmes.

— C'est dur, reconnais-je en reniflant. C'est tellement dur.

Il me pousse doucement mais fermement vers une chaise.

— Assieds-toi. (Il arrache une feuille d'essuie-tout, qu'il me tend.) Raconte-moi pendant que je prépare le thé. On a le temps. Ces réunions durent souvent des heures et Ibbe est à l'entraînement.

Ignorant mon pincement au cœur, je me mouche.

— Merci. Je n'avais pas prévu de venir fondre en larmes dans ta cuisine.

Il sort un samovar, dont il remplit le réservoir d'eau.

— Je te connais, Annika. Tu essaies d'être forte. (Il pose deux tasses en verre sur le plan de travail.) Mais on a tous besoin de craquer une fois de temps en temps.

Ses mots me réchauffent le cœur. Lui et moi, on s'est toujours bien entendus. C'est quelqu'un de simple, de joyeux et d'optimiste. Dans son monde, rien n'est impossible. Et puis, il s'entend avec tout le monde. C'est sans doute la raison pour laquelle il est tant apprécié en tant que chef d'équipe. Il comprend les gens mieux que personne. La preuve, aujourd'hui il a visé juste : j'ai vraiment essayé d'être forte. Depuis l'accident, je fais de gros efforts. Face aux médecins, aux assurances, aux amis et à Erik – surtout devant lui, d'ailleurs –, j'essaie de paraître stable et posée, mais au fond, j'ai besoin qu'on me réconforte.

Tandis qu'on sirote notre thé, il me pose quelques questions, mais c'est surtout moi qui parle. Une fois nos tasses vidées, il les remplit et j'en arrive aux rebondissements de la journée.

— Erik ne m'a pas laissée le voir à l'hôpital.

Massoud, qui regardait sa cuillère, lève les yeux.

— Ah bon ? Pourquoi ça ?

Je secoue la tête et sens les larmes monter.

— Aucune idée. On m'a empêchée d'entrer dans sa chambre. Et maintenant… (je renifle) il ne répond pas au téléphone, même pas à mes textos !

— Il est peut-être encore sous le choc. À moins que ce ne soit la fatigue. On vient à peine de l'opérer, il a besoin de se reposer.

— Peut-être. (Je me mouche à nouveau.) C'était tellement humiliant d'être rejetée comme ça, par son propre enfant. Tu comprends ?

Il fait signe que oui, alors je continue.

— Mats n'y comprend rien. Je l'ai appelé, je lui ai demandé de contacter Erik pour essayer de le raisonner. Mais il a refusé.

— Vous traversez une période difficile, reconnaît-il en posant sa main sur la mienne.

Sa paume est chaude et puissante, il caresse doucement le dos de ma main avec son doigt. Quand je lève les yeux, je vois les siens briller sous ses longs cils noirs et un frisson me parcourt. Bizarrement, je suis excitée.

Je devrais retirer ma main et m'en aller. Tout de suite. Mais non, je reste assise.

— Tu es belle, Annika, dit-il d'une voix douce. Tu en as conscience ?

C'est bien la première fois qu'on me fait ce compliment. Mats a dû me dire qu'il me trouvait mignonne à l'époque où on s'est rencontrés, mais ça remonte à une trentaine d'années.

Je secoue la tête.

— Tu dis n'importe quoi.

Sans lâcher ma main, Massoud se lève de sa chaise, puis m'aide à en faire autant. Nous nous regardons et c'est bien la première fois que je ressens de l'électricité dans l'air. Ce genre de tension dont ils parlent dans les bouquins.

— Écoute, dit-il très sérieusement. Je t'ai toujours trouvée très belle. Tes yeux, tes cheveux…

De sa main libre, il glisse une mèche derrière mon oreille. Mon cœur bat à tout rompre et j'imagine le visage de Fariba. Ses courbes voluptueuses, ses cheveux noirs soyeux, ses grands yeux marron. Comment peut-il me dire ça à moi, alors qu'il est avec *elle* ?

— Et ton âme, poursuit-il pourtant. Tu as une belle âme. J'aimerais que…

Il s'interrompt pour m'attirer à lui. Je devrais ficher le camp, je le sais bien. Ma raison me répète en boucle qu'on glisse sur une très mauvaise pente.

Mais il n'y a rien à faire. Je reste plantée là.

La main de Massoud s'insinue sous mon pull, je me presse contre lui et sens déjà son érection.

Soudain, j'entends du bruit dans l'entrée.

Le mariage

36

Erik

— Emily ne devrait pas tarder. Quelle heure est-il ? Nike a son téléphone dans la main et lève les yeux de l'écran pour me répondre :

— Il reste cinq minutes.

Je me retourne pour aviser l'allée, la pelouse et la terrasse. Le soleil se cache derrière un nuage et, aussitôt, le paysage change de visage. Le château paraît sombre et menaçant, il nous toise comme un géant à l'affût. Je ferme les yeux, puis les rouvre. D'où me viennent ces idées noires ?

Nike retire ses lunettes de soleil pour les ranger dans son sac à main.

— Profite de la vue, c'est magnifique.

Je n'ai pas la tête à ça, je veux juste en finir et rentrer chez moi. Chaque minute qui passe me rappelle toutes les raisons pour lesquelles j'aurais dû refuser l'invitation. Tous ces visages que j'ai essayé d'oublier. Ces souvenirs que j'avais relégués dans les confins de ma mémoire.

William est déjà en place au pied de l'arche de roses, il attend sa mariée. Il n'a pas beaucoup changé, hormis ses épaules plus musclées. Ses cheveux bouclés noirs sont peignés en arrière. Il a l'air heureux, plein d'espoir en l'avenir. En y regardant bien, je retrouve mon vieux copain d'enfance. Le fan de foot qui adorait Barcelone, incollable sur la ligue espagnole. Ce charmeur qui, dès l'école primaire, faisait rougir tout le monde, depuis les filles de notre classe jusqu'aux instits de quarante ans.

William Nihlzén. Le beau gosse riche et célèbre. On avait un marché, lui et moi, qui était censé nous arranger tous les deux. Mais quand on nous regarde aujourd'hui, il paraît évident qu'un seul de nous a tiré le gros lot.

Ibbe est à côté de lui, c'est le témoin. Ibrahim Jafari, c'était le clown de la classe, mais aussi le plus intelligent de la bande. Soudain, je me dis que ça pourrait être moi, au pied de l'arche, à côté de William. Évidemment, on ne parlait pas de mariage il y a huit ans, on était encore ados. Mais si on l'avait évoqué, j'aurais été tout indiqué pour ce rôle.

Erik et William.

Les meilleurs potes.

À la vie, à la mort.

J'ai mal au cœur. J'ajuste ma position et ouvre la bouteille d'eau que m'a donnée Nike pour la vider d'un trait. Ce n'est pas mieux, mon malaise reste coincé au fond de ma gorge. Je passe le doigt sous le col de ma chemise, mon nœud papillon me serre comme un étau.

Maman a disparu. Je me retourne encore et inspire subitement. Juste là, assise deux rangées derrière nous, de l'autre côté de l'allée, je la reconnais aussitôt : Sanja. J'en ai des papillons dans le ventre. Il faudrait que j'arrête de la fixer comme ça, mais c'est plus fort que moi. C'est complètement irréel de la revoir. Ses cheveux sont lâchés en une délicate cascade de boucles rousses sur ses épaules nues, exactement comme ce soir-là. Difficile de deviner ce qu'elle regarde, ses yeux sont cachés derrière ses lunettes de soleil.

Papa se tient au bout de l'allée, bien habillé, prêt à confier sa fille au marié. Quand nos regards se croisent, il quitte son poste.

— Salut, dit-il en me serrant dans ses bras, avant d'échanger une poignée de main avec Nike. Je vous ai cherchés tout à l'heure. Vous étiez passés où ?

— On est allés se changer, répond Nike en lissant sa robe. On ne voulait pas froisser nos tenues en voiture.

— Bien vu. (Papa sort un mouchoir de la poche de son pantalon pour s'essuyer le front.) Ça y est, bordel, je commence à stresser.

Mon auxiliaire tente de le rassurer, le sourire encourageant :

— Tout va bien se passer.

— Et sinon, ça va ? (Il me regarde, dissimulant son inquiétude derrière un masque jovial. Mon coup de fil de ce matin n'a pas dû arranger son angoisse.) Du neuf de ton côté ?

— Toujours, réponds-je. Ma vie est un scoop.

Il a un petit rire en me tapant dans le dos et me répond quelque chose que je ne comprends pas.

Nike remarque-t-elle qu'on joue la comédie, papa et moi ? On ne dirait pas. Elle rit et papote au sujet de la chambre 91 qu'elle a longuement cherchée avant de retourner sa carte magnétique et de s'apercevoir qu'elle avait la chambre 16. Elle est douée pour détendre l'atmosphère. Papa était comme elle, avant, mais il est devenu nerveux et mal à l'aise en société. Depuis l'accident, ce n'est plus le même homme.

Derrière eux, j'aperçois le visage souriant de William et me rends à l'évidence que ça ne peut plus durer.

— Je crois que c'est le moment, dis-je.

Papa se tourne vers le château et opine du chef.

— Oui, Emily va arriver d'une minute à l'autre. Je retourne à mon poste.

— Non, dis-je en le prenant par la manche pour qu'il me regarde dans les yeux. Il est temps que la vérité éclate.

37

Emily

Une odeur de pelouse fraîchement tondue s'élève dans l'air réchauffé par ce soleil du mois d'août. La robe est parfaite, ma coiffure aussi. Cissi et Amanda marchent derrière moi avec les cousins de William qu'il a choisis pour témoin. Le voilà, je l'aperçois au loin, mon futur époux. Dans quelques minutes, il sera à moi et à personne d'autre.

Pourtant, mes larmes montent. Elles me brûlent les paupières et je dois lutter pour maintenir une façade impassible.

La chaise réservée à maman est vide.

Elle n'est pas venue.

Et ça fait mal.

Je m'étais juré de m'en ficher, mais c'est plus fort que moi. Comment peut-elle me faire ça ? Maman sait parfaitement à quel point cette journée est importante pour moi, mais elle se débrouille quand même pour me briser le cœur. À croire qu'elle fait exprès. Je serre le ruban de mon bouquet de mariée si fort que j'en ai les doigts blancs.

Je lui ai donné une chance et elle ne l'a pas saisie. C'est une trahison que je ne lui pardonnerai jamais. C'était la dernière fois. Elle peut oublier son rêve d'être grand-mère. Mon enfant n'aura pas de mamie.

Je sens que papa est triste pour moi, il me serre le bras un peu plus fort quand je prends son coude. Quand nous remontons l'allée vers William, je m'efforce d'apprécier tous ces visages radieux, cette musique et la sublime arche de roses. C'est un moment unique dans une vie.

— Prends bien soin d'elle, dit mon père en me lâchant et en décochant un clin d'œil à mon fiancé.

Ce dernier et tous ceux qui sont assis autour de lui ont le sourire aux lèvres. Papa m'envoie un baiser avant de s'installer à côté d'Isobel. Elle aussi rayonne de joie et essuie le coin de ses yeux avec un mouchoir en secouant la tête d'un air de ne pas y croire. Ma chère Isobel, toujours aussi émotive.

William me prend la main et nous échangeons un regard, très bref, mais suffisant pour me faire oublier tous mes problèmes. Ma déception se change en petites bulles de savon qui s'envolent au-dessus de la pelouse et éclatent dans les branches des arbres.

Il se penche pour me glisser à l'oreille :

— Tu es magnifique.

Lui et moi. Maintenant, ce sera nous deux. Pour de bon. Ce jour marque le départ d'une nouvelle vie et, bientôt, nous fonderons une famille ensemble. Une famille pour laquelle je compterai, au sein de laquelle chacun aura son importance. J'agite les doigts dans sa paume pour lui faire sentir toute la force de mon amour. Quand la prêtre entame son discours, j'ai du mal à me concentrer, ma tête fourmille de pensées positives sur notre avenir.

Puis la femme se tait et me regarde, le sourire avenant. Je me sens rougir. Je n'ai aucune idée de ce qu'elle vient de dire. On n'est tout de même pas déjà à l'étape des vœux, si ? William se retourne légèrement vers sa droite, alors j'en fais autant. Le groupe se met à jouer les premières notes de *I Will Always Love You*. On en est donc à la première chanson. La soliste, une jeune fille originaire de Kristianstad que sa participation à *The Voice* promet à une brillante carrière, fait un pas en avant.

Elle ferme les yeux pour trouver la juste émotion tandis que je balaie les premiers rangs du regard. Mamie tient fermement le bras de sa sœur. Elles sont tellement mignonnes dans leurs robes toutes neuves, les yeux rougis par les larmes. Krister tripote son nœud papillon, ajuste son mouchoir de poche, agité. C'est attendrissant de le voir aussi nerveux. En même temps, on ne marie pas son fils unique tous les jours.

Les yeux de Gittan brillent, mais elle reste calme, sagement assise. Comme toujours, elle est tirée à quatre épingles, ses cheveux blonds relevés en élégant chignon. Elle s'intègre parfaitement à ce décor de château.

Erik est en bout de rangée, placé là pour des raisons pratiques. On ne pouvait pas le mettre au milieu des chaises ni du côté de l'allée centrale. Il semble impassible. Peut-être qu'il s'ennuie. Il ne pourrait pas faire semblant d'être heureux pour moi ?

La femme à côté de lui est probablement son auxiliaire de vie. Elle se distingue parmi la foule par ses cheveux noir corbeau et son visage pâle. Les filles qui gardent leur style emo même après le lycée m'ont toujours fascinée.

Quand je pose les yeux sur la place voisine de cette brune, mon cœur tressaille. Tout à l'heure, la chaise était vide. Maintenant, il y a quelqu'un.

Maman.

38

Mats

— On revient tout de suite. Fais patienter les gens, d'accord ?

Les yeux d'Emily brillent comme la surface du détroit qui s'étend derrière elle.

Faire patienter les gens ? Je n'ai pas que ça à faire, je dois retrouver Erik, mais je réponds à ma fille par un salut militaire et la regarde s'éloigner avec son époux, ses demoiselles d'honneur et leurs témoins. C'est l'heure des photos, or Emily a opté pour deux lieux clés, ici dans le parc du château et plus bas au bord de l'eau.

Elle sait ce qu'elle veut, ma gamine. C'est une qualité – enfin, la plupart du temps. Erik n'a jamais eu ce genre d'indépendance, et parfois je me demande si Annika n'en est pas un peu responsable. Il a été fils unique pendant trois ans, puis, après la perte de notre deuxième petit garçon, mort-né, il est devenu pour elle le centre du monde. Elle l'a surprotégé, ne lui a laissé prendre aucune décision par lui-même, et, quand il est parti vivre à Göteborg, elle a perdu le contrôle. Tant mieux, bien sûr, mais il n'a jamais réussi à s'affirmer. Et l'accident n'a rien arrangé.

Je scrute la vague de robes longues et de queues-de-pie, mais ne vois ni mon fils ni son assistante. C'est chouette de l'avoir rencontrée, elle a l'air d'une fille bien. En plus, j'ai l'impression qu'elle en pince pour Erik. À ma connaissance, il n'a jamais eu de relation sérieuse, voire aucune relation du tout. Déjà enfant, c'était un garçon timide, puis il est devenu un ado prudent. Je ne serais pas étonné qu'il ait abandonné l'idée de se trouver une copine à cause de son fauteuil roulant. Ce qui est triste en soi. À moins que ce ne soit à cause du reste de son passif, toujours plus lourd à porter. Ces derniers mois, il a eu l'air de crouler sous ce poids plus que jamais. Et je le comprends.

Les gens bavardent et partagent des rires autour de moi, ils semblent tous passer du bon temps.

— Isobel, chuchoté-je à ma compagne. Tu ne m'en veux pas si je vais faire un tour ? Je voudrais parler un peu avec Erik.

Elle hoche la tête sans sortir de sa conversation animée avec une femme qui me dit vaguement quelque chose. J'ai dû la voir à la télé. Je joue des coudes parmi les invités bruyants et m'éloigne pour mieux sonder la foule. C'est là que je repère mon fils et Nike sous les arbres, de l'autre côté de l'allée.

— Alors, vous vous cachez ? (Je les rejoins à l'ombre.) Bon sang, quelle chaleur.

— C'est clair, sourit Nike. Tant mieux pour Emily et William. Leurs photos seront superbes.

Elle désigne d'un signe de tête le jardin où les mariés s'enlacent devant une photographe qui se contorsionne pour les prendre sous tous les angles. Je me retourne vers mon fils. Il est assis bien droit et observe la séance photo en faisant la moue, les mâchoires serrées sous sa peau fine.

— Erik ? (Il se tourne vers moi.) On peut discuter une minute, tous les deux ? Si ça ne vous dérange pas, ajouté-je à l'intention de son auxiliaire. On… Il y a truc qu'on doit…

Inutile de terminer ma phrase.

— Bien sûr, allez-y. (Elle ramasse son sac posé par terre.) Je vais en profiter pour aller aux toilettes.

— Elle est sympa, dis-je tandis qu'elle s'éloigne.

Mon fils ne répond pas, son attention braquée sur les mariés qui se dirigent à présent, main dans la main, vers le détroit. Une rafale soulève le voile d'Emily, qu'elle rattrape en souriant à sa moitié. Ibbe dit quelque chose à Cissi, qui se met à rire en montrant l'eau.

Je prends une profonde inspiration.

— Erik, je comprends que tu te sentes mal. Moi aussi, j'ai connu des jours meilleurs. Mais quand tu disais que la vérité devait éclater… Ce n'est pas une bonne idée, tu le sais.

— Putain, papa ! (Il frappe sèchement son accoudoir.) On ne peut pas continuer comme ça, il faut prévenir la police. (Avec un reniflement, il lève les yeux vers moi.) Je veux être libre. Tu comprends ? (Les larmes se mettent à rouler sur ses joues.) Tout ce que je demande, c'est d'être libre.

39

Annika

De retour de la séance photo, Emily et William sont sur la terrasse, avec le parc et la mer en arrière-plan. Mats et Isobel sont postés en face d'eux, le verre levé comme des hôtes de l'événement alors que William a probablement tout payé.

— Chers amis ! déclame mon ex-mari pour faire taire la foule. (Il me fait signe de les rejoindre.) C'est un grand jour pour Annika, Isobel et moi-même, mais je vais faire court, vous êtes probablement morts de soif. Cette chaleur aura notre peau. (Avec un grand sourire, il lève son verre.) Je propose donc un toast pour les mariés. À Emily et William ! À votre santé, et bon courage !

Une femme munie d'un gros appareil photo prend une avalanche de clichés, suivie de près par un homme avec son calepin et son stylo qui interroge tous ceux qui viennent d'être photographiés et prend des notes avec diligence. Sans doute des journalistes. Ils travaillent peut-être pour le *Svensk Damtidning* ou pour *Hänt i Veckan*.

Je me joins au toast et porte mon verre à mes lèvres. Mince, il est déjà vide. Il est temps de retourner enjôler mes deux grincheux aux seaux de champagne. Dans mon élan, j'en oublie de vérifier que la voie est libre et paie aussitôt pour cette erreur.

— Annika, quel plaisir de te revoir.

Il n'y a qu'elle pour me dire un truc pareil. Fariba Jafari trouve sûrement ça aussi pénible que moi, pourtant nous nous serrons brièvement dans les bras l'une de l'autre.

— Tout va bien par chez toi ?

Elle ne fait pas plus de cinquante ans. Je pensais que sa photo de profil Facebook datait de quelques années, comme la mienne, mais finalement, elle pourrait être récente. Aujourd'hui, elle arbore ses cheveux soyeux en un chignon banane orné de fleurs colorées. Sa robe est une création pourpre agrémentée d'une cascade excessive de volants.

— Oui, ça va. (Je montre mon verre vide.) Et bientôt, ça ira encore mieux.

— Félicitations, me dit Massoud. (Il semble ne pas trop savoir comment me saluer et finit par me tendre la main.) Qu'est-ce que ça fait, d'être la maman de la mariée ?

Massoud n'est ni sur Facebook ni sur Insta, je ne l'avais donc pas vu depuis longtemps. Ses cheveux sont devenus grisonnants et il porte des lunettes, mais il n'a rien perdu de son charme. Les parents d'Ibbe forment un beau couple et, visiblement, ils sont toujours aussi bien ensemble. En tout cas, ils sont toujours *ensemble*. Je regarde autour de moi, craignant de voir d'autres parents de l'équipe de foot, mais, à mon grand soulagement, je n'en vois aucun.

— Mais regardez qui voilà !

Une superbe brune avec un bébé dans les bras me permet d'esquiver la question de Massoud.

— Milo, mon chéri ! s'exclame Fariba en pinçant la joue de l'enfant. Viens voir mamie.

Ibbe est devenu papa et cette belle femme, Amanda, est la mère du petit. Je l'ai déjà vue, Emily a publié une tonne de photos de leur mariage l'an dernier. Le bébé apparaît lui aussi régulièrement sur les pages de ma fille, c'est sans doute son filleul.

Je profite de l'occasion pour quitter le petit groupe et me dirige vers le champagne, puis ressens soudain une envie pressante et change de direction.

Le bruit de la chasse d'eau est étouffé par la porte que je referme derrière moi. Une jeune femme en robe verte titube devant le lavabo. De toute évidence, elle a trop bu. Et, malgré sa bouche artificiellement charnue, elle a du mal à appliquer son rouge à lèvres avec précision.

— Superbe mariage, hein ? (Nos regards se croisent dans le miroir.) C'est magique. Et cet endroit… Il a dû coûter une fortune.

J'essaie de sourire.

— Financièrement, ils doivent être à l'aise.

Le robinet grince et l'eau afflue. J'espère que la conversation s'éteindra naturellement, mais la jeune femme paraît bavarde.

— C'est quand même dingue, non ? reprend-elle, cette fois plus bas, presque en chuchotant. Cette histoire entre William et le frère d'Emily.

Mes mains se figent sous le jet d'eau et, sans bouger, je lève seulement la tête vers elle.

— Pardon ?

— Oui, enfin… (Elle jette un coup d'œil par-dessus son épaule.) Il paraît que c'est à cause de William qu'Erik, le frangin, a fini en fauteuil. Apparemment, William était au volant de la voiture au moment de l'accident.

De toute évidence, elle n'a aucune idée de qui je suis, ce doit être une vague connaissance des mariés.

— C'est bien ça, dis-je en refermant le robinet et en cherchant de quoi me sécher les mains. C'est lui qui conduisait.

— Mais c'est chelou, non, qu'Emily finisse par l'épouser ? insiste l'autre en refermant le capuchon de son rouge à lèvres.

Mais qui est cette femme ? Les Nihlzén me l'auraient-ils envoyée pour me faire parler ? Ou est-ce une journaliste en quête de potins croustillants ?

— Cette histoire remonte à quelques années, maintenant, dis-je simplement.

Elle se penche en avant.

— C'est sûr. Qu'il ait conduit, c'est une chose, mais le plus dingue, c'est qu'il l'ait fait exprès…

— Quoi donc ?

Mon cœur s'emballe, mais elle prend son temps, ouvre sa pochette, y range son rouge à lèvres et me regarde finalement de ses yeux vitreux.

— Il paraît qu'ils se disputaient et que William est allé se planter tout droit dans un réverbère pour faire taire Erik.

— Non… Ce ne sont que des rumeurs, bredouillé-je.

Je découvre un panier rempli de petites serviettes blanches sur le rebord de la fenêtre, et j'en prends une pour me sécher les mains.

Elle secoue la tête.

— Je n'en suis pas si sûre. C'est pour ça qu'on se demande comment Emily a pu tomber amoureuse de lui. Il a détruit la vie de son frère et, en plus, c'est un mec complètement imprévisible. Je connaissais une fille qui était sortie avec lui au lycée, elle m'a raconté des trucs de fou. Franchement, je ne pourrais jamais sortir avec un mec comme ça. J'aurais trop peur de le mettre en rage. Qui sait de quoi il est capable quand il se met en colère ? (Elle se dirige vers la sortie.) Bref, ça ne me regarde pas… (Son visage s'éclaire soudain d'un grand sourire.) Bon, je suis prête pour me remettre un coup de champagne !

Ses talons claquent sur le carrelage et le bruit s'éloigne, me laissant seule dans un silence assourdissant.

40

Erik

— Tu ne veux pas te mêler un peu à la foule ?

Nike est plantée devant moi, le regard plein d'espoir, et brûle de se frotter à la haute société. Nike Jankovic n'est certes pas du genre à se laisser impressionner par l'argent ni par tout ce que ça englobe, bien au contraire, mais elle reste très curieuse. Et sociable. Elle adore rencontrer de nouvelles personnes.

Il me vient soudain à l'idée que si c'était *mon* mariage, la liste des invités serait extrêmement réduite. Notre famille n'est pas nombreuse et, même en comptant celle de tante Susanne, j'arriverais à quinze personnes maximum. Il me faudrait probablement inviter William, puisqu'il est avec ma sœur. Quant aux amis... Il y aurait Nike, évidemment, et peut-être Saga, qui la remplace quand elle est en congé. Les amis d'enfance sont hors de l'équation, il me reste donc les copains de ma formation de journaliste. Mais... Une brume épaisse me comprime la poitrine. Quand j'essaie de penser à un seul nom, j'abandonne aussitôt.

On était un petit groupe à traîner ensemble pendant mes études. On révisait, on sortait au bar, on allait voir des concerts. C'était spontané. Quelqu'un proposait un truc, écrivait « Ça vous dit ? » sur notre conversation de groupe et on se retrouvait sur place. Ils se relayaient pour m'aider avec le fauteuil, si besoin.

Après le diplôme, on est tous partis aux quatre coins du pays. L'un a décroché des missions pour le journal *Norrbottens-Kuriren*, à Luleå, un autre a atterri dans une grande maison de presse de Stockholm, un troisième est parti dans les Alpes pour devenir moniteur de ski. Notre groupe de discussion est lentement tombé en veille et je n'ai jamais été doué pour garder contact avec les gens. Je suis même très mauvais pour ça.

— Allô Erik Brandt ? Ici la Terre, m'appelle Nike en agitant la main devant mes yeux. Tu viens te mêler à la foule ou tu restes bouder ici ?

Je n'ai absolument aucune envie de sociabiliser, mais en même temps je ne peux pas rester dans mon coin indéfiniment. Maman et Isobel sont là, on peut toujours discuter avec elles.

— D'accord, soupiré-je en montrant mon verre dans le porte-gobelet. Mais j'aurais besoin d'un autre remontant.

— Bonne idée. (Elle contourne le fauteuil et le pousse pour m'engager sur le chemin de graviers, puis, de là, je peux avancer par moi-même.) Regarde, dit-elle en se penchant pour me parler à l'oreille. Ce n'est pas elle ? Tu sais, celle qui…

J'observe un attroupement de personnes et vois immédiatement de qui elle veut parler. Au centre, une femme brune en robe jaune vif parle fort devant un auditoire captivé. La reine des abeilles et son harem de bourdons.

— Elle joue dans la série, sur Netflix.

— Oui, je vois. Pourquoi les stars ne traînent qu'avec d'autres stars ?

— Qui se ressemble s'assemble, supposé-je.

— Tu veux passer par la rampe, de l'autre côté ? me propose Nike en regardant l'étroit escalier menant à la terrasse. Sinon, tu m'attends là et je vais te chercher du champagne.

— Oui, je t'attends. Ne te fais pas coincer par une célébrité.

Elle rit.

— Je ne te promets rien.

Elle prend mon verre, monte les marches et se fraie un chemin jusqu'au bar. Bientôt, elle disparaît de mon champ de vision et je me ratatine comme un oisillon poussé hors du nid trop tôt. Une proie sans défense. Mes oreilles sifflent, je ne sais pas où regarder. Et merde. Dès le retour de Nike, je lui dirai qu'on rentrera ce soir. Si je ne bois pas le verre qu'elle est allée me chercher et que je me contente d'eau au dîner, je pourrai conduire sans problème. Elle ne pourra pas m'en empêcher. C'est seulement mon auxiliaire de vie, je fais ce que je veux.

Les jeunes mariés sont sur la terrasse, entourés de leur famille et de leurs amis. J'ai présenté mes félicitations à Emily, profitant d'un moment où William était ailleurs. Voilà qu'il quitte le groupe, se faufile parmi tous ceux qui se pressent là-haut et se dirige vers l'escalier. J'essaie de me rendre invisible, feignant un vif intérêt pour quelque chose de l'autre côté du chemin.

— Erik !

À contrecœur, je retourne la partie supérieure de mon corps vers lui et le vois s'approcher, tout sourires. Nous nous serrons la main.

— Content que tu sois venu.

Il sait donc que la décision n'a pas été évidente pour moi. C'est logique. Emily a dû lui donner sa version à elle. Je me demande comment elle a présenté la chose.

— Le champagne gratuit m'a convaincu, dis-je en essayant de lui rendre son sourire. Plus sérieusement, Emily est ma petite sœur. Je ne pouvais pas manquer ça.

— C'est dingue comme le temps passe. Quand est-ce qu'on s'est vus pour la dernière fois ? (Comme ma réponse se fait attendre, il poursuit.) Il paraît que tu es journaliste, maintenant ? Tu bosses pour qui ?

J'enrobe un peu la vérité, raconte que je travaille en free-lance, ce qui est vrai. Je mentionne quelques magazines branchés, notamment *Offside* et *Filter*, bien qu'ils ne m'aient rien commandé depuis des années. Récemment, j'écris surtout pour des magazines d'entreprise, n'ayant pas l'énergie de démarcher pour des missions plus amusantes ou prestigieuses.

William acquiesce, puis poursuit l'interrogatoire.

— Alors, tu te plais à Göteborg ?

Je contemple mon ancien meilleur pote dans ce décor improbable. Derrière lui, plus de cent personnes se gavent de champagne et de petits-fours au caviar de saumon payés de sa poche. On rit, on trinque, on papote. Tout le monde a l'air de passer du bon temps.

— Absolument. (Je reviens sur le visage de William.) Mais ça irait encore mieux si j'en savais aussi peu que toi.

L'ai-je dit tout haut ? Ou était-ce seulement dans ma tête ?

À ses sourcils froncés, je conclus qu'il m'a entendu.

— Comment ça ?

Autant aller jusqu'au bout.

— Tu sais quoi ? (J'approche mon fauteuil et baisse d'un ton, le forçant à se pencher pour m'entendre.) Tu devrais demander à ton père de t'expliquer ce qui s'est vraiment passé ce soir-là.

— Quel soir ? s'enquit-il, le front creusé par une ride. De quoi tu parles ?

Il a l'air de croire que je suis devenu fou. Ce qui me pousse à me dire que j'ai bien fait, le moment était parfaitement choisi. Je ne suis pas encore fou, mais je finirai par le devenir si je ne dis pas ce que j'ai sur le cœur.

— Le soir de l'accident. En voiture.

— Ah, celui-là. (Il se redresse et fait quelques pas sur la pelouse.) Hum… Qu'est-ce que tu entends par « ce qui s'est *vraiment* passé » ?

— Tu poseras la question à ton père, insisté-je.

— OK. (Il ajuste son nœud papillon.) À plus tard, Erik. Je continue mon petit tour.

— C'est ça, à plus. (Je hausse la voix.) Au fait…

Il se retourne.

— Quoi ?

— Bonne chance. Pour le mariage.

41

Emily

Après avoir englouti les coquilles Saint-Jacques et avant d'attaquer les crevettes, je vois Hampus se lever de sa chaise. Jusqu'à présent, il a été le maître de cérémonie parfait, tout a été réglé comme du papier à musique. Et maintenant, il fait tinter sa fourchette contre son verre de vin blanc.

— Chers mariés, mesdames et messieurs… Je vous invite à écouter le père de la mariée, qui souhaiterait nous dire quelques mots. Mats ?

Papa se lève avec peine, chausse ses lunettes et sort un bout de papier de la poche de son pantalon de costume. Je m'attendais presque à un discours improvisé, mais je reconnais que notre mariage n'a rien des barbecues avec les vieux copains et parents de l'équipe de foot.

— Chers mariés, chers invités. (Il balaie la salle du regard, puis se tourne vers moi.) Chère Emily, ma fille chérie. Il y a des jours dans une vie que l'on n'oublie pas. Celui de ta naissance en fait partie. Et puis, il y a eu ta remise de diplôme. Aujourd'hui comptera probablement parmi ces grandes journées mémorables dont nous nous souviendrons plus tard avec du baume au cœur.

Sa voix se brise, il se tait une seconde pour lire son antisèche. Je l'encourage d'un sourire et il me renvoie une grimace crispée. Mon pauvre papa, il a l'air tellement nerveux.

On a toujours formé une super équipe, lui et moi. Il travaillait beaucoup quand j'étais petite, mais une fois rentré à la maison, il était à cent pour cent présent. Il ne refusait jamais de jouer avec moi et était prêt à tout lâcher pour me lire une histoire. Maman et Erik avaient le foot, ils étaient toujours à un match ou à l'entraînement, tandis que papa était là pour moi aussi souvent qu'il le pouvait. Du moins avant l'accident. Après ça, plus personne n'était présent dans cette famille, on avait tous l'esprit ailleurs. J'en ai voulu à papa pendant longtemps, j'ai eu l'impression qu'il m'avait abandonnée. Aujourd'hui, je crois que je comprends mieux. Ce n'est pas moi qu'il a abandonnée, c'est maman qu'il n'arrivait plus à supporter.

Les applaudissements retentissants me ramènent dans la salle de réception. Je m'empresse de saisir mon verre et rougis d'avoir manqué les derniers mots de son discours. Heureusement, tout a été filmé. Les verres chantent et je serre mon père dans mes bras, inhalant son parfum familier. Après-rasage et snus.

On débarrasse les entrées, le plat principal arrive. Pour l'instant, tout se passe comme prévu. Papa coupe un morceau de filet d'agneau qu'il mastique avec délice, puis se tourne vers William.

— Comment se passe la conquête du monde avec Wibnet ? lui demande-t-il en souriant. Tu ne t'arrêteras pas avant d'avoir écrasé la concurrence, pas vrai ?

Mon mari essuie le coin de sa bouche avec la serviette de lin blanc et se racle la gorge avant de répondre.

— Hum… oui, bon. La concurrence, on ne la contrôle pas vraiment.

— Bien sûr, acquiesce papa. Mais vous avez sûrement un plan d'attaque.

— Tout à fait.

Tandis que William attrape la carafe d'eau, je lui glisse :

— Dis-lui pour les États-Unis. Je n'ai pas eu le temps de lui en parler.

Il esquisse un geste vague.

— Ma foi, ce n'est pas grand-chose. On est en pourparlers avec une grosse boîte américaine de jeux en ligne intéressée par notre plate-forme.

En temps normal, il aurait exposé en détail les ambitieux projets de l'entreprise. Personne n'est aussi bavard que lui, surtout quand il s'agit de stratégie commerciale, et j'apparais souvent dans son discours comme une pièce maîtresse de son équipe du service marketing.

Mais là, il n'en dit pas plus et regarde nerveusement autour de lui comme s'il cherchait une échappatoire. S'est-il passé quelque chose ? Tout à l'heure, j'ai presque dû l'arracher à sa conversation houleuse avec Krister pour ne pas démarrer le repas en retard. Depuis, je vois bien qu'il a la tête ailleurs. J'essaie de capter son regard, j'ai besoin d'un signe, un sourire, n'importe quoi me faisant comprendre que tout va bien, mais non. Il se détourne, fuyant.

— C'est tout ? plaisante papa. Pourtant, ça a l'air d'être un sacré virage. Tu ne prends pas la grosse tête, j'espère.

Comme William ne répond pas, je lui donne un petit coup de coude et lui répète la question. Il tressaille, se ressaisit.

— Non, pas du tout. On préfère éviter de trop en parler avant d'être sûrs de nous, c'est tout.

— Vous n'êtes pas sûrs de vous ? m'étonné-je. Tu avais l'air emballé la semaine dernière.

Il me sourit.

— On a finalisé les conditions de notre collaboration, mais leurs avocats doivent examiner l'accord. Ensuite, on verra. Il peut encore se passer beaucoup de choses.

— C'est bien, William, approuve mon père. Il ne faut pas vendre la peau de l'ours avant de l'avoir tué.

Il lève son verre, puis se tourne vers Gittan pour lui glisser à l'oreille quelque chose qui la fait éclater de rire.

— Je m'éclipse une seconde, me chuchote mon mari. Je peux ? Il ne risque pas d'y avoir d'autre discours ?

— Non, vas-y. Tout le monde mange. (Je baisse d'un ton.) Et toi, tout va bien ?

Il se lève et se penche pour m'embrasser la joue.

— À merveille, ma chérie. Je dois juste aller au petit coin.

En chemin, il s'arrête près de Krister et lui montre l'escalier. Son père se lève et ils quittent la pièce ensemble. Ne sont-ils pas un peu vieux pour s'accompagner aux toilettes ?

Parcourant la salle du regard, j'aperçois mon frère qui semble écouter Amanda lui faire un récit captivant. C'est fou, elle parle toujours en faisant de grands gestes. Nike, l'auxiliaire de vie, est assise un peu plus loin. J'ai l'impression qu'ils sont ensemble, Erik et elle. Je ne sais pas pourquoi, puisque c'est seulement la première fois que je la vois, mais il y a quelque chose dans sa façon de le regarder, de le toucher. Mon frère n'est pas facile à décrypter, mais il ne la rejette pas, j'en déduis qu'il l'apprécie. Ne serait-ce qu'un peu.

Dès l'adolescence, il a toujours eu du mal à montrer ses sentiments et, après l'accident, il s'est carrément renfermé sur lui-même. Au début, je pensais que c'était une forme de dépression, mais maintenant je ne sais plus. Je me dis parfois qu'il est tout simplement amer.

Petits, on avait une relation de frère et sœur classique, mais à l'adolescence on est devenus moins proches. Quand Erik a déménagé à Göteborg l'année qui a suivi l'accident, on s'est encore plus éloignés. À cette époque, il a coupé les ponts avec tous ses anciens copains. Je ne sais pas pourquoi. Qu'il ait arrêté de parler à William peut s'entendre, c'est lui qui conduisait la voiture qui a provoqué l'accident. J'imagine que c'était difficile à pardonner au début. Mais les autres copains de la bande n'avaient rien fait de mal, et nous, la famille, n'avions strictement rien à voir avec tout ça. Pourtant, c'est comme s'il avait voulu tirer un trait sur sa vie à Malmö.

Depuis que je suis avec William, je n'ai plus aucun contact avec Erik. Ses gamineries me rendent folle. William n'a pas fait exprès de foncer dans ce réverbère. Et, autant que je sache, personne n'a forcé mon frère à monter dans cette voiture, il s'y est assis de son plein gré.

Mais je suis quand même heureuse qu'il soit là aujourd'hui. Il reste mon grand frère et, à défaut de retrouver notre complicité, c'est important qu'on continue à se voir.

Je jette un coup d'œil à maman, encadrée par deux chaises vides, celles de mon mari et de son père. Elle tient encore droit, elle n'a pas trop bu. J'ai peut-être été vache de l'asseoir là. En même temps, c'est sa place, entre le marié et le père du marié.

Quand elle se tourne vers moi, je regarde ailleurs. Je sais, c'est immature, je devrais faire un effort, mais la petite fille qui sommeille en moi a encore besoin de la punir. Maman n'avait qu'une seule chose à faire pour ce mariage : arriver à l'heure. Même ça, elle n'en a pas été capable. Je m'en suis voulu de l'avoir hébergée dans l'annexe alors que papa, mamie et mes beaux-parents dorment dans le château, mais les chambres se sont remplies très vite et je me suis justifiée en disant qu'elle voudrait certainement rester auprès d'Erik.

Avec le recul, je ne regrette pas de lui avoir assigné l'une des chambres les moins chères.

42

Annika

C'est donc pour ça qu'elle m'a invitée. Pour m'humilier. Pour me forcer à passer des heures assise à côté de Krister et de William Nihlzén. Certes, je m'attendais à un mariage classique, smoking et robe longue de rigueur, mais *ça* ? On peut déroger aux traditions quand c'est pour éviter de mettre ses invités en état de souffrance. Krister et William ont passé la soirée à faire comme si je n'étais pas là, et maintenant ils se sont carrément éclipsés. Depuis le plat principal, on ne les a plus revus. Je ne sais pas ce qui est pire, les avoir à côté de moi ou me retrouver seule entre deux chaises vides. La table d'honneur est montée sur estrade, tout le monde peut me voir, moi la potiche.

Je croise le regard d'un jeune serveur et lui demande de me resservir du vin rouge. Avec mon expérience, je supporte mieux l'alcool que la moyenne. Et puis, je me fiche royalement du regard que me lance Mats. Le seul truc qui m'intrigue, c'est comment il parvient à lever le nez chaque fois que je tends la main vers mon verre alors qu'on est assis en ligne, bon sang !

Emily sourit à tout le monde sauf à moi. En fait, elle ne m'a pas accordé un seul regard depuis que je suis arrivée. J'aurais dû m'y attendre. Qu'est-ce que j'espérais ? Que les gens se précipiteraient pour venir me présenter leurs excuses ? Que Massoud me complimenterait, disant que j'étais plus belle que jamais ? Qu'Emily me prendrait dans ses bras en se réjouissant d'avoir une mère aussi géniale que moi et s'excuserait d'avoir choisi William ?

Au moins, Erik a l'air de passer un bon moment. Il est assis à côté de la femme d'Ibbe et discute beaucoup avec Benjamin, le compagnon d'Hampus. L'auxiliaire de vie est à la même table, mais quelques places plus loin, et elle aussi semble profiter de la soirée. En fait, tout le monde a l'air content.

Un rire rauque résonne dans la salle. Il n'est jamais difficile de localiser Gittan Nihlzén. La mère du marié a une voix qui respire la Marlboro sans filtre, elle doit fumer clope sur clope. D'ailleurs, elle commence à accuser le coup des années. Certes, elle a une jolie silhouette pour son âge, mais elle n'a jamais lésiné sur le soleil, elle est bronzée comme du pain d'épice et ridée comme un pruneau. Ses cheveux autrefois soyeux ont l'air cassants, décolorés. C'est d'autant plus surprenant qu'elle est coiffeuse.

On était amies, Gittan et moi. Il y a de ça huit ans, on partageait presque tout. On allait ensemble faire du sport, on sortait en ville le week-end, on partait pour de longues promenades avant de s'arrêter prendre un café. Évidemment, on parlait beaucoup de la façon dont les entraîneurs de nos fils faisaient leur boulot et on jasait sur les autres parents de l'équipe. Mais il n'y avait pas que le foot. Quand j'ai perdu mes deux parents coup sur coup, Gittan m'a été d'un grand soutien. Et quand sa sœur est tombée gravement malade, j'ai été là pour elle. Je pensais que notre amitié était sincère, mais, en fait, je m'aperçois que ça ne valait rien.

Pour elle, en tout cas.

Une seule chaise vide me sépare d'Emily. Elle est tournée vers Mats et ils discutent, ils rient. Je prends mon verre, sirote de longues gorgées et savoure la façon dont la chaleur du vin se répand dans mon corps. J'attends l'engourdissement délectable. Mais il ne vient pas.

— Je vous débarrasse ?

La jeune serveuse de la tablée du vin d'honneur se tient derrière moi, une pile d'assiettes dans les mains.

Je ravale une remarque cinglante sur sa grammaire, car ce n'est pas moi qu'elle débarrasse mais mon assiette, et me contente de me pencher sur le côté pour la laisser prendre mes couverts. La viande était sèche et les légumes fades, j'y ai à peine touché. Le problème ne vient certainement pas du plat mais de mon manque d'appétit, car le traiteur de ce mariage n'a pas dû être choisi au hasard.

À l'autre bout de la salle, à l'extrémité d'une longue table partant de l'estrade, il y a la femme en robe verte, celle des toilettes qui parlait de William. Les ragots doivent aller bon train ce soir et les invités ont certainement ressorti de leurs vieux tiroirs toutes les rumeurs qui circulaient sur l'accident. Elles ont commencé à se répandre dès le soir du drame et c'est Emily qui en a le plus souffert. Pendant des semaines, tout le monde l'a bombardée de questions sur des théories plus farfelues les unes que les autres. Les garçons avaient-ils pris de la drogue ? Avait-on scalpé Erik ? William s'était-il retrouvé en état de mort cérébrale ? Et ainsi de suite. Comme si la vraie version des faits manquait de macabre.

Quelqu'un devrait aller dire à cette jeune femme en robe verte qu'il ne faut pas croire tout ce qu'on raconte. Mais, dans ce cas précis, elle n'a pas tout à fait tort, l'accident a pu être provoqué par un coup de sang de William. Et, quoi qu'en disent les autres, il a tout à fait pu orchestrer un plan pour écarter Erik de son chemin. Lui-même affirme ne se souvenir de rien et mon fils a seulement dit que son copain avait perdu le contrôle du véhicule.

Je me suis toujours méfiée de William. Même quand les garçons étaient petits, il y avait parfois une espèce d'obscurité dans ses yeux bleus, qui se montrait rarement mais que je savais cachée. Et puis, je repense à un point sur lequel je suis d'accord avec la femme des toilettes : comment Emily a-t-elle pu le choisir, *lui* ?

Il est temps de prendre un peu l'air. Je quitte la salle pour remonter l'escalier, et croise la route de Massoud. À peine m'a-t-il vue qu'il retrousse sa manche et regarde attentivement sa montre. Notre amitié me semble lointaine, presque comme si je l'avais inventée. La famille Jafari a quitté Malmö l'année qui a suivi l'accident. D'après l'annuaire hitta.se, ils se sont installés dans une villa à Södra Sandby, près de Lund. Gittan et Krister ont quitté Stenkällan à peu près au même moment et vivent à présent à Ribersborg, dans l'un des grands immeubles blancs avec vue sur le détroit. Je n'avais plus revu aucun d'entre eux depuis.

Descendue au rez-de-chaussée, je me dirige vers la sortie mais découvre en passant que le bar est ouvert. Quelle bonne surprise, un comptoir de bar dans le hall. Les tapisseries vert sombre et les meubles de bois foncé créent une ambiance de pub anglais.

— Un verre de votre vin blanc local, s'il vous plaît. Vous pouvez le mettre sur la note de ma chambre, pas vrai ?

La femme derrière le comptoir se retourne, ouvre un frigo et sort une bouteille.

— Quelle chambre ? me demande-t-elle.

— Hum… Je ne me souviens plus du numéro. Mais… peut-être que mon nom suffirait ?

Mon verre bien rempli à la main, je m'éclipse dans la cour. La nuit est tombée et il fait plus frais, c'est agréable. Je cherche un endroit où m'asseoir, mais ne trouve rien qui convienne et opte finalement pour la terrasse de l'autre côté.

À l'instant où je m'apprête à tourner sur l'allée de graviers, j'entends des voix agitées. Ce sont celles de deux hommes qui se trouvent juste derrière le coin du bâtiment. Je m'arrête et tends l'oreille. Ils ont l'air contrariés. Et soudain, je les reconnais.

— Mais putain, qu'est-ce qui t'a pris ? siffle William. T'es complètement fou ? Si ça se sait, tout est foutu !

43

Mats

Je fais signe à une serveuse, qui vient alors remplir mon verre de vin rouge, puis je jette un coup d'œil à la chaise vide d'Annika et pousse un soupir de soulagement. Certes, jusqu'à maintenant elle s'est tenue à carreau, mais c'est pénible d'avoir la responsabilité de la surveiller. J'aide Emily avec plaisir, le problème n'est pas là. C'est juste qu'Annika peut être imprévisible, on ne sait jamais à quoi s'attendre avec elle.

C'est fou comme les gens changent. L'Annika dont je suis tombé amoureux était tellement plus douce, presque timide. Je crois d'ailleurs que j'ai été son premier vrai petit copain.

On s'est rencontrés par une chaude soirée de printemps à Lund. Je venais d'abandonner mes études en économie pour aider mon père avec la boutique et Annika terminait un cursus de bibliothécaire à Borås. Elle était de passage pour faire la fête avec des copains originaires de Lund et on s'est retrouvés assis l'un à côté de l'autre à table au dîner.

Je me souviens de l'avoir trouvée drôle et intelligente. Et jolie, aussi. Pas dans le genre canon classique, mais elle avait un joli visage et un sourire à tomber par terre. On a passé la soirée à papoter, puis on a fini par quitter la chaleur de la salle en sous-sol pour continuer à parler. On s'est perdus dans les allées médiévales de la cité universitaire et allongés dans l'herbe humide devant la bibliothèque sous un ciel étoilé dans une atmosphère parfumée par les fleurs.

Les deux premiers mois, on se voyait souvent. Annika prenait le train pour Malmö et venait me voir dans mon studio dans le quartier de Värnhem. Et moi, je prenais la voiture depuis Borås et passais la nuit dans sa chambre d'étudiante. Au bout d'un moment, j'ai eu l'impression qu'elle se lassait. J'ai pensé qu'elle ne cautionnait pas ma décision d'arrêter les études pour reprendre l'épicerie de quartier. Elle ne comprenait pas pourquoi je voulais marcher dans les pas de mon père. L'histoire se serait peut-être arrêtée là… si elle n'était pas tombée enceinte.

Après un moment de panique, on a finalement décidé de donner une chance à notre couple. J'avais un boulot, Annika pouvait mettre ses études en pause le temps de s'occuper du bébé. Mais ça ne s'est pas passé comme prévu. Le petit garçon, qu'on avait appelé Oscar alors qu'il était encore dans le ventre de sa mère, est mort quelques semaines avant le terme. Nous n'avions vécu que sept mois avec lui, mais c'était comme si notre monde entier s'écroulait.

Nous avons passé les années suivantes à apprendre à mieux nous connaître et à faire notre deuil du petit. Annika a décroché son diplôme, j'ai bossé au magasin et on a beaucoup voyagé. Le temps passant, on a acheté notre maison à Stenkällan, on s'est mariés à l'église de Husie et on a fini par oser tenter une deuxième grossesse. Mon père est mort l'année de la naissance d'Erik. J'ai repris le magasin et, trois ans plus tard, on a eu Emily.

— Tu rêvasses ? À quoi tu penses ?

Gittan me donne un petit coup de coude et je lève mon verre pour ravaler la boule qui m'obstrue le gosier.

— Au bon vieux temps, dis-je en me raclant la gorge. Ce genre d'événement nous fait vite tomber dans la nostalgie. On se rend compte que les années filent.

Je m'apprête à faire un laïus sur tous les regrets qui peuvent accompagner cette mélancolie, mais me ravise et m'excuse avant de quitter la table.

Huit ans plus tôt

44

Annika

Le temps semble s'arrêter, puis le samovar se met à siffler. Massoud me regarde soudain avec des yeux ronds. Sa main est toujours posée sur mon sein et mon pouls bat entre mes cuisses.

Nous reprenons brutalement nos esprits. Je me précipite pour m'asseoir sur une chaise, remets mon chemisier en place et m'empare d'une tasse.

Mon Dieu, qu'est-ce qui nous a pris ? Je suis devenue folle !

— On est dans la cuisine !

La jovialité de Massoud sonne faux. Il rejoint vite l'évier, ajuste son jean et se passe rapidement la main dans les cheveux. Quand Fariba apparaît dans l'encadrement de la porte, je soulève ma tasse. Elle s'arrête net en me voyant.

— Annika ?

Pas de « Salut, contente de te voir » ni de « Quelle bonne surprise ».

Alors je n'étais pas folle quand je m'imaginais une coalition entre Fariba et Gittan. À moins qu'elle n'ait senti l'atmosphère lourde entre Massoud et moi.

— Salut, Fariba, murmuré-je, rougissant de honte. Je voulais te parler, mais tu n'étais pas là alors je me suis contentée de ton mari.

La plaisanterie tombe à plat. Elle nous regarde en silence, le regard plus perçant.

Massoud s'éclaircit la voix.

— Ta réunion s'est finie tôt aujourd'hui, dit-il à sa femme. Vous vous êtes engueulés ?

Cette blague ne passe pas non plus.

— Le concierge avait oublié d'ouvrir la salle. (Elle laisse tomber son sac par terre.) On a essayé de le joindre, mais il ne décrochait pas.

— C'est tout lui. (Il se tourne vers le samovar.) Tu veux du thé ?

Elle fait signe que oui et s'assied en face de moi. Son mari sort une tasse propre et la pose sur le comptoir. Il verse du thé dans la petite théière, ajoute de l'eau chaude et pose la tasse sur la table devant sa femme. Chez les Jafari, le thé n'est jamais en sachet, cette boisson est un rituel presque sacré. J'ai arrêté de leur demander du lait, lassée du regard indigné qu'ils me lançaient.

— Comment va Erik ?

C'est ainsi que Fariba rompt ce silence gênant. Je n'ose pas la regarder, préférant fixer les feuilles de thé au fond de ma tasse. Jusqu'où pousser la confidence ? Puis-je vraiment leur faire confiance ? Je vis le rejet d'Erik comme un échec, une erreur capitale dans mon rôle de mère. Et j'ai encore du mal à le digérer.

Dix minutes plus tard, ils savent tout, c'était plus fort que moi. Intérieurement, je suis tellement sous pression que j'avais besoin d'une soupape pour ne pas exploser. En revanche, je ne dis rien de ma déception concernant l'attitude de Mats.

— Comment aider Erik s'il refuse de nous parler ? conclus-je avec un soupir. C'est horrible de se sentir exclus comme ça. On est ses parents, bon sang.

Le choc de l'arrivée brutale de Fariba commence à s'estomper. J'espère que mes joues ont retrouvé leur couleur habituelle. Elle tripote les franges de sa nappe pendant un moment avant de finalement me répondre.

— Il doit avoir honte de ce qu'il a fait.

Je lève les yeux de mon thé.

— Comment ça ?

J'ai très bien compris ce qu'elle voulait dire. Mats a tenu presque le même discours, mais ces mots me font encore plus mal quand ils viennent d'une personne extérieure à la famille.

— Ce n'est pas si surprenant, tu sais, insiste-t-elle. Il a conduit en état d'ivresse ou a laissé son copain conduire alors qu'il était bourré. Et ils ont eu l'accident avec la voiture de Leif.

— Erik ne conduisait pas.

Elle hausse les sourcils.

— Comment tu le sais ? Je croyais qu'il refusait d'en parler.

— Il nous a dit une seule chose : William était au volant. (Sous mon regard insistant, Fariba s'empare du pot de miel.) Et puis, ça l'arrange bien, William, de prétendre avoir perdu la mémoire alors que c'est lui qui conduisait en ayant bu comme un trou. Je ne serais pas surprise que l'idée de l'amnésie ait été suggérée par un ami avocat de Krister.

— Tu es dure avec William.

Je n'en crois pas mes oreilles.

— *Dure* ? William s'en est tiré avec une légère commotion cérébrale alors que mon fils ne pourra peut-être plus jamais marcher. *Ça*, c'est dur.

— Tu as raison, ce qui arrive à Erik est terrible. (Elle pose sa main sur la mienne, juste là où la chaleur de celle de Massoud me brûle encore.) Mais ce n'est pas forcément la faute de William.

Je retire ma main.

— Tu veux dire qu'Erik nous ment ?

Elle hausse les épaules.

— Tu n'aurais pas raconté la même chose, toi, si le seul témoin avait perdu la mémoire ?

De toute évidence, Gittan lui a monté la tête. Et, qui sait, elle en a peut-être ensuite parlé à Mats. Et Massoud, dans tout ça ? Lui qui paraissait si empathique tout à l'heure. Voilà qu'il se terre dans son coin comme un animal effrayé.

— De toute façon, reprend mon amie en plongeant une cuillère dans le miel avant de la remuer dans son thé, la police mène son enquête. Il suffit d'attendre le résultat.

Je ferais mieux de ne plus rien ajouter, mais mon sang bouillonne dans mes veines, je ne peux pas me retenir.

— Je ne sais pas ce que Gittan t'a raconté, mais une chose est sûre : Erik est innocent. Et William doit payer pour ce qu'il a fait.

45

Emily

— Pourquoi la police ne veut interroger que Cissi et moi ? Pourquoi pas tous les invités de la soirée ?

Nous roulons jusqu'au commissariat du centre-ville et la rue Sallerupsvägen ne m'a jamais paru si longue. Il me tarde d'en finir.

— Ils ont dû parler à d'autres gens, affirme maman en serrant le volant plus fort. Tu ne connaissais pas tout le monde, là-bas, si ?

— Non, mais presque.

En apercevant deux mecs qui étudiaient à Videdal l'an dernier sur le trottoir devant le supermarché, je me ratatine dans mon siège. L'accident me met à cran, j'ai presque peur des gens. Ils sont fous, ils me harcèlent de questions sur mon frère et William. Hier, une fille m'a carrément arrêtée dans la rue pour me crier : « T'es la sœur de celui qui a failli mourir ? » Un véritable cauchemar.

— Mais je n'ai pas vu ce qui s'est passé, geins-je, carrée au fond de mon siège. Et puis, pourquoi m'interroger maintenant ? Ils ont parlé à Cissi il y a quelques jours.

— Tu m'as dit que Cissi était allée au poste vendredi. On est lundi, c'était le week-end. (Elle freine brusquement.) Bon sang, mais utilise la piste cyclable, toi !

Je n'ai aucune raison d'avoir l'estomac noué comme ça, je n'ai rien fait de mal. Papa et maman savent que j'étais à la soirée d'Hampus, cette partie-là est réglée. Au début, ils étaient un peu fâchés et ne comprenaient pas pourquoi je n'avais rien dit, surtout après l'accident. Mais maman avait la tête trop pleine pour m'en vouloir, ça m'arrangeait. Et papa m'a seulement dit que l'honnêteté finissait toujours par payer.

J'espère vraiment ne pas être obligée de leur raconter que j'étais soûle. Cissi a réussi à esquiver ce détail avec la police, alors pourquoi pas moi ?

On trouve une place de parking. J'attends près de la voiture pendant que maman prépare sa carte bancaire pour l'horodateur. Elle a sorti le grand jeu aujourd'hui, avec sa robe kaki et son collier de perles en bois de toutes les tailles. Je suppose qu'elle veut se mettre la police dans la poche pour qu'Erik ne soit pas jugé trop sévèrement.

À l'accueil, il fait si froid que je regrette de ne pas avoir mis un pull. Pendant que maman s'adresse à la réceptionniste derrière sa paroi de verre, je regarde autour de moi. Que font tous ces gens ici ? Est-ce qu'ils sont tous soupçonnés de quelque chose ? Ou alors ils sont témoins, comme moi. Est-ce qu'on peut être témoin quand on n'a rien vu ?

— Bonjour. (Un monsieur Tout-le-monde, en tenue civile et cheveux grisonnants, me tend la main.) Hasse Aronsson, enquêteur.

Il nous conduit dans une petite salle où nous attend une femme, sans uniforme non plus. Sur la table, elle a posé un petit appareil plat en métal, sans doute un dictaphone.

— Sofia, se présente-t-elle en se levant pour saluer ma mère d'abord, puis moi. Sofia Paviç. Je suis chargée de l'enquête sur l'accident d'Amiralsgatan avec mon collègue Hasse. (Elle s'adresse à ma mère.) On s'est parlé au téléphone l'autre jour.

Rouge comme une pivoine, maman ne sait pas où se mettre. On s'assied à la table au milieu de la pièce. Les policiers d'un côté, nous de l'autre.

— Bien. (Sofia démarre l'enregistrement et annonce l'heure et nos noms avant de se tourner vers moi.) Emily, tu sais pourquoi nous t'avons demandé de venir. C'est au sujet du 11 juin au soir et de l'accident de voiture qui a grièvement blessé ton frère. Nous aurions besoin de nous faire une image plus nette de la soirée étudiante où s'est rendu Erik juste avant l'accident. Il semblerait que tu t'y sois trouvée aussi.

Je me contente d'opiner. Ce n'était pas vraiment une question, si ?

— À quelle heure es-tu arrivée sur place ? (Elle sourit.) À peu près.

— Vers 21 heures.

— Et jusqu'à quelle heure es-tu restée là-bas ?

— Il devait être minuit et demi quand je suis partie, ou peut-être un peu plus tôt.

Ont-ils remarqué que mes souvenirs sont flous ? Le peu que je sais, c'est Cissi qui me l'a raconté, mais j'essaie de le dire avec mes propres mots en évitant de paraître trop sûre de moi.

— As-tu remarqué quelque chose en particulier au cours de la soirée ? demande la policière. Un détail qui pourrait expliquer pourquoi ton frère et son ami sont partis en voiture ?

Je fais signe que non.

— Il ne s'est rien passé de spécial. Les gens dansaient, ils faisaient la fête… Et puis, je n'ai pas vraiment passé la soirée avec Erik.

— On nous a parlé d'une bagarre avec un couteau, déclare platement Sofia. Sais-tu quelque chose à ce sujet ?

Mes lèvres sont scellées, je dois les humecter pour parler.

— Non.

— As-tu aperçu ton frère et son ami quand ils sont partis ?

— Non.

Hasse, qui jusqu'à présent fixait l'écran de son ordinateur, lève soudain les yeux et dit :

— Cecilia Björling affirme avoir aperçu Erik et William quittant la soirée. Tu n'es pas partie en même temps qu'elle ?

Gênée par la sensation d'être pour eux un livre ouvert, je détourne le regard et fixe un point juste derrière lui.

— Si, mais je suis allée aux toilettes juste avant de partir. Je ne suis pas sortie en même temps qu'elle.

Il opine du chef, tire le clavier vers lui et se met à taper.

Maman me prend le poignet.

— Qu'est-ce que tu dis ? s'écrie-t-elle. Cissi les a vus partir ?

— Aïe !

Je dégage mon bras.

— Annika, la reprend sévèrement le policier. C'est nous qui posons les questions, ici.

— Désolée. (Son cou se colore de petites taches roses.) Excusez-moi. C'est juste que… je viens de l'apprendre.

Une fois l'interrogatoire terminé, maman est tendue comme un ressort.

— J'espère sincèrement que William Nihlzén devra répondre de ses actes. (Elle décoche un sourire flatteur aux policiers.) Vous laisserez Cecilia Björling témoigner, n'est-ce pas ?

— Comme vous le savez, nous ne sommes pas en mesure de divulguer ce genre d'information, répond Sofia en se levant pour me serrer la main. Merci pour ton aide, Emily.

46

Erik

Le mec de la chambre voisine roule en fauteuil jusqu'à ma table. Nos places sont assignées, à la cantine, ce n'est pas la première fois que je le vois, mais on ne s'était échangé jusqu'à présent que des bonjours.

— Ça va ?

Il tire les saladiers vers lui et se sert généreusement.

Je hausse les épaules en regardant mon assiette.

Je ne peux pas lui répondre. Je n'en ai pas envie.

Ce gars est dans la même situation que moi. Il a atterri dans ce centre de rééducation perdu au milieu de la Scanie à la suite d'un grave accident qui le laisse en fauteuil roulant. Ça craint autant pour lui que pour moi.

Comment puis-je me plaindre alors que lui, malgré ce calvaire, a l'air content ? Si je lui disais tout ce qui me fait intérieurement rager, ce serait lui manquer de respect.

— Je sais ce que ça fait, me dit-il. Moi aussi, j'étais vénère. Et déprimé. Mais… (il boit une gorgée d'eau et repose son verre) tout finira par s'arranger. Tu ne me crois pas pour l'instant, mais je te promets que la vie continue. Je voulais juste te le dire.

Les couverts me paraissent soudain lourds. Je lève les yeux et le regarde couper sa pomme de terre en deux, la plonger dans la sauce et engloutir le tout. Il mastique un moment, puis me décoche un grand sourire.

— On bouffe bien ici, tu ne trouves pas ? Au fait, je m'appelle Mustafa, mais tu peux m'appeler Musse.

Je me demande si le personnel lui a assigné cette place volontairement pour me remonter le moral. Il a mon âge et semble être ici depuis un bout de temps. La thérapie a l'air de fonctionner sur lui.

J'ai envie de leur dire de me laisser tranquille et de s'intéresser à un autre patient, quelqu'un qui serait à la hauteur de leurs attentes. Moi, personne ne pourra me remonter le moral. Personne. Et je déteste être dans cet endroit. Chaque fois que je sors de ma chambre, je vois tous ces handicapés et ça me renvoie à ma propre condition.

Ce n'est pas moi.

J'ai toujours été en forme, parmi les plus vifs. Autant à l'école qu'au football. J'avais pas mal d'endurance, mais ma véritable force, c'était ma vitesse. Mon côté explosif aussi. Et ma compréhension du jeu.

L'accident me hante encore. Il est là à toute heure, en arrière-plan, comme un nuage orageux. Je n'ai vraiment pas envie d'y penser, je ne veux pas me souvenir. Mais c'est comme si mon cerveau m'y forçait. Comme si j'étais destiné à le revivre dans ses moindres détails. Encore et encore, comme une boucle sans fin.

J'essaie de me concentrer sur mon repas. Tranche, mâche, avale. Tranche, mâche, avale.

Musse mange avec appétit, mais ne dit plus rien. Quelque part, j'aimerais qu'il continue à parler, j'aurais ainsi une bonne raison de lui dire de la fermer. Mais même ça, il ne peut pas me le donner.

Ils m'énervent tous à être aussi gentils, à vouloir que tout aille pour le mieux. Je ne peux me plaindre de rien.

Et puis, ils insistent tous sur le fait que j'ai de la chance d'être ici. « Orup est un super établissement », me disent-ils.

Non, je n'ai pas eu de la chance. Au contraire, je vis un PUTAIN DE CAUCHEMAR. Je suis invalide et sans avenir. Un loser, un mec qui fait pitié. Qui va devoir vivre dans la solitude. Sans amis, sans soirées, sans foot et sans voyages.

Sans meuf, aussi.

Le visage de Sanja surgit dans mon esprit. Ses yeux bleu ciel, ses taches de rousseur et ses lèvres douces.

Va te faire foutre, William. Tu m'as pourri la vie.

Musse et moi sortons de table à peu près au même moment et manquons de nous bousculer en débarrassant nos assiettes.

— Erik ? m'interpelle Lotta, l'une des ergothérapeutes, à la sortie de la salle à manger. Tu as de la visite. On t'attend devant ta chambre.

Je regarde bêtement autour de moi, alors que ma chambre n'est pas là. Qui peut bien venir comme ça à l'improviste ? Mes parents ne doivent arriver que ce week-end, ça ne peut pas être eux. À moins que papa ne veuille me parler en privé. Il a dû oublier de me prévenir.

Je roule rapidement en direction du couloir, je commence à prendre le coup avec mon fauteuil. Derrière chacune de ces portes, la vie d'une personne vient d'être bouleversée. Les noms affichés sur les étiquettes défilent. « Monika O », « Jonny », « Monika B », « Mustafa »...

— Salut, mon gars.

Je tourne la tête vers l'homme appuyé au mur en face de ma chambre.

Krister.

Qu'est-ce qu'il fout là ?

Mon corps déconne à bien des égards, mais je sens clairement mes poils se dresser sur ma nuque.

47

Mats

— J'espère vraiment qu'ils coffreront William. (Annika ajoute une cuillère de crème fraîche dans son taco.) Le mieux, ce serait de trouver d'autres témoins. C'est encore possible, non ? Quelqu'un a peut-être eu peur de parler, puis finira par avoir des remords et témoignera pour se racheter une conscience. (Elle n'attend pas de réponse et enchaîne, le flot rapide.) Je ne comprends pas Erik. Pourquoi ne pas avoir dit la vérité dès le début ? (Le gras de viande coule le long de ses doigts, elle s'essuie avec une serviette en papier.) Il savait que c'était William le fautif et qu'il ne craignait rien.

— C'est son meilleur pote, argumenté-je. Tu t'imagines dénoncer un ami, toi ?

Elle renâcle.

— Comment peut-on préférer couvrir un copain plutôt que de réclamer justice et les indemnités qui nous sont dues ? On ne peut pas dire que William l'ait beaucoup soutenu depuis l'accident. Que je sache, il ne lui a rendu visite qu'une seule fois pendant sa rééducation. Une seule.

Je hausse les épaules en espérant que cette conversation s'essoufflera. Mais c'est peine perdue. Annika n'est pas près de s'arrêter. Depuis qu'elle a appris que Cissi avait aperçu les garçons dans la voiture le soir de l'accident, elle est en boucle là-dessus. Ce sujet devient obsessionnel. Et visiblement, tout ce qui se trame dans sa tête mérite d'être partagé avec le reste du monde. À savoir moi, puisque personne d'autre ne veut l'écouter. Heureusement, elle n'a plus reparlé de sa théorie complotiste au sujet du foot, comme quoi William aurait volontairement tenté d'éliminer son rival pour le poste de milieu de terrain. Elle a dû enfin comprendre à quel point c'était malsain.

— Franchement, je trouve ça vraiment bizarre. (Le taco craque dans sa bouche quand elle y plante généreusement les dents, puis elle mastique et continue.) Mais bon, l'essentiel, c'est qu'il ait fini par dire la vérité.

Elle se ressert un verre de vin et je m'aperçois que le premier a été bu à vitesse grand V. Je ne l'avais jamais remarqué. En fait, je n'ai jamais eu de raison de surveiller la consommation d'alcool de ma femme. Mais ces temps-ci, je la vois souvent avec un verre de vin. Devant la télé, à la table de la cuisine, sur la terrasse. Certes, elle ne travaille pas. Avant, elle restait à la maison à cause de l'accident, et maintenant elle est en vacances. Mais n'empêche, Annika ne buvait jamais toute seule, avant. Je lui lance :

— Dis, je crois qu'on a fait le tour du sujet. On ne peut rien faire, à part attendre de voir comment la situation évolue. On pourrait parler d'autre chose, non ? (Je me tourne vers Emily.) C'est bon, tu te régales ?

Ma fille hoche la tête et prend sa fourchette pour récupérer les grains de maïs tombés dans l'assiette.

Pauvre petite. On était censés passer notre vendredi soir tranquilles à la maison, mais, quand Annika a appris que notre fille avait prévu de rester manger chez Cissi, elle a pété un plomb et lui a ordonné de rentrer à la maison. « On doit respecter nos traditions familiales », a-t-elle justifié auprès d'Emily. Et depuis que la petite est rentrée, personne ne lui a parlé. J'ai l'impression qu'en suggérant de changer de sujet, j'ai définitivement gâché l'ambiance.

Ma femme recule dans sa chaise et me sonde sévèrement en croisant les bras.

— D'accord, et de quoi tu veux parler ?

— Je ne sais pas. Tout ce que je dis, c'est que ça ne sert à rien de tirer des plans sur la comète.

— Reconnais que ça serait mieux pour Erik s'il y avait plus de témoins. Un seul témoignage, et de la part d'une mineure, c'est un peu léger pour justifier une condamnation.

— Tu as peut-être raison, lui accordé-je. Mais, d'un autre côté, on aura beau avoir des témoins, William niera toujours les charges.

Son regard devient noir.

— Pourquoi tu es si pessimiste ?

Ma réaction me surprend moi-même, d'autant plus qu'Annika et Emily sursautent quand mon poing heurte violemment la table.

— Je ne suis pas pessimiste ! (La douleur résonne dans mes doigts.) Je suis réaliste. Aucune personne sensée ne se reconnaîtrait coupable d'un crime. C'est au procureur de lever le voile sur ce qui s'est passé. Et j'en ai marre de parler de l'accident, de William ou des Nihlzén. Bon sang, Annika. Calme-toi et laisse faire la justice.

Un court silence s'installe, comme la mer se retire après une énorme vague et avant la suivante.

— Moi aussi j'en ai marre, figure-toi ! gronde-t-elle avec un regard de reproche. J'en ai plus qu'assez d'être la seule à me battre pour que notre fils obtienne justice et puisse mener une vie décente.

48

Annika

Dans le rayon des conserves, je m'empare d'une boîte de haricots blancs quand une voix familière s'élève de l'allée centrale. Prudente, je m'approche.

— Je me demande comment elle fait, dit Fariba. (Elle chuchote, mais ses mots arrivent sans mal jusqu'à moi.) Annika est complètement obsédée par l'idée d'enfoncer William. Ils sont venus chez nous quelques jours après l'accident et, je te jure, ce qu'elle avait dans les yeux me filait la chair de poule.

— M'en parle pas. (C'est la voix de Gittan.) Dès le premier jour, elle parlait de réclamer des dommages et intérêts à l'assurance.

Mon cœur bat si fort que c'en est douloureux. Mais ce qui me fait le plus mal, ce sont leurs paroles. Je n'ai pas envie d'en entendre davantage, mais je n'arrive pas à bouger.

— Au début, je pensais qu'elle était encore sous le choc, reprend Fariba. N'importe qui aurait vrillé, à sa place.

— C'est clair. Mais ça ne lui est pas passé. Au contraire, ça a même empiré. Cet accident l'a vraiment retournée.

— Entre nous… (Fariba baisse encore d'un ton, mais pas suffisamment) ce ne serait pas du Annika tout craché ? Elle a ce côté maniaque…

— Ce n'est pas faux, hésite Gittan.

— Rien qu'avec le foot, par exemple. Elle a toujours dit que c'était le hobby de son fils, mais au fond, c'est elle qui rêvait de le voir en équipe nationale. Et puis, les entraîneurs la détestent. Absolument tous.

— Quoi ? D'où tu tiens ça ?

Gittan a l'air horrifiée.

— Massoud connaît presque tous les membres du club. (J'imagine le sourire malicieux de Fariba.) Et, d'après ce que j'ai entendu, Annika les harcelait au téléphone, leur réclamait sans arrêt des choses pour son fils. Par exemple, tu savais qu'elle avait quasiment forcé Conny à sélectionner Erik pour le premier camp d'entraînement régional ? (Un bruit métallique retentit, comme si deux caddies se heurtaient.) Maintenant qu'elle ne peut plus penser au foot, elle a besoin d'un autre passe-temps.

Je ne me sens pas bien. C'est ça, l'image que les entraîneurs ont de moi ? Celle d'une casse-pieds qui leur lèche les bottes ? Prête à tout pour pistonner son fils ?

Je ne me reconnais pas dans ce portait. C'est vrai, il m'est arrivé d'appeler les entraîneurs quand les enfants étaient petits. Soit pour leur demander d'arrêter de hurler sur ces pauvres gamins, soit pour proposer mon aide quand ils avaient besoin de bénévoles. J'en ai parfois profité pour glisser un mot en faveur d'Erik. Mais c'est normal, non ? Après tout, si je me suis autant impliquée dans ce club, c'est uniquement parce que j'étais la maman d'un des joueurs. Je ne suis pas Mère Teresa, non plus.

J'entends Gittan reprendre :

— Elle pourrait s'occuper de son fils au lieu de perdre son temps à mener son enquête dans son coin.

Je suis patiente, mais là c'est trop. Je contourne une palette de conserves de betteraves et surgis dans l'allée.

— Annika ? s'étonne Gittan en déglutissant avec peine. Ça faisait longtemps… Comment vas-tu ?

— Très bien. La grande forme. Et toi ?

— On fait aller.

Fariba hoche bêtement la tête. Toutes les deux ont les joues rouges et je peux presque voir la sueur perler sous leurs chemisiers.

— Non mais franchement, dis-je en prenant mon temps pour les faire encore un peu suer. Vous faites de belles commères.

— Le temps file, bredouille Gittan avec un sourire crispé. J'allais justement finir mes courses. On a du monde à la maison, ce soir.

Fariba se donne l'air occupé en nouant un sac de tomates et demande sans lever les yeux :

— Comment va Erik ? Il paraît qu'il est à Orup ?

— Ma foi, il va aussi bien que peut aller un garçon dont on vient de briser les rêves d'avenir.

Gittan ouvre des yeux ronds.

— Mais tu ne peux pas… Il y a encore un espoir qu'il se rétablisse, non ?

— Les chances sont maigres.

Personne ne connaît ce côté de moi, mais tant pis. Je veux les voir souffrir, je veux qu'elles prennent la mesure des terribles conséquences de la petite virée de William.

— C'est vraiment affreux, soupire Fariba d'un air sincèrement désolé. Mais on peut quand même avoir un avenir, même en fauteuil roulant, non ?

— Il aura un avenir, c'est sûr, réponds-je, le regard scrutateur. Mais sa qualité dépendra en grande partie du bon vouloir de l'assurance pour l'indemnisation qu'elle lui doit.

Gittan prend une profonde inspiration et grince :

— Alors ce n'est qu'une histoire de fric ? D'habitude, ce n'est pas la première chose à laquelle on pense dans ce genre de situation.

— Non, dis-je doucement. Ce n'est pas seulement une question de fric. Ce qu'on veut, c'est la justice une fois pour toutes. On veut que le coupable soit puni.

Toutes les deux sont choquées, elles reculent, mais Gittan se ressaisit rapidement.

— Qu'est-ce qui te prend, Annika ? s'indigne-t-elle, assez fort pour attirer l'attention de quelques clients autour de nous. Tu lances une chasse aux sorcières contre mon fils ? À quoi bon ? Il ne suffit pas d'affirmer ce qui s'est passé. Il faut aussi le prouver.

— Parfaitement. On se reverra au tribunal.

49

Emily

— Erik est rentré à la maison.

Je m'assieds sur la dernière balançoire, sors un paquet de chewing-gums de ma poche et en propose un à Cissi. Elle le met dans sa bouche et s'installe sur la balançoire d'à côté.

— Il a terminé sa rééducation à Orup ?

— Non, soupiré-je en prenant deux chewing-gums d'un coup. Il rentre juste pour le week-end.

Nous mastiquons en silence. Comme elle attrape les chaînes et se penche pour commencer à se balancer, je l'imite. Les balançoires du Lottaparken grincent, ce n'est pas rassurant.

— Il est arrivé en ambulance. (J'essaie de capter son regard, mais, comme on se balance en décalé, ce n'est pas évident.) Une espèce de camionnette avec les grandes portes à l'arrière. (Ma voix se perd dans le vent, je dois me mettre à crier.) Tu vois la scène ? Erik n'a même pas vingt ans et il se fait transporter comme les vieux. En plus, il se fait dessus, il ne peut pas se contrôler.

— Ah ouais ? s'étonne Cissi en ralentissant pour me regarder. Putain, ça doit être horrible !

Et en effet, c'est l'horreur. Je préfère ne pas y penser. Au début, j'accompagnais papa et maman quand ils allaient lui rendre visite, mais je me sentais bête, plantée là près de son lit. Alors j'ai arrêté d'y aller, parce que je ne savais pas quoi dire. Je ne pouvais pas parler de mes vacances, ça l'aurait rendu encore plus triste et furieux. Ses yeux sont toujours aussi vides. Comme s'il était mort.

— Maman dit que ça ira mieux, qu'il prendra le pli. (Les graviers jaillissent autour de ma chaussure quand je freine subitement pour arrêter la balançoire. Je me retourne vers mon amie.) Est-ce que tu crois qu'il faut vraiment être honnête ? En toutes circonstances ?

Elle resserre sa queue-de-cheval.

— Non. Parfois, il vaut mieux mentir.

Cissi est d'une assurance énervante. J'essaie d'interpréter ce qu'elle vient de me dire.

— Tu ne vas quand même pas mentir au tribunal, quand tu devras témoigner ! Si ?

— Bien sûr que non ! s'indigne-t-elle, les yeux ronds. Pas du tout, t'es folle ! Pas au tribunal. Mais tu sais, quand quelqu'un a acheté une veste affreusement moche, tu n'es pas obligée de le lui dire, même si tu la trouves très laide. La vérité ne fera pas de bien à cette personne-là. (Elle marque un silence.) Pourquoi cette question ? Tu m'as menti, à moi ?

Je fais signe que non, souffle une bulle et la fais éclater avec ma langue.

— Je repensais juste à un truc que mon père m'a dit l'autre jour. Moi non plus, je ne crois pas qu'on doive toujours être honnête. Quand j'y pense, je me rends compte que je mens presque tout le temps, surtout à papa et maman.

Cissi glousse.

— C'est pour leur bien. Les parents le vivent mal quand ils en savent trop. Et puis, mentir par omission, ce n'est pas vraiment mentir.

Les balançoires sont à présent immobiles. Un grand nuage gris teinté de violet s'étire au-dessus de la maison de Hampus Olsson. On voit par la fenêtre de sa cuisine. La Maison Hantée. Il y aurait un scénario à écrire, ça commencerait par une fête et ça finirait en drame.

— Quand on pense que ça fait à peine deux mois, soupire Cissi, comme si elle lisait dans mes pensées.

J'avise la façade de briques blanches à la recherche d'un signe de vie, mais on dirait qu'il n'y a personne. Ils sont peut-être partis en vacances sous les tropiques. Sa famille est pleine aux as. Je ne comprends pas ce qu'ils sont venus faire ici, dans ce quartier pourri de Stenkällan. Ils auraient les moyens de vivre à Västra Hamnen ou n'importe où ailleurs.

Je me retourne vers ma meilleure amie.

— Deux mois ? J'ai l'impression que ça fait une éternité. J'ai pris cinquante ans en un été.

Elle me sourit.

— En tout cas, t'es assez vieille pour commencer le lycée.

Elle mâche son chewing-gum d'un air pensif avant d'ajouter :

— En fait, il me tarde d'être à la rentrée. On va pouvoir rencontrer de nouvelles personnes.

En d'autres circonstances, j'aurais hâte, moi aussi. Le problème, c'est que la vie n'est vraiment pas drôle en ce moment. J'ai essayé de l'expliquer à Cissi, mais je crois qu'elle en a marre de m'entendre parler de l'accident, d'Erik et des disputes permanentes entre papa et maman.

Je me sens creuse. Comme une vieille souche d'arbre pourrie. Et ça, je n'ose pas le dire tout haut. À personne. Parce que, en vrai, ce n'est pas moi qui suis à plaindre.

50

Annika

— Tu trouves que je suis un monstre ?

La question ne s'adresse pas vraiment à Mats. Je la jette à l'univers, où tout ce qui était bien rangé vient d'être ébranlé. Il est tard, je suis fatiguée, même épuisée. Pourtant, je n'arrive pas à trouver le sommeil. La discussion entre Gittan et Fariba au supermarché tourne en boucle dans ma tête. Chacune de leurs répliques.

Comme Mats se contente de grogner, j'insiste :

— Tu crois que tous les entraîneurs d'Erik me détestaient ? Et qu'ils me détestent encore ?

Il ouvre un œil et bâille généreusement.

— Pourquoi veux-tu qu'ils te détestent ?

— Je ne sais pas. Pour les avoir appelés trop souvent. Pour avoir donné mon avis à tout bout de champ.

— En même temps, le club te doit beaucoup. Tu as fait le taxi, tenu les stands de saucisses, organisé les tournois... (Il esquisse un sourire fatigué.) Au contraire, ils doivent te trouver géniale.

Au fond de moi, j'ai des questions qu'il vaut mieux taire. Elles concernent mon rôle de parent dans le milieu du sport, mon rôle de maman de footballeur. Voire celui de maman tout court. Je n'ose pas m'aventurer dans ces eaux troubles.

Mats se rapproche dans le lit et glisse une main sous la couverture pour la poser en haut de ma cuisse.

— Vraiment géniale, répète-t-il.

Ce contact inattendu me fait tressaillir. Il n'a quand même pas envie de sexe, si ? Là, maintenant ? Je cherche autre chose à dire pour gagner du temps et retarder ce qui semble se profiler. Je ne suis pas d'humeur. Pas du tout, même. Je reste parfaitement immobile en espérant qu'il se ravisera. Ou qu'il pensera que je me suis endormie.

La fréquence de nos rapports sexuels doit se trouver dans la fourchette normale des parents qui vivent encore avec leurs adolescents. On profite des moments où ils sortent tous les deux, souvent après un bon dîner et quelques verres de vin, le vendredi ou le samedi soir. Mais là, on est lundi. On a bu de l'eau avec notre poêlée de légumes et on a récemment appris que notre fils resterait partiellement paralysé. On a passé le repas à se prendre la tête pour savoir si on devait laisser Emily aller à une soirée ce week-end.

J'ai du mal à digérer ses mensonges. Pour elle, ce n'est pas mentir que d'omettre de dire toute la vérité. Elle avait peur qu'on se fâche et se disait que, de toute façon, sa présence à cette fameuse fête n'avait rien à voir avec ce qui s'était passé.

En plus de ça, il semblerait qu'elle ait beaucoup bu ce soir-là. Elle dit que c'était exceptionnel. Sinon, on l'aurait remarqué, non ? À ma connaissance, Emily n'est jamais rentrée bourrée en pleine nuit. Mais quand elle dort chez Cissi, allez savoir ce qu'elles font. Diana est dans sa période bien-être alternatif et inspirations New Age. Qui sait, peut-être que ça implique une certaine tolérance aux drogues.

Les doigts de Mats remontent lentement pour se glisser sous ma culotte. Je me demande souvent si c'est typiquement masculin, cette capacité à dissocier le sexe du quotidien, de ce qu'on vient de se dire – ou de taire. J'essaie de me détendre, d'en avoir autant envie que lui, mais, malgré l'accélération de son exploration, je ne ressens rien. Mon bas-ventre reste parfaitement de marbre, sec comme du bois mort. Je le laisse malgré tout retirer ma culotte et me pénétrer.

Je suis une femme moderne, je sais qu'on ne doit pas faire l'amour sans y consentir. Seulement, je m'en veux encore terriblement pour mon écart avec Massoud. Et j'ai l'impression que si je repousse Mats ce soir, il ne voudra plus jamais de moi.

Je ferme les yeux et serre les poings. Il jouit rapidement et se retire.

— Je t'aime, murmure-t-il en se retournant sur le côté.

Mes joues sont mouillées de larmes.

Le mariage

51

Erik

Nike m'aide à descendre la rampe pour atteindre la cour.

— Je veux rentrer. Dès qu'on a fini le gâteau, on s'en va.

— Mais… (Elle s'arrête si brutalement que je manque de basculer en avant.) On ne peut pas prendre la route maintenant. Tu as bu du v…

Je l'interromps :

— Détends-toi. Je suis à l'eau depuis des heures. Et je n'ai vraiment pas envie de rester.

Des lanternes de toutes sortes illuminent la façade et les alentours du château. Une enfilade de petites bougies éclaire le long couloir vitré donnant sur l'annexe. L'obscurité me rappelle que l'été touche bientôt à sa fin. Il fait frais comparé à la chaleur étouffante de cet après-midi.

— La soirée va finir tard, argumente mon auxiliaire, que la perspective d'un petit déjeuner cinq étoiles devait faire rêver. On n'a même pas fini le dîner.

— Pas grave. Je préfère ça plutôt que de revoir tout le monde demain matin.

— Et ta sœur ? (Elle contourne le fauteuil pour venir se planter devant moi.) Qu'est-ce qu'elle va penser quand elle verra qu'on est partis alors qu'ils ont réservé une chambre pour nous ?

— Pas grand-chose, à mon avis. Ils ont dû payer un forfait. Deux invités de plus ou de moins, ça ne changera pas grand-chose.

— Bon, comme tu voudras, dit-elle en haussant les épaules. Mais tu vas rater des fontaines d'alcool de luxe à volonté.

Je roule jusqu'au milieu de la cour et respire profondément l'air chargé d'humidité.

— On va où ?

— N'importe où, réponds-je. J'ai juste besoin de prendre l'air.

— Alors faisons le tour du parc.

Empoignant le fauteuil d'un geste expert, elle nous engage dans l'allée longeant l'un des flancs du bâtiment. Je me laisse faire, content de m'éloigner des gens.

— Au fait, je suis allée dire bonjour à William tout à l'heure. Franchement, il a l'air plutôt sympa. Vous jouiez dans la même équipe de foot, c'est ça ?

Sa voix me tire de mes pensées.

— C'est ça.

Les graviers crissent sous les roues, j'attends qu'elle poursuive.

— Il avait l'air de trouver que tu étais doué.

Je déglutis.

— Lui aussi, il s'en sortait bien.

— Tu ne m'as jamais dit que tu avais joué au foot.

Comme elle arrête de pousser, nous nous arrêtons tous les deux sous une canopée de branches assez épaisses pour bloquer la lumière de la lune.

— Je ne veux pas te forcer à m'en parler. (Nike lâche les poignées pour revenir devant moi.) Mais si tu as besoin, je suis là. Cette épreuve a dû être terriblement difficile. Déjà que le handicap doit être un coup dur, si en plus tu jouais au foot, que c'était ta passion…

Ses yeux brillent, elle les détourne vers l'obscurité.

— Oui, c'était compliqué. Au début, je voulais mourir, ma vie me paraissait foutue. Et puis… (je la regarde) finalement, elle a continué. La vie. Pour le foot, c'est vrai que j'étais bon. En tout cas, j'avais du potentiel. Comme beaucoup de gamins, je rêvais de devenir pro, toute ma scolarité tournait autour des entraînements et des matchs. Mais, quelques mois après avoir fini dans ce fauteuil, j'ai pris conscience que le foot n'était pas une si grande passion, finalement.

Elle fronce les sourcils.

— Comment ça ? Je croyais que tu ne faisais que ça.

— Je sais. C'est assez déprimant, quand on y pense. Et justement, je ne pensais pas, je fonçais. Tout le monde jouait au foot et certains trouvaient que j'avais du talent. Et puis, ma mère ne lâchait pas l'affaire. Les dernières années, elle était plus à fond que moi, elle suivait l'actualité du club de très près et veillait à ce que je ne manque aucun entraînement. L'accident m'a permis d'ouvrir les yeux et de me poser la question de ce que je voulais vraiment faire.

— C'est chouette que tu aies pu aller de l'avant. Quand une tragédie pareille nous frappe aussi jeune, on a vite fait de sombrer dans l'amertume. (Elle esquisse un sourire léger.) Et ta mère ?

— Quoi, ma mère ?

— Comment elle l'a pris, que tu ne puisses plus jouer au foot ?

— Elle était dévastée. Pas seulement pour le sport, mais parce que son fils était paralysé. N'importe quelle maman en serait traumatisée. Surtout au début.

— Tu l'as mal vécu, que ta mère te pousse autant à faire du foot ?

Elle retrouve son poste derrière le fauteuil.

— Pas vraiment, moi aussi je voulais en faire. Au moins un peu. Et sur le moment, encore une fois, je n'y réfléchissais pas vraiment. J'aimais ce sport et il m'apportait pas mal d'avantages à la maison. Ma mère me choyait, elle faisait toujours en sorte que je sois bien reposé. Avec le recul, je me dis qu'elle devait avoir peur que je me lasse de cette activité, alors elle s'arrangeait pour que je sois toujours de bonne humeur.

— Putain, souffle Nike derrière moi. Pas étonnant que ta sœur et toi soyez aussi peu proches. Elle devait se retrouver à tout gérer, non ?

Je n'y avais jamais pensé.

52

Emily

Les bougies des grands chandeliers en argent diffusent une lumière chaude qui se reflète dans les verres. Le brouhaha s'amplifie progressivement au fil de la soirée. Tout le monde parle et rit. Même les plus âgés semblent profiter et personne n'a l'air de vouloir partir. Je crois que j'ai réussi mon plan de table.

Beaucoup m'ont dit que c'était le mariage le plus romantique auquel ils aient jamais assisté. Tout s'est déroulé à la perfection. Le soleil, le lieu, la musique, aucun faux pas. Le repas était délicieux, le dessert était divin et la soirée a été agréablement ponctuée par les discours des gens, les chansons comiques et les jeux. Tout s'est passé comme je l'espérais.

Le seul hic, c'est le comportement de William.

Plusieurs fois, je lui ai demandé où était le problème et il s'est obstiné à me répondre qu'il n'y en avait aucun, mais je vois bien qu'il se passe quelque chose. Il a l'air absent, agité.

— Salut la compagnie !

Un verre tinte et tous les invités qui l'entourent se tournent vers la table d'honneur.

— Je me disais que… je ferais bien un petit discours.

Et merde. Maman a l'air d'une foldingue avec son rouge à lèvres étalé autour de la bouche et une feuille morte coincée dans ses cheveux. Je regarde autour de moi. Où est papa ?

William se lève de sa chaise et l'attrape par le bras.

— Assieds-toi, Annika.

Il lui parle sur le même ton qu'à son chien Lucifer. Elle se dégage.

— On n'a pas le droit de se lever, c'est interdit ?

Quelqu'un doit l'arrêter. Je cherche le regard d'Erik, mais il est tourné vers l'autre côté comme s'il voulait disparaître dans un trou de souris.

— Bien sûr que non, dit mon époux, calmement mais fermement. Seulement, on aurait préféré que tu fasses comme tout le monde et que tu informes notre maître de cérémonie que tu voulais faire un discours. Le timing est serré, je ne suis pas sûr qu'on ait le temps. On ne va pas tarder à danser.

Elle ricane.

— C'est quoi ces conneries ? Elle aurait besoin d'un peu de spontanéité, votre cérémonie de bourgeois coincés.

Les gens s'agitent sur leur chaise sans savoir s'ils doivent en rire ou en pleurer. Ils se contentent pour la plupart de retenir leur souffle. Je m'apprête à me lever quand papa surgit de nulle part.

— Allez viens, Annika. (Il la prend doucement par le poignet pour l'attirer sur le côté.) Qu'est-ce que tu fabriques ?

— Ce que je fabrique ? répète-t-elle en faisant des moulinets avec les bras. Tu n'as qu'à demander aux Nihlzén.

Forcé de la lâcher, il la pousse plutôt vers la sortie.

— Demande-leur ce qu'ils nous cachent à tous ! crie-t-elle par-dessus son épaule.

— Annika, nom d'un chien.

C'est la dernière phrase qu'on entend avant qu'ils ne s'éclipsent tous les deux dehors.

Un autre verre tinte, détournant l'attention générale. Hampus a compris qu'il fallait prendre la situation en main. Un grand sourire aux lèvres, il annonce qu'il est temps de se lever de table. Les chaises raclent le sol, les discussions reprennent et je jette un coup d'œil à William. Il semble glisser une réplique amusante à l'oreille d'Ibbe, mais je vois bien la veine qui palpite sur sa tempe.

Quelle poisse. Je lui avais promis que ça n'arriverait pas. Et pourtant, nous y voilà. C'est quoi son problème, à maman ? Elle ne peut donc pas se comporter normalement, juste une soirée ? Rien qu'une.

— Emily, dit Gittan en souriant et en déposant un baiser sur ma joue. Quel merveilleux dîner ! Tu le sais déjà, mais je te le répète : nous sommes heureux de t'accueillir dans la famille. Vraiment.

Je me lève pour serrer fort ma belle-mère dans mes bras. Gittan a ses défauts, comme tout le monde, mais elle est gentille avec moi. Elle aurait pu se conduire comme ma mère avec William, mais non. Elle a choisi de pardonner et de tourner la page. Surtout, elle a l'intelligence de reconnaître que je n'ai rien à voir avec l'accident.

Quand j'étais petite, il m'arrivait d'accompagner papa et maman aux soirées de foot. Elles étaient destinées principalement aux parents, mais les garçons – l'excuse de ces rassemblements – et leurs petits frères et sœurs pouvaient également y participer. À l'époque déjà, on sentait les liens forts qui unissaient les Nihlzén. Gittan, Krister et William avaient vraiment l'air d'aimer passer du temps ensemble. Ils avaient leurs private jokes et se faisaient souvent des câlins en public, même quand William était ado.

J'ai vite appris que les liens familiaux sont fragiles, qu'il faut les entretenir, voire se battre pour les préserver. Cette cohésion chez les Nihlzén est un modèle pour moi depuis longtemps, un objectif vers lequel tendre. De la chaleur, de la convivialité et de la prévenance les uns envers les autres. C'est tout ce à quoi j'aspire pour nous. Pour William, moi et notre enfant.

— Merci, Gittan. Désolée pour maman, elle…

— Ne t'inquiète pas. On sait tous qu'Annika a des soucis.

53

Annika

— Lâche-moi ! me débats-je alors que Mats me traîne dans la cour comme un animal sauvage. Je peux marcher toute seule.

— Je te lâcherai quand tu te seras calmée.

Je vois rouge.

— *Calmée* ? Pourquoi je devrais me calmer ?

— Parce que tu es bourrée, Annika. (Son regard est sombre.) Et parce que tu nous fais honte. Tu gâches la soirée de ta fille. Et de tout le monde par la même occasion.

Je ne sais pas comment, mais je parviens à me dégager de sa prise et, quand il me lâche, je suis surprise et perds l'équilibre. Il me rattrape par la taille pour m'éviter de m'écraser sur le bitume.

Je m'apprête à pester sur ces foutus talons aiguilles quand des sanglots me prennent soudain à la gorge. Ces mains chaudes et puissantes qui me soutiennent, ça ne veut rien dire, simple réflexe de mon ex-mari. Pourtant, je me mets à trembler. Personne ne m'a touchée depuis huit ans, aucun homme ne s'est autant approché depuis le divorce.

J'ai eu quelques rencards, bien sûr. Des dîners dans de bons restaurants, des séances de cinéma, quelques expositions et des concerts, tout ça en écoutant des hommes imbus d'eux-mêmes palabrer sur l'ampleur de leur excellence. Chaque fois, j'ai pris le premier bus pour rentrer à Stenkällan. Certains m'ont relancée par la suite pour savoir où était le problème. « On s'est bien amusés, pourtant. »

Mats me relâche.

— Ça suffit, Annika.

— Je n'ai pas bu plus que les autres. (Je m'aperçois toute seule qu'on croirait entendre le caprice d'une enfant de trois ans.) Laisse-moi retourner dans la salle.

— S'il te plaît. Attends au moins d'avoir pris un peu l'air. Histoire de te rafraîchir.

Il referme son bras autour du mien et m'entraîne d'un pas déterminé vers l'annexe. Je le suis à contrecœur.

— Comment ça, me rafraîchir ?

Il ouvre une porte, puis une autre.

— Où est ta carte magnétique ?

— Dans mon sac à main, dans la salle, rétorqué-je.

Nous profitons de ce que quelqu'un sort du bâtiment pour entrer. Mats marmonne dans sa barbe tout en m'installant dans un fauteuil du hall. Je m'adosse et me laisse aller à fermer les yeux une seconde. Certes, on ne peut pas dire que je sois sobre, mais Mats a l'air de croire que j'ai totalement perdu le contrôle. C'est faux. Ma décision de faire un discours était parfaitement consciente. Je suis la mère de la mariée, ne devrais-je pas avoir le droit de dire quelques mots ? Son père a bien monopolisé l'attention pendant un quart d'heure, pourquoi pas moi ? L'alcool m'a donné du courage, c'est vrai, mais on a tous besoin d'un coup de boost avant de parler en public, non ?

Quelqu'un me tapote l'épaule, j'ouvre les yeux. Mats agite une carte blanche sous mon nez. Nous voilà bientôt à remonter le long couloir éclairé. Une légère vague d'angoisse me saisit. C'est bien la première fois que Mats me suggère de « me rafraîchir ». Que s'est-il passé depuis la dernière fois que je me suis vue dans le miroir ?

Il m'emboîte le pas dans la chambre. J'ouvre la porte de la salle de bains et tâtonne sur le carrelage pour trouver l'interrupteur. L'espace réduit s'éclaire d'une lumière douce, je sursaute.

La femme qui me renvoie mon regard n'est pas belle à voir. Que s'est-il passé ? Je m'empresse d'empoigner un carré de papier toilette pour essuyer les traces de rouge à lèvres sur mon menton.

— Tout va bien ?

Mats entrouvre la porte quand je retire une feuille morte de mes cheveux. Elle a dû tomber quand je buvais du vin sur les marches de la terrasse.

— Oui, réponds-je sans tourner la tête, car je le vois très bien dans le miroir. C'est bon, tu peux me laisser.

Appuyé contre le chambranle, il affiche une mine insondable.

— Annika, tu ne peux pas continuer comme ça. Tu t'en rends compte, au moins ?

Je presse une noisette de dentifrice sur les poils revêches de ma brosse à dents.

— Comment ça ?

Il pousse un long soupir.

— Tu picoles trop, tu en viens à perdre tes moyens et tu te ridiculises devant tout le monde.

Je sens à nouveau la colère monter, mais je prends sur moi pour ne pas lui donner raison. C'est bien son genre de me faire la morale, de me dire comment vivre ma vie. Je suis adulte, je n'ai pas besoin de lui pour savoir si je peux m'autoriser un verre ou deux un soir de grande occasion. Et j'en ai ma claque de devoir me comporter comme on l'attend d'une femme de mon âge. Et si j'avais envie de me laisser aller et de réclamer des comptes à mon gendre devant tous ses invités ? Je n'ai rien à perdre et je me fous royalement de me ridiculiser.

— Tu as bien fait de me mettre devant la glace. (Je repose le dentifrice sur la tablette au-dessus du lavabo.) Maintenant c'est bon, tu peux y aller.

Il avise ma brosse à dents.

— Je suppose que tu vas te coucher ?

Comme je fais signe que non, il semble déçu.

— Sans commentaire, l'avertis-je. Je gère.

Mats lève les yeux au ciel, mais capitule et change de sujet.

— Qu'est-ce que tu racontais tout à l'heure dans la salle de réception, à propos des Nihlzén et de ce qu'ils cachent ?

J'enfourne la brosse à dents dans ma bouche.

— Oublie ça.

Après un nouveau sermon, il finit par quitter la pièce. La porte se referme, je crache le dentifrice empourpré par le vin rouge et examine la femme dans le miroir. Elle a déjà meilleure mine, mais une touche de rouge à lèvres ne ferait pas de mal. En espérant que mon sac à main avec mon maquillage, mon téléphone et mon portefeuille sera toujours dans la salle. Raison de plus pour y retourner.

Une grande partie du domaine s'emmitoufle dans une épaisse couverture noire, mais le haut du chemin donnant sur le parc est bordé de lanternes et le long de la cour brûle une longue enfilade de bougies. Finalement, le sac peut rester où il est, je vais plutôt suivre le conseil de Mats et prendre un peu l'air, en me convainquant que la décision vient uniquement de moi.

54

Mats

C'est fou comme les alcooliques peuvent se persuader qu'ils ne sont pas soûls alors qu'ils ne marchent pas droit. Annika est de ceux-là et j'ai de plus en plus de mal à comprendre ce qui lui passe par la tête. Elle ne devrait même pas goûter le vin, elle sait comment ça va finir. Ce n'est pas n'importe quelle soirée, c'est le mariage de sa fille. Il y a même des journalistes probablement déjà occupés à écrire leurs articles. Le monde a le regard braqué sur elle et elle s'en fout. Elle pourrait au moins se soucier de ce qu'Emily pense d'elle.

Je referme la porte de la salle de bains derrière moi et cherche la sortie de l'annexe. Après ce fiasco avec Annika, j'ai besoin d'être un peu seul. Mon pouls a retrouvé une allure normale, je reprends le chemin du château. À travers les fenêtres éclairées à l'étage, on aperçoit les silhouettes des gens sur la piste de danse. Le cristal des lustres renvoie les couleurs des spots du DJ et j'espère qu'Emily s'amuse, malgré le triste spectacle offert par sa mère.

Ce qui m'inquiète, ce n'est pas tant son taux d'alcool que ce qu'elle a dit au sujet des Nihlzén. De quels secrets parlait-elle ? Les a-t-elle entendus dire quelque chose ce soir ? Est-elle au courant de quelque chose ?

Le coup de fil désespéré d'Erik ainsi que ses larmes me font encore mal au ventre. « Je veux être libre », a-t-il dit. Certes, je peux le comprendre. Mais pour être libre, suffit-il de faire éclater la vérité ? Elle n'effacera pas ce qui s'est passé. Et puis, nombre d'entre nous en pâtiraient, notamment sa sœur ; elle n'y est pour rien, elle mérite d'être heureuse.

Si Annika devait apprendre toute la vérité, ce serait moins grave aujourd'hui. De l'eau a coulé sous les ponts et on ne se voit presque plus. À vrai dire, je me fiche de savoir comment elle réagirait. Ce qui m'inquiète, c'est ce qu'elle ferait de cette information.

Avec Isobel, c'est différent. Je n'ose pas imaginer la perdre, je ne le supporterais pas.

Ma montre indique 23 heures passées. Je ferais bien de retourner voir Erik. Il avait l'air bouleversé, au bord de la crise de nerfs. Pourvu qu'il ne… Un frisson me secoue. Non. On n'en est pas là, si ? Il lui reste beaucoup de raisons de vivre. Un bon boulot, des amis… Je m'arrête sur cette pensée. En a-t-il vraiment, des amis ? Je me rends compte que je n'ai aucune idée de ce qu'il fait de son temps libre. Bien sûr, il a Nike, mais a-t-il quelqu'un d'autre ? Une personne qu'il ne paie pas ?

Ma culpabilité ne me laisse aucun répit. En même temps, comment aider un garçon replié sur lui-même, qui éteint parfois son téléphone et ne donne plus aucune nouvelle ? Isobel et moi lui avons répété qu'on était là pour lui, s'il en avait besoin. Certes, il a plus de contacts avec nous qu'avec sa mère. Mais comment savoir si on en fait assez ?

55

Emily

Je n'arrête pas de penser à maman. Avec ses traces de rouge à lèvres, ses cheveux en pétard et sa robe froissée. Je devrais être furieuse, mais je suis surtout déçue. Est-ce qu'elle serait devenue folle ?

Il ne reste plus qu'à espérer que les journalistes de *Hänt i Veckan* sont partis juste après le vin d'honneur. La presse à scandales a le flair pour pister le scoop. Elle n'a d'ailleurs pas toujours besoin d'un esclandre, ces pigistes-là peuvent broder à partir d'un rien.

Je sors de la salle de réception et commence à descendre l'escalier en essayant d'être discrète. Ce n'est pas facile. Tout le monde veut me parler, me féliciter, me faire des compliments sur le traiteur ou le château.

— Ça va, Emily ?

Cissi est au bar avec Hampus Olsson et Karl Forselius, écrivain et ami de William. Ils se sont rencontrés lors d'une soirée à Stockholm il y a deux ans, et se retrouvent souvent dans les bars quand William est en déplacement dans la capitale. Personnellement, je trouve Forselius prétentieux et barbant, mais il apporte indéniablement une touche de glamour à notre liste d'invités. C'est d'ailleurs probablement aussi pour ça que Cissi se tient si près de lui en gloussant comme une ado.

— Tu as l'air stressée, ça ne va pas ? me chuchote-t-elle.

— Tu n'as pas entendu le discours de ma mère ?

Elle hausse les sourcils.

— Non, j'ai dû le rater. Qu'est-ce qu'elle a dit ?

— Rien, on ne lui en a pas laissé le temps, heureusement, marmonné-je. Tu as vu William ?

Elle secoue la tête et touche le bras de son cavalier.

— Karl ? (Sa voix est plus aiguë que d'habitude.) Tu n'aurais pas aperçu William ?

Forselius se tourne vers elle, puis vers moi.

— Tu l'as déjà perdu ?

Là-dessus, il éclate de rire et entraîne les deux autres avec lui. Je grimace un sourire et parviens à fendre la foule amassée devant les portes sans être à nouveau coupée dans mon élan.

La cour est déserte. Ce côté du domaine paraît presque hostile, plongé dans le noir. Des voix enjouées s'élèvent depuis la terrasse de l'autre côté. Évidemment, William est là-bas.

C'est à peine si l'on s'est adressé la parole aujourd'hui. C'est normal, on arrive rarement à parler à tout le monde dans une grande soirée, surtout en tant qu'hôtes de l'événement. Mais c'est notre journée, à William et à moi. Elle devrait incarner notre amour. Or, depuis le repas, il n'a fait que courir partout, parler à Krister et afficher une mine renfrognée.

C'est peut-être gamin, mais j'assume : ce n'est pas comme ça que j'imaginais la soirée. Je m'attendais à plus d'attention de la part de mon jeune époux. À des regards tendres, une main effleurant ma taille, des mots doux à l'oreille. À plus d'amour, tout simplement. Je repense à la fin du collège. Tout le monde se fichait de la fêter, même papa avait oublié alors qu'on en avait parlé la veille. Je ne voulais pas qu'ils viennent dans la cour me féliciter, évidemment, mais tout le monde marquait le coup le soir en famille, mangeait du gâteau et recevait des cadeaux. Moi, je n'ai rien eu.

Un éclat de rire sur la terrasse me ramène au présent et à William. Il est peut-être agacé à cause de ce qui s'est passé avec maman, peut-être même qu'il est fâché. Non, il paraissait déjà distant avant qu'elle ne se donne en spectacle, ça doit être autre chose. Et s'il avait reçu de mauvaises nouvelles au sujet de sa boîte ? C'est peut-être pour ça qu'il voulait parler à son père. Si c'est ça, le petit numéro de ma mère a dû être la goutte d'eau qui a fait déborder le vase.

Je m'arrête au pied des marches donnant sur la terrasse pour balayer le parc du regard, puis baisse les yeux sur mon ventre encore plat. Des larmes me piquent les yeux.

Et merde. Je passe délicatement le doigt le long de mes cils inférieurs en essayant une fois de plus de ravaler mon amertume. Les secondes passent et j'arrive à me ressaisir, mais je reste convaincue que William devrait être ici, avec moi.

56

Erik

— Je suis trop content de te revoir, Erik.

Un gin tonic en équilibre dans une main, Hampus m'assène une vigoureuse tape dans le dos avec sa main libre. Les reflets d'une boule à facettes font passer son visage du vert au bleu, puis au violet. *Murder on the Dancefloor* résonne dans les haut-parleurs et je dois hurler pour me faire entendre.

— Moi aussi !

Et peut-être que je le pense. Je n'ai jamais rien eu à reprocher à Hampus. On a été dans la même classe pendant neuf ans, on a joué dans la même équipe de foot et on traînait avec les copains, on faisait pas mal de choses ensemble. Mais on n'a jamais vraiment discuté.

Je sais qu'aujourd'hui il s'en sort plutôt bien. Il a fait fortune en investissant dans des entreprises axées sur le développement durable et est devenu un exemple à suivre pour tous les profils à la fois libéraux et écolos. Pour ne pas froisser Greta Thunberg et ses partisans, il a arrêté d'exhiber ses déplacements en avion sur les réseaux sociaux.

Quand le DJ lance un autre vieux tube, des cris de joie unanimes font trembler les murs. Hampus pose son verre sur une table et s'éclipse sur la piste de danse.

De mon côté, je cherche Nike parmi les danseurs, mais ne la trouve nulle part.

Emily monte l'escalier, sa traîne en boule sous le bras. Je suis planté dans l'encadrement de la porte, on ne pourra pas s'esquiver.

— Tu n'aurais pas vu William ?

Surpris de la voir si inquiète, je fais signe que non.

— Pas depuis un moment. Et sinon… (Je cherche mes mots, en panne d'inspiration.) Merci pour aujourd'hui. C'était un beau mariage.

— Merci à toi, dit-elle en scannant la salle. C'est sympa d'être venu.

— On ne va pas tarder à rentrer. À Göteborg, je veux dire.

— Pourquoi ? (Pour la première fois, j'ai toute l'attention de ma sœur.) Si tu es fatigué, tu peux aller te coucher, la chambre est à côté.

— Je sais, mais… (Je resserre mes doigts sur l'accoudoir.) En fait, je n'ai pas envie de revoir tous ces gens demain matin. Je travaille depuis chez moi, tu sais, je n'ai pas l'habitude d'être entouré d'autant de monde.

Elle hausse les épaules.

— Je vois. Tu fais comme tu veux.

— Emily ! s'écrie Cissi, comme si elle ne l'avait pas vue depuis des années. Viens ! C'est notre chanson !

Ma sœur lui sourit, puis se retourne vers moi.

— Prends soin de toi, Erik.

Puis elle plonge dans une mer de robes longues tournoyant frénétiquement sur un vieux tube de Rihanna.

Je me maudis de ne pas avoir réussi à lui dire ce que je voulais. Moi qui travaille tous les jours avec les mots, je suis un cancre dès qu'il s'agit de les manier à l'oral dans un contexte important.

— Tu n'as toujours pas changé d'avis ?

Nike semble remplie d'espoir.

— Écoute, on y va. Je viens de dire au revoir à Emily.

— Bon, d'accord. (Ses efforts pour dissimuler sa déception se soldent par un échec.) Par contre, ne compte pas sur moi en copilote, ajoute-t-elle en me poussant vers l'ascenseur. Je vais m'endormir dès que tu auras allumé le moteur.

Quand on sort, le silence dehors est une libération. La musique n'est plus dans la cour qu'un vague fond sonore et les voix sur la terrasse paraissent lointaines. Je suis surtout libéré des gens de mon ancienne vie.

— Tu m'accompagnes pour récupérer les bagages ?

Nous sommes devant l'entrée de l'annexe et Nike contourne le fauteuil pour ouvrir la porte.

— Non, vas-y. (Je sors la carte de ma poche et la lui tends.) Je préfère t'attendre là, si ça ne te dérange pas. N'oublie pas les clés de la voiture, sur le bureau.

— Entendu. J'en ai pour quelques minutes, le temps de me changer et d'aller aux toilettes. (Elle se coupe dans son élan et se retourne.) Tu n'as pas besoin d'y aller, toi ?

Je secoue la tête.

— Non, j'ai ma sonde de soirée.

Elle sourit et disparaît dans la bâtisse. Je recule pour ne pas rester dans le passage et la regarde traverser le couloir vitré.

Nike est une belle femme. Pas au sens canon, mais c'est vraiment une belle personne. Pour elle, tout le monde a un bon fond jusqu'à preuve du contraire. C'est quelqu'un d'attentionné sans être étouffant, et son rire est contagieux. Il m'est arrivé de me demander si elle n'était pas tombée amoureuse de moi. Et ça pourrait être réciproque. Mais pour déclarer son amour, il faut tendre son cœur sur un plateau et rester planté là, tout seul, plus vulnérable que jamais. Je trouve que ça n'en vaut pas la peine.

Une voiture quitte le parking, éclairant les troncs des arbres de l'allée un à un. Une brise fraîche nous vient de la mer. Je scrute la nuit en espérant que maman me pardonnera d'être parti sans lui dire au revoir. Elle est sûrement déjà au lit pour cuver son vin.

Du mouvement derrière la vitre de l'annexe me fait sursauter. On dirait qu'il y a quelqu'un. La flamme des torches vacille, de fines colonnes de fumée s'élèvent droit vers le ciel. Je plisse les yeux, mais ne distingue que les contours des buissons et des arbres, et des silhouettes sombres sur fond noir.

Deux personnes se détachent, un homme et une femme. On dirait qu'ils s'embrassent. Je me détourne pour ne pas passer pour un voyeur.

C'est peut-être un couple tout neuf, deux âmes esseulées qui se sont rencontrées sur la piste de danse et qui se révèlent à présent l'une à l'autre. Ou deux époux ayant fait garder leurs enfants pour prendre un peu de temps pour eux.

Je n'ai pas le temps de spéculer davantage, car les deux silhouettes ont dérivé dans la lumière de la façade et le vent tourne, soudain glacial.

C'est William et Sanja.

57

Annika

J'aurais dû me douter que descendre jusqu'au bord du détroit en talons aiguilles était une mauvaise idée. Je fais demi-tour, remonte une partie du chemin et bifurque sur la gauche, en direction des basses rythmiques qui viennent probablement de la salle de réception. L'air nocturne m'éclaircit les idées. Mince, j'ai dû manquer le dessert et la danse des mariés. Tant mieux. Emily n'a même pas dû remarquer mon absence et, personnellement, moins je m'approche de William Nihlzén et mieux je me porte.

Je le déteste, il n'y a pas d'autre mot. C'est la racine du mal, dont les branches semblent infinies. Il ne cesse de s'étendre, étale partout ses jeunes pousses et étouffe tout ce qu'il croise.

William Nihlzén est une espèce invasive et il m'est arrivé d'avoir envie de le tuer. Un désir parfois si fort que je me faisais peur. Il paraît que la différence entre les fous et les sains d'esprit, c'est que ces derniers ont une limite. Et qu'ils savent où elle se trouve. Moi, je pense faire partie de cette seconde catégorie. Mais tous les fous n'ont-ils pas été sains d'esprit avant de franchir cette limite ?

Ça peut arriver d'un coup.

Pendant plusieurs années, j'ai souhaité la mort de William chaque minute de chaque journée. La seule chose qui m'a empêchée de mettre mes projets détaillés à exécution, ce sont les enfants. Je ne voulais pas qu'ils vivent dans la honte.

Avec le temps, la flamme de la haine s'est apaisée, mais il lui arrive de se remettre brutalement à brûler. Comme aujourd'hui, par exemple. Aujourd'hui, j'aurais aimé voir William Nihlzén pousser son dernier soupir. Emily en serait malheureuse, c'est vrai, mais j'ai peur qu'une vie à ses côtés ne soit pas plus joyeuse. La femme en robe verte n'a fait que dire tout haut ce que je pensais tout bas : « Qui sait de quoi il est capable quand il se met en colère ? »

J'ai dû me tromper de chemin, la musique du château a l'air de s'éloigner. C'est tout moi de me perdre dans un jardin, mais ce n'est pas ma faute s'il fait nuit noire. Juste devant moi se dresse un bâtiment plus petit, je continue par là et atterris derrière la salle de conférence. On dirait une arrière-cour avec cette rangée de poubelles contre un mur et, rangé dans un coin, un vieux salon de jardin qui a fait son temps. C'est si peu éclairé que je sursaute en voyant un smoking surgir du noir.

— Ah ! m'écrié-je en levant les mains par réflexe. (Puis je reconnais la personne.) Mon Dieu, tu m'as fait peur.

— Désolé, dit Krister d'un air aussi effrayé que moi. Je n'ai pas fait exprès.

Il jette un furtif coup d'œil vers le château, sort son téléphone de sa poche et l'allume. La lumière bleutée éclaire son visage et me fait penser à mon portable resté, dans le meilleur des cas, dans la salle de réception.

— Toi aussi, tu t'es perdu ?

Il lève les yeux.

— Quoi ?

— Tu as dû te tromper de chemin. Moi, je voulais aller récupérer mon sac dans la salle, mais…

— Ah, non. (Il agite son téléphone.) Je voulais juste passer un coup de fil au calme.

— Je vois, dis-je en avisant l'obscurité qui nous englobe. Tu as bien choisi ton coin.

Comme il se retourne à nouveau vers le château, je suis son regard.

— Tu attends quelqu'un ?

— Hein ? Non, il faut que je… (Il tripote nerveusement son écran, puis lève les yeux vers moi.) Désolé, je dois te laisser.

Et il trotte dans la direction d'où je viens.

— Attends, ce n'est pas par là ! lui crié-je. Tu vas vers le parc !

Trois mois avant le mariage

58

Mats

— Allez, viens. (Je tire sur la laisse de Zita, mais le bouledogue marron refuse de lever le nez de la crotte puante abandonnée sur le trottoir.) On n'a pas toute la journée.

Je tire plus fort pour sortir la chienne de sa contemplation, mais, quand j'y arrive enfin, c'est Zorro qui s'y met.

— Saletés de clébards.

— Bien le bonjour à vous.

Je soupire intérieurement. Tommy, mon voisin trop bavard, est devant sa boîte aux lettres pour récupérer son journal. Croiser Tommy, c'est perdre automatiquement quinze minutes de sa vie, ça vaut pour tout le monde. J'ai pour stratégie de tenter de l'esquiver, surtout le matin. Mais, comme on se réveille tous les deux aux aurores et que l'on fait partie de cette espèce en voie d'extinction toujours abonnée au journal, il est difficile de ne pas tomber sur lui.

— Bonjour, dis-je en m'efforçant de sourire tout en tirant doucement sur la laisse de Zorro. Ça va ?

— Très bien, merci. (Il sort le *Sydsvenskan* de la boîte aux lettres et se tourne vers le ciel bleu.) On dirait que ça va être une belle journée.

Je hoche la tête et refais une tentative infructueuse pour écarter Zorro de la crotte.

— Finalement, je crois que le mois de mai est mon préféré, poursuit Tommy. C'est un peu le vendredi du reste de l'année : on trouve ça agréable, mais le mieux reste encore à venir. (Il déplie le journal et siffle.) Oh, putain.

Il aimerait que je lui demande ce qu'il vient de lire, mais je ne me ferai pas avoir, j'ai le même journal que lui. Je rêve d'un moment peinard dans ma cuisine avec un café fraîchement coulé, des tartines de fromage et la rubrique des dernières infos locales. Si Tommy aime le mois de mai, moi j'aime l'ambiance du petit matin. La maison est calme et on a toute la journée devant soi. Je n'en dis rien, parce qu'un sujet pareil encouragerait Tommy Skoogh à me tenir la jambe pendant des heures.

— T'as vu ça ? (Il me fourre son journal sous le nez sans me laisser le temps d'esquiver.) C'est vraiment dégueulasse, ajoute-t-il en frappant la page de son doigt. Sûrement encore des gangs de criminels. Il faudrait tous les choper et les faire sortir de notre pays. Ou bien les fusiller. Ils ne doivent pas être les bienvenus chez eux non plus.

Je m'apprête à protester quand les gros titres me frappent comme un coup de poing dans le ventre. Tommy se fond dans le décor. Son blabla est une nappe sonore, mais je ne l'entends plus.

C'est un cauchemar. Tout est faux, je vais me réveiller. C'est impossible. Ce n'est pas arrivé.

— Mats ? (La voix de Tommy me ramène sur le trottoir. Il a l'air préoccupé.) Il y a un problème ?

— Je… C'est…

Une sueur froide me fait glisser les laisses des mains.

— Viens, dit-il en me prenant par le bras. Viens t'asseoir sur la marche.

Je n'ai pas d'autre choix que de le suivre, le sol tangue, le monde se retourne. Je baisse la tête entre mes genoux et prends une profonde inspiration. Peu à peu, les vertiges s'estompent, la terre se stabilise sous mes pieds. Quand je lève les yeux, Tommy est debout devant moi, une laisse dans chaque main. Zita gémit, inquiète.

— Tu nous as fait quoi, là ? demande mon voisin, lui-même un peu secoué, son visage buriné soudain pâle.

— Aucune idée. (J'attrape la rambarde pour me redresser.) Une hypoglycémie, peut-être.

Il sourit nerveusement.

— Putain, tu m'as fait peur. J'ai failli appeler les secours.

— T'inquiète, dis-je en lui tendant l'autre main pour récupérer les laisses. (Je vacille, mais me ressaisis.) Je vais rentrer et manger quelque chose.

— Ouais, bonne idée. (Il montre la maison voisine.) Tu sais où me trouver, si besoin.

Je monte les marches dans un état second, les chiens ont dû me suivre puisqu'on se retrouve tous les trois dans la cuisine. Zorro et Zita se bousculent devant leurs gamelles que, visiblement, j'ai dû remplir. Je suis assis sur une chaise et fixe le journal. Il est posé sur la table, la première page bien visible. Impossible de manquer les gros titres, je n'ai même pas besoin de mes lunettes de lecture.

Revoilà ce bourdonnement dans mes oreilles. Je reste parfaitement immobile et lutte contre une montée nauséeuse alors que le gros titre me hurle son message : « Une dépouille retrouvée dans la réserve naturelle. »

59

Erik

Toute la table de chevet vibre, le téléphone danse sur place. Au bout de quelques pénibles secondes, je parviens à refermer mes doigts engourdis par le sommeil sur le portable et laisse ma tête retomber lourdement sur l'oreiller pour décrocher sans même regarder qui m'appelle.

— Erik ?

Cette voix grave me paralyse.

— Allô, Erik ? T'es là ?

J'ouvre la bouche, mais aucun son n'en sort. Mon cœur bat comme un marteau sur l'enclume.

— Qu'est-ce qui te prend, putain ? T'as perdu ta langue ?

Je ne l'ai pas vu depuis si longtemps que j'avais presque oublié à quel point il m'intimidait.

— Non, finis-je par articuler.

— Bon, tant mieux. (Krister se racle la gorge. J'entends que quelque chose se détache, puis il crache par terre.) T'as lu le journal aujourd'hui ?

— Le journal ? (Je me redresse dans le lit.) Quelle heure il est ?

— Huit heures.

Il respire lourdement, on dirait qu'il marche. Une mouette crie au loin.

— Écoute, reprend-il. Je ne t'embête pas longtemps, c'est juste qu'on a un petit souci. Je me suis dit qu'il valait mieux que tu l'apprennes de moi.

Un souci ? En huit ans, Krister ne m'a jamais appelé, j'en déduis que la situation est grave.

— Quoi ? Qu'est-ce qui s'est passé ?

La mouette se remet à chanter.

— Ils l'ont retrouvé.

60

Mats

Au rond-point de l'Emporia, je continue tout droit et emprunte Annetorpsvägen. Ça m'énerve de toujours laisser Krister tout décider. On aurait pu se retrouver près du magasin. Mais quand il a appelé ce matin, je n'étais pas d'humeur à discuter et ma conversation précédente m'avait épuisé.

— Vous aviez promis ! a crié Erik, hystérique en l'apprenant. Vous disiez que personne ne le retrouverait, que c'était un endroit sûr !

— Ça l'était. Mais un animal a dû le déterrer…

— Je m'en fous ! Je… c'est…

Comme Erik haletait, j'en ai profité pour m'expliquer :

— Écoute. Personne ne fera le rapprochement. Comment la police pourrait-elle faire le lien entre un squelette trouvé à Häckeberga et votre accident ? Personne ne sait ce qui s'est passé. En plus, votre affaire est classée, il n'y a plus d'enquête en cours. Krister a raison, tant qu'on se taira, personne n'en saura rien.

— Mais…, reniflait-il. Putain, papa, tu comprends pas ? C'est pas ça le problème. Le problème, c'est qu'on a tué quelqu'un.

Je voyais parfaitement ce qu'il voulait dire, ça m'a hanté presque tous les jours pendant toutes ces années.

Mais comment guérir de sa culpabilité et de sa honte sans avouer son crime ? Aucun psychologue ne peut nous aider si l'on n'est pas franc avec lui.

— Je sais, lui ai-je-dit. Mais on n'avait pas le choix.

— Pas le *choix* ? Vous auriez pu tout raconter.

— Je te rappelle que tu m'as demandé de garder le silence. Je voulais en parler à la police, mais toi… On en a discuté à l'hôpital et…

— J'avais dix-neuf ans ! a-t-il rugi comme un animal blessé. Dix-neuf ! Je venais d'être paralysé, j'étais mort de trouille. C'était toi l'adulte, tu aurais dû me forcer à faire le bon choix.

Bien que ce soit la pause de midi, il reste des places libres et j'en choisis une juste derrière le *Kajuteriet*. Le détroit nous souffle une brise fraîche avec des effluves de goudron. Je traverse le parking et ouvre la porte. L'odeur de poisson me retourne l'estomac. Le restaurant n'est pas complet, mais il y a plus de monde que je ne le pensais. La plupart des clients sont installés contre les vitres de la véranda.

Je reste dans l'entrée et observe l'homme qui m'attend. Comme d'habitude, Krister est bien habillé. Aujourd'hui, il est en pantalon de costume gris et chemise blanche aux manches retroussées. Je serais étonné qu'il ait acheté ses lunettes de soleil à la boutique d'une station-service. Il est carré au fond de sa chaise, le regard perdu vers la marina. Comment peut-il être aussi détendu ? Mais est-il vraiment aussi détaché qu'il le prétend ? C'est sûr que non. Sinon, il ne m'aurait pas demandé de venir. Mais il n'a pas l'air particulièrement affligé non plus.

De vieux souvenirs enfouis remontent à la surface. Je repense à cette nuit de juin pluvieuse, il y a huit ans. Juste après l'accident. Je revois le dos d'un manteau vert disparaître dans l'ombre du bosquet, je ressens le poids de ce corps inerte qu'on a traîné jusqu'à la voiture et l'odeur de la bâche neuve dans le coffre du SUV de Krister. Je me souviens du silence sur le trajet jusqu'à Häckeberga.

Je revis l'angoisse, l'afflux des pensées qui me traversaient l'esprit pendant ces trente minutes de voiture, à l'époque où l'on croyait encore pouvoir revenir en arrière. Des idées de plans pour fuir, des excuses, des arguments pour me justifier se bousculaient dans ma tête. *Il est encore temps de se rattraper. Ce n'est pas notre genre, en tout cas pas le mien. On ne peut pas faire ça.*

Mais les mots sont restés coincés.

Au lieu de les prononcer, j'ai aidé Krister à traîner ce boudin de bâche sur plusieurs centaines de mètres de terrain escarpé. J'ai tiré jusqu'à en avoir mal aux bras, j'ai creusé jusqu'à me faire des ampoules aux doigts. Dans ma tête résonnaient les mots que Krister m'avait répétés après l'accident : « Pense à l'avenir des garçons. » La nuit cachait les larmes qui, mêlées à la sueur, tombaient au fond de la tombe de l'homme.

— Mats ! Par ici.

Krister me ramène au présent, au restaurant, et je me dirige vers sa table, les jambes flageolantes.

— Assieds-toi.

Il retire ses lunettes de soleil et m'indique la chaise en face de lui.

Je m'assieds docilement en jetant un regard à la mer scintillante. Les bateaux de plaisance oscillent mollement dans la brise légère et un cygne se laisse bercer le long des quais. Sur le pont à la poupe du bateau le plus proche, un couple de retraités prépare son déjeuner, tous deux une casquette bleu marine vissée sur la tête.

— Qu'est-ce que tu prends ? demande Krister en poussant la carte vers moi. Je te recommande le sandwich aux crevettes, il est excellent.

Mes lunettes sont dans la poche de ma veste et je mets mille ans à les sortir. Je scrute la carte en essayant de former des mots avec toutes ces lettres, en vain. Je range mes lunettes.

— Je vais seulement prendre un truc à boire. Je n'ai pas très faim.

Il hausse les sourcils.

— Ah, bon. Je pensais prendre le cabillaud. C'est le plat du jour.

Une jeune serveuse prend notre commande. Lorsque nous sommes à nouveau seuls, Krister se penche vers moi.

— C'est la poisse, cette histoire de dépouille.

J'opine du chef.

— Tu l'as dit.

— Comme je te le disais au téléphone, reprend-il à mi-voix, il suffit qu'on ne dise rien et tout se passera bien.

— Possible. Bon, pourquoi tu voulais me voir ? Ce n'est pas un peu risqué de se donner rendez-vous aujourd'hui ?

— T'inquiète, il n'y a pas foule, dit-il en balayant la pièce d'un geste. Au contraire, c'est une bonne chose de se voir en public. William et Emily vont se marier. Il faut traîner ensemble de temps en temps, sinon ce serait louche.

Je hausse les épaules.

— Je ne sais pas. Tout le monde ne fréquente pas forcément les beaux-parents de ses enfants.

— Oui, mais dans ce cas…

Krister s'interrompt au retour de la serveuse avec nos boissons, une Ramlösa et une bière.

— Le plat arrive, annonce-t-elle.

— Parfait, répond-il en lui décochant clin d'œil et sourire.

Alors lui, il n'en manque pas une.

— Quoi de neuf pour le mariage ? demandé-je en versant l'eau gazeuse dans mon verre.

Avant de répondre, il essuie la mousse de bière au-dessus de sa lèvre.

— Erik m'a dit qu'il ne viendrait pas. Il ne voulait pas me voir, ni moi ni William, il a été très clair là-dessus.

Effectivement, j'ai cru sentir que la haine d'Erik pour les Nihlzén avait encore décuplé depuis la parution du journal ce matin.

— Mais il faut que tu lui fasses changer d'avis, poursuit Krister. Erik doit venir au mariage. L'absence du frère de la mariée susciterait la curiosité des journalistes. Ils voudront savoir pourquoi.

Parfois, j'ai l'impression que Krister vit sur une autre planète. Les journalistes n'ont pas que ça à faire que de creuser le passé d'Erik sous prétexte qu'il ne vient pas au mariage. William Nihlzén n'est pas le pape, non plus, faut pas déconner. Mais je vais effectivement devoir convaincre Erik de venir, et ce pour une tout autre raison : Emily. C'est elle qui me l'a demandé.

— Je crois que tu peux être tranquille, dis-je. En admettant que les médias soient assez curieux pour creuser, ils découvriraient qu'Erik et William ont eu un accident de voiture ensemble il y a huit ans, point final. Cette explication leur suffira.

— Possible, soupire-t-il en promenant son pouce sur la serviette posée sur la table avant de lever les yeux. Mais mieux vaut ne pas prendre de risque inutile, tu ne crois pas ? Aucun de nous n'a envie de finir derrière les barreaux. Jouons encore un peu la comédie. Après tout, c'est seulement le temps d'une soirée.

Huit ans plus tôt

61

Erik

— Mon client reconnaît s'être trouvé dans la BMW accidentée en compagnie du plaignant. Mais, les deux hommes ayant été retrouvés hors du véhicule et en l'absence de témoin de l'accident, nous ne pouvons pas exclure que le plaignant, Erik Brandt, ait pu se trouver au volant au moment des faits. L'accusé nie ainsi toute culpabilité. À la lumière des circonstances encore floues, la réclamation de dommages et intérêts nous apparaît totalement irraisonnable.

L'avocat chargé de la défense de William, cliché du snob de la jet-set de Stureplan, s'adosse au fond de son siège, le sourire aux lèvres. William, en revanche, semble abattu. Depuis le début, il a les épaules tombantes et regarde fixement la table. Ce doit être difficile d'être accusé de conduite en état d'ivresse et de dommages corporels involontaires.

Quand la procureure Fatima Bahar liste les délits qui lui sont reprochés et leurs conséquences, j'ai envie de vomir et tends une main tremblante vers le verre d'eau posé devant moi. Il glisse dans ma paume.

— Erik, dit-elle en se tournant vers moi.

Je déglutis. Malgré la gorgée d'eau, j'ai la bouche sèche comme du papier de verre et l'estomac toujours retourné par des vagues de nausée.

— Racontez-nous la soirée du 11 juin. Depuis votre arrivée à la fête jusqu'à l'accident. Prenez tout votre temps.

Elle sourit pour me mettre à l'aise. Je repose le verre avec la conscience accrue qu'ils sont tous là, derrière moi. Maman et papa, ma sœur, Gittan et Krister, Ibbe, Massoud, la moitié de l'équipe de foot et tout un tas de gens que je ne connais pas. Comment pourrais-je être à l'aise ?

Si mes jambes fonctionnaient, je courrais droit vers la sortie sans dire un seul mot. En même temps, si elles fonctionnaient, je ne serais pas là aujourd'hui. Et ça, ça m'enrage. Il suffisait de me mettre en colère pour me débloquer : voilà que je me mets à parler, à répéter tout ce que j'ai raconté aux policiers lorsqu'ils m'ont interrogé à l'hôpital, au mot près. La procureure me pose d'autres questions, auxquelles je réponds ce dont nous sommes convenus.

Quand c'est au tour de la défense de m'interroger, me revoilà saisi par l'angoisse.

— Erik, me dit le snob. Certaines sources affirment que vous vous êtes disputé avec William juste avant l'accident. Est-ce vrai ?

— Non.

— À aucun moment de la soirée ?

— Aucun.

— On raconte que vous auriez menacé William avec un couteau. Est-ce vrai ?

Je le regarde dans les yeux.

— Absolument pas. Mais William a crié à cause d'une histoire de couteau, ça c'est vrai.

Ce qui laisse l'avocat perplexe.

— Que s'est-il passé ?

— On était au bar à cocktails, à l'extérieur du barnum. Il n'y avait plus de tranches de citron, mais il restait quelques citrons entiers sur le comptoir, avec un couteau juste à côté. Je l'ai fait tomber aux pieds de William et, pour faire court, il s'est mis à crier que je devais arrêter de balancer des couteaux et que j'étais complètement malade. Mais ce n'était pas grave et on ne se disputait pas vraiment, le ton est monté deux secondes, mais c'est tout.

Après une courte pause, le témoin vedette du jour fait son entrée. Cissi porte un jean ultra moulant mais pas de crop top, ses cheveux sont sagement attachés en queue-de-cheval et son maquillage est léger. Elle fait beaucoup plus jeune que la dernière fois que je l'ai vue, à la soirée d'Hampus. La salle est plongée dans le silence, à l'exception du raclement des pieds des chaises sur le sol.

— Alors, commence le juge quand Cissi s'est assise. Bienvenue, Cecilia. Avant de commencer, décrivez-nous vos rapports avec l'accusé. Avez-vous un lien de parenté ? Êtes-vous proches ?

— Euh, non.

La pauvre, elle a l'air terrifiée.

— C'est entendu, dit le juge avant de lui demander de prêter serment.

J'essaie d'écouter, mais j'ai du mal à me concentrer sur ce que raconte Cissi. Au bout d'une longue explication laborieuse de son arrivée à la fête avec Emily et du déroulé de leur soirée, on arrive enfin au moment crucial.

— À quelle heure avez-vous quitté la soirée d'Hampus Olsson en compagnie d'Emily Brandt ? demande Fatima Bahar.

— À minuit et demi.

— En êtes-vous sûre ?

Cissi opine.

— Certaine. Je venais de regarder mon portable, puis je l'ai oublié dans la cuisine.

— Racontez-nous ce que vous avez vu en sortant sur le perron.

— J'ai vu William et Erik partir avec la voiture du père d'Hampus. C'était une décapotable grise.

— Avez-vous aperçu le conducteur ?

— Oui, dit-elle en se raclant la gorge. C'était William.

— Merci, Cecilia, dit la procureure en souriant.

L'avocat de la défense prend le relais et attaque fort. Il demande comment elle peut être aussi sûre qu'il s'agissait de William alors qu'elle a vu la voiture de derrière. Il réclame ensuite de savoir la quantité d'alcool ingérée, entre autres nombreuses questions. Cissi a pris le pli et répond sans hésiter.

— William a les cheveux foncés. Erik est blond et il est plus grand. Je suis sûre de moi. (Elle esquisse un sourire innocent.) Et je n'ai pas tant bu que ça. Ma copine Emily était bourrée tôt dans la soirée, il a fallu que je m'occupe d'elle.

— Une dernière question, reprend l'avocat en la sondant. Vous semblez être l'une des rares personnes à cette soirée à avoir gardé l'esprit clair. On parle de menaces avec un couteau. Auriez-vous vu William et Erik se disputer dans la soirée ?

— Non, dit-elle en soutenant son regard. Je suis au courant pour ces rumeurs, mais je n'ai rien vu. À part quand ils sont partis en voiture.

62

Annika

L'entraîneur de l'équipe A est dans le rond central et semble hurler ses instructions, mais je n'entends pas ce qu'il dit. Les joueurs alignés devant le banc de touche se mettent à courir vers lui, puis font demi-tour et courent dans l'autre sens. Ils sont dix. J'en déduis que l'exercice concerne le onze de départ sans le goal. Ce dernier est à son poste entre les poteaux et pare les ballons tirés par quatre autres joueurs à tour de rôle. Ceux-là sont probablement les remplaçants du jour.

Erik aurait-il été convoqué à ce match ? Dans quel groupe l'aurait-on mis ?

William fait partie des dix qui courent entre le banc de touche et le rond central. On aperçoit aussi la tignasse rousse d'Hampus Olsson. C'est un scandale ! Hampus est moins bon qu'Erik, donc, sans l'accident, mon fils ferait probablement partie des titulaires.

Un vieux souvenir remonte. Il avait treize ou quatorze ans et un nouvel entraîneur venait d'être assigné à l'équipe. Quelques garçons étaient partis, remplacés par de nouvelles têtes. D'après ce que je voyais en entraînement, Erik s'en sortait bien. Quand la première rencontre officielle de la saison est arrivée, il a été sélectionné. J'étais tellement heureuse pour lui.

Mais ma bonne humeur s'est envolée dès que j'ai contourné le gymnase pour m'approcher de la ligne de but. Je n'arrivais pas à le croire, j'ai cligné des yeux plusieurs fois. La scène me fendait le cœur. C'était tellement injuste.

Au milieu du terrain, dix garçons couraient, bien décidés à impressionner leur nouvel entraîneur. Le pas aérien, le ballon collé à leurs pieds, ils zigzaguaient entre les cônes rouges. Dans le but côté parking, le gardien de l'époque s'échauffait avec trois remplaçants en chasuble jaune. Parmi eux, il y avait Erik.

Ma déception était colossale. Bien sûr, je n'étais pas déçue pour moi, mais pour mon fils. Il aurait été tellement heureux de jouer ce match. J'avais conscience qu'il allait devoir bosser dur pour se faire remarquer au milieu de cette nouvelle équipe de vantards.

Il était là, sélectionné et pourtant relégué au banc de touche. Ses épaules avachies en disaient long. Il avait cru faire partie des onze.

Je suis partie en courant jusqu'à la voiture. Cette vision d'Erik aux côtés des deux pires joueurs de l'équipe m'était physiquement douloureuse. Je n'ai pas réussi à retenir mes larmes.

Quand Mats, qui avait exceptionnellement pris le temps de venir, a frappé à la vitre, j'ai vite essuyé mes yeux mouillés avec ma manche avant d'ouvrir la portière.

— Pourquoi t'es partie ? T'as disparu d'un coup.

J'ai rapproché mon sac à main sur le siège passager.

— J'avais oublié quelque chose.

Il m'a longuement observée.

— Tu pleures ?

— Moi ? ai-je dit, ne dupant personne. Pourquoi je pleurerais ?

Mats a haussé les épaules.

— J'en sais rien, tu as les yeux rouges. On dirait que tu as pleuré.

Sans un mot, je suis sortie de la voiture pour retourner vers le terrain de foot. Je ne pouvais pas lui dire la vérité. Comment expliquer à mon mari que je pleurais parce que notre fils était sur le banc de touche pour un match de gamins ? Je voyais clairement le ridicule de la situation.

Seulement, Erik et moi avions toujours eu ce lien très fort. Je partageais toutes ses joies et ses peines. Et aujourd'hui, cinq ans plus tard, ma peine est immense.

— J'ai appris pour Erik, me dit Pedda, le couteau suisse du club, en prenant mes billets pour les glisser dans la boîte en fer verte. Tu lui diras que je pense bien à lui.

Le programme à la main, je descends vers le terrain. Soudain, je me demande ce que je fais là. Ce match n'a aucune importance, puisqu'il n'en a aucune pour Erik. L'avenir de l'équipe A ne fait plus partie de son avenir à lui. Peut-être que je suis venue pour distinguer mes alliés de mes ennemis. Ou simplement parce que j'aime me faire du mal.

Les spectateurs se sont réunis par petits groupes dispersés sur la pelouse pentue de part et d'autre du terrain. L'entraîneur, Massoud, se trouve derrière le banc de touche le plus proche, en pleine conversation avec l'arbitre. Je suis surprise du bond que fait mon cœur dans ma poitrine. Je ne peux pas m'empêcher de repenser à ses mains chaudes, à la façon dont elles se glissaient sous mon chemisier. Quand j'y repense, ça me paraît improbable. Comment ai-je pu laisser un truc pareil nous arriver ?

Tous les parents ne sont pas venus, la plupart des coéquipiers d'Erik jouent dans l'équipe U. Mais, dans un groupe près de moi, je vois Fariba, Leif Olsson, le grand-père Olsson, Gittan et Krister. C'est Fariba qui me repère la première, puis leur conversation s'arrête. Le seul à me saluer comme il se doit, c'est le grand-père d'Hampus. Les autres se contentent d'un vague signe de tête, le regard fuyant.

Je n'ai plus d'alliés ici, seulement des ennemis.

63

Mats

J'ouvre la boîte à journaux et me penche pour soulever le premier paquet quand une douleur fulgurante me transperce la poitrine. Mon cri a dû s'entendre jusque dans le magasin car, dans la seconde, Rosita sort en courant.

— Mats, qu'est-ce qui t'arrive ?

Je ne peux pas répondre, j'ai si mal que j'y vois flou. Un bref instant, je crois que c'est le cœur, que la faucheuse vient me chercher là, sur le trottoir devant la boutique. Mais quand ma vision s'éclaircit, je m'aperçois que c'est dans le dos.

— Mats ?

Rosita se penche à ma hauteur, car je me suis figé par réflexe en position accroupie.

— Putain, ça fait mal, grincé-je entre mes dents en me passant la main dans le dos pour localiser la douleur.

— Comment tu te sens ?

Elle a l'air en panique.

— Bof.

J'avance en titubant vers la porte tout en essayant de lui adresser un sourire rassurant, mais le moindre de mes gestes est affreusement douloureux et chaque effort m'arrache une grimace.

— Lumbago, ajouté-je.

— Dieu merci ! J'ai eu peur… (Elle reprend son souffle.) J'ai cru que tu allais mourir.

— Tu ne te… aïe… débarrasseras pas de moi si facilement.

Elle esquisse un sourire hésitant.

— Tu veux t'asseoir ? Je t'aide à entrer ?

Je secoue la tête et essaie plutôt de me redresser en me mordant la lèvre pour ne pas me remettre à crier.

— Non, il faut que je bouge.

— Rentre chez toi. Je gérerai la boutique aujourd'hui.

L'idée de rentrer retrouver Annika, qui ne reprend pas le boulot avant 14 heures, semble retourner le couteau dans la plaie. Ses monologues n'en finissent pas ; William finira-t-il en prison, Erik s'en tirera-t-il sans sanction ? Je n'en peux plus. Et puis, mon corps commence à sentir l'absence d'une nuit complète depuis le début du mois de juin. J'ai l'impression de marcher dans une brume permanente, mes pensées pataugent dans la semoule et mon corps est lourd comme un poids mort.

J'arrive facilement à m'endormir, mais je me réveille au bout de deux ou trois heures seulement. Je rêve de l'accient presque toutes les nuits. Dans mon rêve, j'appelle les secours dès qu'on retrouve les garçons. Annika et moi arrivons à l'hôpital et Erik se lève de son lit pour nous accueillir sur ses jambes solides. Chaque fois, je me réveille avec des palpitations, puis me tourne et me retourne dans mes draps trempés de sueur jusqu'au matin, sans retrouver le sommeil.

— Non, je vais rester là, dis-je à Rosita. Mais je te laisse prendre les journaux.

Elle me lance un regard en coin et soulève les paquets pour le mettre dans le chariot, qu'elle pousse ensuite dans le magasin. Le pas extrêmement prudent, je la suis, contourne la caisse et pénètre dans le petit local.

Un lumbago, la poisse ! C'est bien la dernière chose dont j'ai besoin en ce moment.

Ces temps-ci, Annika prend en main l'aménagement de la maison pour le retour d'Erik. C'est à dire qu'elle me dicte tout ce qu'il faut faire, et moi, je fais presque tout. J'ai installé une rampe sur les marches du perron et sa chambre a été déménagée au rez-de-chaussée.

— C'est temporaire, a-t-elle expliqué. En attendant qu'il puisse se lever de son fauteuil roulant.

En fonction de son interlocuteur, l'état de son fils est plus ou moins préoccupant. Quand elle parle à l'assurance, on croirait qu'il est mort, mais quand les mêmes questions sont posées par les gens du club de foot, il semblerait qu'Erik s'en remettra. Je me demande ce qu'elle pense vraiment, au fond d'elle.

Elle a acheté un couvre-lit, des coussins et de nouveaux tableaux pour sa chambre, obsédée par l'idée de la rendre le plus douillette possible. Ce qu'elle ignore – et j'ai promis de ne rien lui dire à ce sujet –, c'est que notre fils a envoyé sa candidature à une formation de journaliste à Göteborg pour le printemps.

Je lui ai demandé d'attendre un peu, il aura peut-être besoin de temps avant de parvenir à se débrouiller tout seul. J'ai ajouté qu'il valait mieux vivre encore à côté des médecins et du centre de rééducation d'Orup, au cas où. Mais il s'est renseigné. Apparemment, quand on déménage, l'accès aux soins est automatiquement transféré dans la nouvelle commune. Il aurait droit à des aides ainsi qu'à une voiture adaptée.

Annika va devenir folle quand elle l'apprendra. Et, quelque part, je peux la comprendre. Elle ne sait pas ce qu'Erik cherche à fuir.

64

Annika

— Pardon ?

Mes jambes se dérobent sous mon poids et je m'effondre sur le lit. Ces deux mois d'attente m'ont épuisée, toutes mes forces m'ont quittée.

— Je suis acquitté, répète Erik. Et William écope de trois mois de prison. En revanche, la demande de dommages et intérêts n'est pas passée. Enfin, pas complètement. On m'accorde la moitié.

Mon corps tremble, mon pouls palpite au bout de mes doigts. Comment est-ce possible ? Comment peut-on vivre ça en Suède de nos jours ? Je croyais qu'on vivait dans un pays régi par la justice. Où les gentils l'emportent et les méchants sont punis.

Comme j'étais naïve. Visiblement, notre société repose encore sur un système judiciaire primitif. Un système arbitraire où seuls s'en sortent ceux qui ont le bras long. Ça ne devrait pas se passer comme ça ! La vie de mon fils est fichue et c'est à peine si le coupable en paie les conséquences : trois mois nourri, blanchi et logé, et une amende que son papa Krister peut payer rien qu'en sortant son portefeuille. C'est ridicule.

La colère me donne un regain d'énergie. Je me lève, sors en trombe de la chambre d'Erik et gagne la cuisine pour prendre mon téléphone et appeler Mats. Au bout de quatre longues sonneries, il décroche enfin.

— Je peux te rappeler dans une minute ? Je suis avec un fournisseur…

— La moitié des indemnités ! haleté-je. Tu le crois, ça ? La moitié ! C'est insensé. Comment peuvent-ils nous faire ça ? Je ne sais…

— Annika, m'interrompt-il d'un ton froid. Je te rappelle plus tard.

Et il raccroche. Je regarde le téléphone. Je suis à deux doigts de le balancer par terre, mais me retiens de justesse. Puis les larmes montent. Je me mets à pleurer si fort que je m'agrippe à l'évier, déchirée par la frustration.

Erik roule jusqu'à moi. Je me détourne et tente d'essuyer mes larmes avec la manche de ma polaire. Je ne travaille pas le mercredi, j'en ai profité ce matin pour nettoyer le jardin en prévision de l'automne. L'épais tissu ne fait qu'étaler mes larmes et mon visage est tout mouillé.

— Tu pleures ? s'étonne-t-il.

— Moi ? pouffé-je avec un son étranglé. Non, j'ai quelque chose dans l'œil. (Mon fils arrache une feuille d'essuie-tout, qu'il me tend.) Merci. (Je sèche mes larmes et m'appuie contre l'évier en essayant de paraître détendue.) Bon, et toi, que penses-tu de ce verdict ? Comment tu te sens ?

Il hausse les épaules.

— Je ne sais pas trop. De toute façon, je ne m'attendais pas à obtenir toute la somme qu'on réclamait, donc…

Ce qui réveille ma colère.

— Mais… n'oublie pas qu'il est question de ton avenir. De ta vie ! Et puis, tu ne crois pas que William mérite une peine plus sévère ? Trois mois… C'est dérisoire.

Il me regarde, impassible.

— Une peine plus sévère n'y changerait pas grand-chose.

— Comment ça ?

— Ça n'a pas d'importance.

Il roule vers la fenêtre et poursuit en me tournant le dos :

— William peut bien passer dix ans en taule, ça ne me fera pas remarcher.

Mon cœur se ratatine comme les fruits qui pourrissent dans notre compost.

— C'est... (Je ravale les sanglots qui reviennent en force.) C'est vrai, mais tu ne veux pas obtenir le plus de dédommagement possible ? Surtout si les assurances se basent sur cette somme pour définir tes remboursements. Tu ne penses pas à l'argent aujourd'hui, mais un jour, tu auras peut-être envie de quitter la maison, et ce jour-là tu pourrais le regretter. Je crois vraiment que tu devrais faire appel.

Le silence d'Erik est une torture, mais je prends mon mal en patience. Il a probablement besoin de temps pour digérer ce que je lui dis. J'ouvre le placard sous l'évier, jette l'essuie-tout et allume le four.

— Il y a un plat de pilons de poulet marinés au frigo. Tu pourras le mettre au four dans une dizaine de minutes ?

Erik fait demi-tour avec son fauteuil pour me regarder.

— Tu vas où ?

Je sens son regard me brûler la nuque et réponds :

— Je vais me balader un peu.

Je ne sais pas où je vais, j'avais juste besoin de sortir de cette maison. De partir. Je ne m'y sens plus chez moi. Les murs sont devenus un décor de théâtre où quatre acteurs font semblant d'être une famille. En réalité, plus rien ne nous rassemble.

Erik est déprimé et à cran, ce qui peut parfaitement se comprendre. En ce moment, on ne voit presque plus Emily.

Quand elle n'est pas chez Cissi, elle reste enfermée dans sa chambre. Mats travaille plus que jamais. Il est toujours de mauvais poil et ne m'écoute plus quand je lui parle. Il a passé l'automne à esquiver le sujet de l'accident, du procès et de la logistique qu'il faudra mettre en place pour notre fils. Toute la responsabilité repose sur mes épaules.

Quand j'y pense, je suis peut-être la seule à jouer encore la comédie. Les autres montrent leur vrai visage. Ils n'essaient pas de garder le moral. Ils ne cherchent aucune solution à nos problèmes.

J'espérais que ce verdict fermerait le chapitre et nous permettrait de prendre un nouveau départ. Au lieu de ça, on doit se battre pour l'avenir d'Erik, pour s'assurer qu'il obtienne l'indemnisation à laquelle il a droit. Or, connaissant Mats, il ne lèvera pas le petit doigt pour aider.

Les lampadaires jettent leur lumière douce sur le trottoir recouvert d'une épaisse couche de feuilles mouillées. Les femmes du bureau de tabac ont fermé le kiosque, il ne reste qu'une petite lumière à la fenêtre sous l'enseigne lumineuse rouge et blanc de *Svenska Spel*. De l'autre côté de la route, un homme et deux petits enfants sortent d'une pizzéria. Ils parlent et rient en se dépêchant de rejoindre l'une des rares voitures garées dans la rue.

Quand l'homme ouvre la portière côté chauffeur, je m'aperçois que c'est Mattias Melin. Je tourne la tête et accélère le pas. L'entraîneur d'Erik est gentil, mais je n'ai pas la force de parler avec lui. Je n'arriverais pas à lui donner des nouvelles de mon fils et souhaiter bonne chance à l'équipe pour la fin de la saison.

J'ai mal au cœur quand je pense que je ne passerai plus mes soirées d'automne, dans la nuit, à regarder Erik dribbler sous l'éclat des projecteurs du petit stade d'Husiegård.

Je poursuis ma route et passe devant l'école et le Vannagården. On dirait qu'il y a du monde sur le terrain du club voisin. Des garçons et des filles de tous âges s'échauffent sous les instructions de leurs entraîneurs. J'ai passé tant d'heures à grelotter devant ces grilles pendant toutes ces années, à assister à des matchs de championnat, des matchs d'entraînement et des tournois.

Les rencontres avec ce club étaient toujours chargées en émotion. Je me souviens que l'un de ces derbies avait rassemblé énormément de monde, quand Erik avait onze ou douze ans. On était proches de la défaite quand Erik, dans les dernières minutes, a marqué deux buts.

Comment décrire l'euphorie générale qui a éclaté ce jour-là ? Il est passé devant le public de l'équipe adverse en triomphe. On ne remercie jamais autant un arbitre qu'après une victoire en derby, et de préférence sous le nez des rivaux dégoûtés qui, de leur côté, le maudissent profondément.

Plongée dans mes souvenirs, je me suis trop éloignée. Je fais demi-tour au croisement de Kvarnbyvägen. Sur le chemin du retour, je puise au fond de moi force et courage. La force de continuer à me battre pour Erik. Et le courage de ne pas écouter l'avis des autres et de suivre ma voie jusqu'au bout.

65

Emily

On arrive dans l'entrée en même temps, moi depuis l'escalier et papa quand il franchit la porte d'entrée. On dirait qu'il rentre de deux jours de fiesta et qu'il a dormi tout habillé. Sa chemise est froissée et il a les yeux injectés de sang. Il s'apprête à dire quelque chose, mais maman crie depuis la cuisine :

— À table !

Quelques minutes plus tard, nous sommes tous à notre place, y compris Erik dans son fauteuil.

— Je vais prendre un verre de rouge, dit maman en se tournant vers papa. Tu en veux ?

Il secoue la tête et se sert de l'eau avant de remplir le verre de mon frère. Celui-ci buvait toujours du lait avant. Comme il ne peut plus se dépenser comme il le faisait, il doit faire attention aux calories.

Les plats se succèdent et maman est un vrai moulin à paroles. Si je comprends bien, le verdict est tombé aujourd'hui, William a été condamné à trois mois de prison et maman trouve la peine dérisoire. Moi, je trouve ça horrible. Être enfermé pendant trois mois ! Au milieu d'assassins et de criminels en tout genre. À sa place, je serais en panique. Je crois qu'il n'y a pas pire que la prison.

Pendant que maman continue de jacasser, je jette un coup d'œil à papa. On dirait qu'il n'écoute plus et Erik ne dit rien, comme d'habitude. Est-ce que ce sera comme ça tout le temps, maintenant ? Je n'aimais pas plus quand maman et Erik parlaient de foot à tous les repas, mais là, c'est vraiment l'enfer. Tout le monde est devenu chiant depuis l'accident. Et moi, je suis invisible comme l'air. Ou comme un nuage de gaz. Personne ne le remarquerait si je flottais hors de la cuisine et disparaissais à tout jamais.

Maman se tait. Elle boit une gorgée de vin, repose le verre et se tourne vers papa.

— Tu ne dis rien ?

Il prend sa fourchette et essaie de piquer une olive, qui lui échappe et roule hors de l'assiette.

— Tu veux que je dise quoi ?

Elle lève les yeux au ciel.

— Je parle dans le vide, ma parole ! Je t'ai demandé ce que tu pensais du verdict. Est-ce que tu crois qu'on devrait faire appel ?

Il se tourne vers mon frère.

— Qu'est-ce que tu en penses, toi ? Tu veux en rester là ou aller plus loin ?

Erik regarde par la fenêtre pour répondre sans nous regarder :

— Je ne crois pas que j'en aurais la force.

Le regard braqué sur l'olive abandonnée sur la table, j'attends l'explosion. Je commence presque à croire qu'il n'y en aura pas quand maman prend une profonde inspiration. Je lève la tête au moment où elle agite les bras.

— Mais c'est quoi votre problème ? Je suis la seule à croire que les coupables doivent payer pour leurs crimes ? Que les victimes méritent d'être dédommagées à la hauteur de leur souffrance ?

Papa repose sa fourchette et se frotte les yeux des deux mains.

— Les victimes, les coupables… Tout de suite les grands mots.

— *Pardon* ? crie maman d'une voix stridente. Tu trouves que William est aussi victime dans cette histoire, c'est ça ? Alors qu'il est enfin titulaire en équipe A ?

Papa lève les yeux au ciel.

— Non, bien sûr que non, mais… (Il se racle la gorge et nous regarde, Erik et moi.) Vous avez fini de manger ?

Je n'ai pas le temps de répondre, mon frère fait déjà demi-tour et sort de la cuisine.

— Pourquoi tu les fais partir ?

Elle semble partagée entre l'envie de s'en prendre à papa et celle de courir après Erik, mais reste finalement vissée sur sa chaise.

— Tu veux bien nous laisser, Emily ?

Il me pose la question d'un air si grave que je ne cherche pas à discuter. Je débarrasse mes couverts, les range dans le lave-vaisselle et file vers la sortie. Mais, à peine arrivée dans le couloir, je m'attarde derrière la porte, c'est plus fort que moi.

— Qu'est-ce qui se passe ? demande maman dans la cuisine. Tu es tout blanc. Il t'est arrivé quelque chose ?

Je m'approche un peu plus et jette discrètement un regard à mes parents assis à table.

— Non, dit papa en tripotant son alliance.

Le bijou a presque fusionné avec sa peau. Il plaisante souvent à ce sujet en disant qu'il est obligé de rester marié à maman parce qu'il ne pourra jamais retirer la bague.

— Enfin, si… reprend-il. D'une certaine façon, oui.

Qu'est-ce qu'il a ? Il est malade ? Il a un cancer, comme papi ? J'ai l'estomac noué.

— Mats, insiste maman en se penchant vers lui. Parle-moi, qu'est-ce qui t'arrive ?

Papa lève ses yeux brillants. Intérieurement, je prie.

S'il vous plaît, faites que papa ne meure pas.

— Je ne sais pas trop comment te le dire, se ressaisit-il d'une voix plus forte. Mais je pense qu'il vaut mieux aller droit au but.

— Dis-moi.

Maman est toute pâle, elle aussi. Elle doit avoir aussi peur que moi. Papa prend une profonde inspiration, puis pousse un long soupir.

— Je veux divorcer.

Le mariage

66

Erik

Mon premier réflexe est de fuir. Que va me faire William s'il voit que je l'ai surpris avec Sanja ? Jusqu'où serait-il prêt à aller pour étouffer le scandale ? Les médias feraient leurs choux gras de l'adultère du jeune prodige le jour même de son mariage.

Il me vient alors à l'esprit que je m'en fiche. Il fait bien ce qu'il veut, je n'ai aucun intérêt à colporter des ragots. C'est très bas ce qu'il fait à Emily, c'est tout. La pauvre, je compatis. William Nihlzén est une vipère qui n'a pas fini de répandre son venin.

Il se dirige avec Sanja vers la terrasse, mais il semble changer d'avis et avance plutôt tout droit. A-t-il interrogé son père au sujet du soir de l'accident ? Je les ai vus discuter plusieurs fois aujourd'hui, mais ça ne veut pas forcément dire qu'il a appris la vérité. Krister est malin, il a dû convaincre son fils que je racontais n'importe quoi. « Erik a un pet au casque. Il se monte des films. »

William avance droit vers moi.

— Tu veux entrer ?

Il s'apprête à prendre les poignées du fauteuil avec l'air de vouloir m'aider.

— Non, on allait partir.

Il est sur le point de répondre quand un bruit attire notre attention vers l'annexe. Nike sort dans la cour avec nos valises. Elle a troqué sa robe violette pour un jean et un large sweat à capuche et nous fait un petit signe de la main.

— J'arrive ! lui lancé-je. Tu peux commencer à charger la voiture ?

Loin d'être réjouie, elle tire toutefois docilement les valises en direction du parking.

Je me retourne vers William. J'aimerais lui demander s'il a appris quoi que ce soit et ce qu'il compte faire, mais je n'arrive pas à former des phrases cohérentes. De toute façon, il n'y a rien de plus à dire. Tout est écrit sur papier. Je n'ai plus qu'à poster la lettre. Ensuite, ce sera terminé.

— Alors comme ça, vous préférez partir ce soir ? dit-il en se passant la main dans les cheveux.

— Je préfère dormir dans mon lit.

— Comme tu voudras. (Il jette un coup d'œil par-dessus son épaule, puis se rapproche d'un pas.) Au fait, j'ai parlé à mon père et il…

À cet instant, nous remarquons Sanja qui avance vers nous d'un pas léger sur le chemin de graviers, l'air insouciante. Lâche comme il est, William me tape dans le dos avec un « On se tient au jus, Erik. Prends soin de toi », et file en direction du château.

Je reste assis bêtement et regarde la femme s'approcher. La lueur d'une lanterne fait flamboyer sa chevelure rousse et éveille une étrange sensation en moi, comme un vieux souvenir. Sans réfléchir, je tourne mon fauteuil vers elle.

— Eh, Sanja !

Quand elle me voit, son visage s'éclaire d'un sourire. Elle semble loin de se douter que j'aie pu la surprendre avec William un instant plus tôt. En me rejoignant dans la cour, elle titube sur ses talons hauts. Je lui dis plus bas :

— Dis-moi, j'aimerais te parler, on peut faire un tour ? Tu peux me pousser, si besoin.

— On ne peut pas parler ici ?

— Ça dépend.

Son sourire s'efface.

— De quoi ?

— De si on veut que ces gars-là... (je désigne un groupe de pingouins qui fument le cigare et parlent fort au pied des marches du château) entendent ce qu'on a à dire.

Elle hésite, puis tourne mon fauteuil vers le chemin de graviers.

Nous avançons en silence, les voix de la terrasse augmentent, puis s'estompent progressivement. L'obscurité s'épaissit à mesure que nous laissons le château derrière nous. Cette situation est absurde, j'ai le cœur au bord de l'implosion.

— Ici, ça te va ?

On est arrivés au fond du parc, qui se termine en pente raide quelques mètres plus loin. En contrebas, il y a un petit ensemble de maisons disparates, autrefois cahutes de pêcheur, aujourd'hui villas maisons de vacances de luxe prisées avec vue sur la mer. Sanja s'arrête sans attendre ma réponse et tourne le fauteuil pour me regarder en face.

— Comment tu peux faire ça à ma sœur ?

Le clair de lune se reflète dans ses yeux. Elle fait mine de ne pas comprendre.

— De quoi tu parles ?

— Tu le sais très bien. Je t'ai vue. Je vous ai vus tous les deux, avec William.

Pendant un bref instant, on dirait qu'elle va me pousser dans le ravin. Au lieu de ça, elle se met à rire.

— Mon Dieu, Erik, c'est pour ça que tu voulais t'éloigner du château ? On ne faisait que discuter. Robin et moi avons une mission pour le petit déjeuner de demain et j'avais besoin de mettre deux ou trois points au clair avec William. C'est une surprise pour Emily.

— On aurait plutôt dit que vous vous embrassiez.

— Détends-toi, dit-elle en riant de plus belle. Tu as dû halluciner. Pourquoi j'embrasserais William alors que je suis avec Robin ? Lui et Emily sont nos amis !

Je m'attendais à une tout autre réaction, à la voir affolée ou sur la défensive. Je trouve son amusement particulièrement agaçant.

— Je sais ce que j'ai vu. Et ce n'est pas la première fois…

Ces derniers mots m'ont échappé. Aussitôt, son expression change. Elle a l'air à présent perplexe.

— Comment ça ?

Je pique un fard. Mince, qu'est-ce qui m'a pris ?

— Rien, oublie.

— Trop tard, Erik, tu en as déjà trop dit. Comment ça, « ce n'est pas la première fois » ?

Un léger parfum vanillé me renvoie à un soir d'été, il y a huit ans, quand tout le groupe s'est retrouvé à *L'Étage* après ma remise de diplôme. On a dansé collés-serrés, ses cheveux me chatouillaient le nez. Puis on a quitté la boîte de nuit ensemble, bras dessus bras dessous. Elle riait et me regardait droit dans les yeux.

Quelques jours plus tard, tout a basculé.

Je prends conscience que c'est maintenant ou jamais, cette occasion ne se présentera pas deux fois.

— Vous vous rouliez des pelles à la soirée d'Hampus, quand on fêtait le bac. Tu embrassais William alors qu'on sortait ensemble.

— Qui ça, toi et moi ? s'étonne Sanja en se redressant. On n'a jamais été ensemble.

Le sol se change en trou noir sous mes roues et m'aspire avec mon fauteuil dans un vortex étourdissant. Mes pensées s'affolent, j'ai le vertige et suis bien content, pour une fois, d'être déjà assis. Aurais-je tout imaginé ?

Non. C'est impossible. Notre histoire était fragile, elle venait à peine de commencer, c'est vrai, mais on était ensemble, j'en suis sûr. Je n'avais jamais ressenti ça avant. Sanja m'obsédait jour et nuit, je ne pouvais plus ni manger ni dormir. Même pendant les entraînements, elle était dans ma tête. Je l'imaginais dans le public un jour de match important, rêvant qu'elle me verrait marquer un but décisif et viendrait m'embrasser pour me féliciter.

Les quelques jours qui ont suivi l'obtention de mon diplôme ont été les plus beaux de toute ma vie.

— Il vaut mieux que… j'y aille.

Gêné, je n'arrive pas à la regarder dans les yeux.

Je pose les mains sur les roues pour essayer d'avancer, mais le sol est légèrement pentu, je n'arrive pas à me déplacer aussi rapidement que je le voudrais. Et puis, Sanja est au milieu du passage.

— Tu sais, me dit-elle avec à nouveau ce grand sourire. Je me rappelle seulement vaguement cette soirée chez Hampus. Il est très possible que j'aie embrassé William à ce moment-là. Mais ce soir, on ne faisait que discuter. Je te le promets.

67

Emily

Je le retrouve sur le chemin de graviers et l'on manque de se rentrer dedans quand je tourne au coin du château.

— Ah, te voilà ! Où t'étais passé ?

Je ne voulais pas prendre ce ton agacé, mais je le cherchais partout, je commençais à m'inquiéter.

— Nulle part, répond William, le regard fuyant, comme s'il n'était pas content de me voir. Ça va, ma chérie ?

— Non. Pas du tout. Enfin… C'est *toi* qui n'avais pas l'air dans ton assiette.

— Ah bon ?

Je suis sur le point de m'expliquer, mais un cri nous fait sursauter. Au niveau de l'escalier de la terrasse, papa, mamie et Ulla viennent vers nous. Par chance, les anciennes marchent lentement et j'ai le temps de chuchoter à William de ne pas disparaître à nouveau tant que cette discussion n'est pas terminée.

— Voilà les tourtereaux, dit papa quand ils arrivent enfin. Ces dames ont assez dansé, elles vont se coucher.

Un sourire forcé aux lèvres, je les prends dans mes bras et leur souhaite une bonne nuit. Dès qu'ils ont tous les trois disparu, j'entraîne William à l'écart, sous les arbres.

— Je vois bien qu'il y a un problème. Je ne te reconnais pas. C'est notre journée, notre soirée, et on dirait que tu es ailleurs.

— Excuse-moi, Emily, soupire-t-il, les épaules tombantes comme un ballon dégonflé. Je suis désolé.

Un vent froid balaie le parc et me donne la chair de poule. Que veut-il dire par là ? Est-ce qu'il a changé d'avis ? Est-ce qu'il voit quelqu'un ?

Je réprime une montée de larmes.

— Désolé pour quoi ? bredouillé-je faiblement. William, dis-moi ce qui se passe. Tu as beaucoup parlé avec ton père. C'est à cause du boulot ?

Il secoue la tête d'un air contrit.

— Emily, reprend-il en me serrant si fort dans ses bras que j'ai la respiration coupée. Je suis vraiment désolé. C'est vrai, j'avais la tête ailleurs, mais pas à cause de Wibnet. Et ça n'a rien à voir avec toi. Tu sais que je t'aime. (Il insiste sur ces mots avant de déposer un baiser sur mon front.) Mais c'est… à propos de l'accident.

Je m'écarte de ses bras pour répéter :

— L'accident ?

Opinant du chef, il pousse un soupir.

— Tu sais que j'ai perdu la mémoire ce jour-là, j'ai complètement oublié ce qui s'est passé dans la soirée…

— Oui ?

— Ton frère… (Il écarte une mèche de ses cheveux, qui retombe aussitôt dans ses yeux.) Il était très bizarre tout à l'heure. Il m'a dit que je devais demander à mon père ce qui s'est vraiment passé.

— Ah bon ?

— Oui, et du coup… (Il fourre ses mains dans ses poches, puis les ressort aussitôt.) J'ai cru qu'il délirait, qu'il inventait des histoires pour me dérouter. Et puis j'en ai parlé à mon père…

Il se redresse, le regard au loin vers le parc. La chanteuse de Kristianstad glousse en longeant le chemin d'un pas titubant en compagnie d'un vieux copain de classe de William. Je baisse les yeux et espère qu'ils ne viendront pas nous parler. Une fois qu'ils sont passés, je relève la tête.

— Et ?

Il semble s'écouler une éternité quand nous nous regardons là, dans le noir. Des éclats de rire s'élèvent de la terrasse. Les basses de la musique techno dans la salle de réception font vibrer mon cœur affolé.

William déglutit avec difficulté, puis ouvre enfin la bouche.

— Si quelqu'un apprend ce qui s'est vraiment passé, je risque de retourner en prison. Et cette fois, j'y resterai plus de quelques mois. Ce sera fini. Tout sera foutu.

68

Annika

Le bar est bondé, les rires éclatent par vagues dans la salle. Un nombre incalculable de smokings sont alignés au comptoir devant des verres de bière ou de whisky. Dans les fauteuils, les femmes en robe de soirée sirotent leur vin. J'ai envie d'un verre de blanc, mais prends sur moi et continue mon chemin vers l'escalier.

En haut, dans la salle de réception, la musique tonne. Les lumières multicolores balaient les murs et le plafond, formant des motifs psychédéliques à finir épileptique. Je longe le mur jusqu'à la place que j'occupais plus tôt dans la soirée et en profite pour regarder les invités se trémousser sur la piste de danse.

Voir des gens danser me met mal à l'aise, et ce depuis l'époque où Emily était ado et qu'elle m'a dit un jour : « Maman, c'est drôle quand tu danses, tu n'as aucun sens du rythme. » Elle ne pensait pas à mal, ça lui a échappé et elle s'est mise à rire. Mais ces mots sont restés gravés dans mon esprit. Depuis, je n'ai plus jamais mis les pieds sur une piste de danse.

De toute évidence, Gittan n'a pas ce problème. Elle se déhanche énergiquement sur un vieux tube disco. Son mari n'est pas là. D'ailleurs, que faisait Krister au fond du parc en pleine nuit ? Je me souviens alors de sa discussion houleuse avec William. Je ne les voyais pas quand ils se parlaient, n'osant pas tourner au coin du château, mais j'entendais dans leurs voix qu'ils étaient bouleversés. Surtout William.

Mon sac à main est posé par terre, entre une serviette poisseuse et un truc dégoûtant qui ressemble à une feuille de salade flétrie. Je m'empare du sac et m'approche de l'une des grandes fenêtres donnant sur le parc. L'éclairage de la terrasse ne s'étend pas très loin, une grande partie de la pelouse reste plongée dans le noir et la lumière blafarde de la lune n'y change rien. Par moments, la fine bande argentée de l'Öresund fait une apparition au loin.

Je m'apprête à me retourner quand du mouvement près de la haie attire mon attention. Il y a quelqu'un en bas. Je me penche pour mieux voir. La silhouette se déplace entre deux arbres, c'est un homme. Il est habillé en noir, en costume évidemment, et trottine comme pour ne pas se faire repérer. Ou comme s'il était pressé de se rendre quelque part ou d'en revenir.

Les gens ont tous une façon unique de marcher dès leur plus tendre enfance, et cette démarche a tendance à s'accentuer avec l'âge. Certains sont cagneux, d'autres ont les jambes arquées, d'autres encore basculent leur poids sur la pointe des pieds. Les uns font balancier avec les bras, les autres les bougent à peine. Après avoir assisté à des centaines de matchs de foot, je n'ai aucun mal à identifier la personne qui court dans le noir.

Et, de toute évidence, William est pressé.

Après avoir cherché mes enfants partout sans succès, je sors prendre l'air dans la nuit et ravale ma frustration. Emily est-elle déjà partie se coucher ? Ce serait surprenant alors que William se balade encore dehors. Peut-être qu'elle se cache quelque part. Erik, lui, a parfaitement pu regagner sa chambre sans rien dire à personne, ce serait bien son genre.

Je reste un moment sur les marches du grand escalier et observe les alentours. L'odeur pesante de terre et d'algue se mélange à une note sucrée et des volutes de brume glissent sur les champs. Devant le bosquet au bout de la cour, j'aperçois un chevreuil. Ses yeux brillants se posent sur moi d'un air méfiant.

— Annika ?

La voix nous fait sursauter tous les deux, moi autant que l'animal. Je me retourne vers Nike, l'auxiliaire d'Erik. Elle a mis un jean et arrive de l'annexe.

— Tu n'aurais pas vu Erik ?

— Erik ? m'étonné-je en avançant vers elle. Non, pas depuis un moment.

— On allait partir…, dit-elle en lissant sa frange coupée court. Il m'a demandé de mettre nos affaires dans la voiture et il a disparu.

— Vous alliez partir ?

— Oui, marmonne-t-elle, gênée. Il préfère dormir chez lui.

— À Göteborg ?

Elle fait signe que oui.

— Mais ce n'est pas la peine. Ils ont réservé…

Soudain, un cri nous fait tressaillir.

— Merde, lâche Nike avec des yeux ronds. Qu'est-ce que c'était ?

Je secoue la tête.

— Aucune idée.

Elle se tourne vers l'origine du cri, l'air déterminée.

— Un vieux a peut-être fait une crise cardiaque. Je connais les gestes de premiers secours. Excusez-moi.

Et elle file au pas de course.

J'ai mal aux pieds, mais la curiosité me pousse à la suivre. Bien vite, je m'aperçois que je ne suis pas la seule. Plusieurs convives se précipitent vers le parc obscur du château. Des hommes accourent sur la pelouse en chaussures vernies, des femmes les suivent à petits pas avec leurs sandales et talons hauts.

Le trajet n'est pas long, mais suffisant pour que ma curiosité laisse place à une appréhension grandissante. Mes jambes se font plus lourdes à chaque pas. Une foule s'est formée au bout du parc, d'où s'élèvent des cris de colère. Mon cœur s'emballe et frise l'arrêt cardiaque quand Cissi surgit sur le chemin devant moi.

— Cissi ? dis-je en essayant de l'arrêter. Que se passe-t-il ? Pourquoi tout le monde vient là ?

Elle ne me répond pas, dégage son bras et court dans l'autre sens, vers le château. J'hésite à la suivre, mais un autre hurlement retentit, celui d'une femme affolée.

— Oh, non ! Aidez-le à se relever !

— Vite, une ambulance ! ajoute un homme. Que quelqu'un appelle les secours !

— On ne va pas le laisser comme ça, dit un autre. Il faut le retourner, lui dégager les voies respiratoires, un truc comme ça.

— Non, ne le touchez pas, répond-on avec autorité. Laissez-le comme il est. On risque d'aggraver ses blessures en le déplaçant. Il faut laisser faire les secouristes.

Ils s'affolent, marmonnent, tout le monde parle en même temps. Finalement, une voix couvre les autres.

— Mais putain, vous ne voyez pas qu'il est mort ?

Huit ans plus tôt

69

Mats

— Je peux déposer la grille demain matin, si tu veux, me propose Krister. Il faut que je sorte le chien, de toute façon.

Il désigne Lucifer, qui lève justement la patte arrière au pied d'un lampadaire. Je regarde le petit terrier avec une pointe d'envie. Annika refuse qu'on prenne un chien, elle est catégorique, prétendument parce qu'on n'a pas le temps. C'est vrai qu'on est rarement à la maison, mais je pourrais le prendre avec moi à la boutique. Il y serait très bien et pourrait dormir dans la cuisine pendant la journée.

— Tu veux bien ? Sinon, je le ferai en allant au boulot. J'avais prévu d'y passer demain dans la matinée.

— Non, j'irai, insiste Krister en reprenant sa marche avec Lucifer. Tu penses vraiment qu'il faut parier sur un match nul entre Liverpool et City ?

— Je… (Je retiens un rot.) Je n'en sais rien, moi. Pour ce qui touche au foot, je te fais confiance.

— Et tu as bien raison, me répond-il en souriant.

Nous passons devant l'arrêt de bus et traversons la route. Amiralsgatan est déserte, surtout en pleine nuit. Krister continue de marcher.

— Tu veux remonter la rue jusqu'au carrefour en bas de l'église ? Ensuite, on rentrera par Husievägen.

Je ne dis pas non à prendre un détour et un peu d'air frais après tout le whisky qu'on a englouti.

— Mais la semaine prochaine… (Je manque de trébucher quand le chien se met à traverser le trottoir.) La semaine prochaine, c'est moi qui choisis.

— Vendu. (Il change de côté.) Au fait, ça fait combien de temps qu'on fait ça ?

Je calcule rapidement. On a mis en place une routine de paris – en alternant entre le foot et les courses de chevaux, une semaine sur deux – après une soirée encore plus arrosée que celle-ci, à Göteborg. Les garçons avaient treize ans et disputaient un match de la Gothia Cup. Entre parents, on a fêté une victoire improbable contre les Brésiliens par une tournée des bars le long de l'Avenyn. C'est là que l'idée de monter un petit club de paris a germé. Aujourd'hui, il ne reste plus que Krister et moi. On refuse de jouer en ligne et on dépose notre grille au tabac-presse tous les samedis.

— Six ans, réponds-je en regardant Lucifer, qui semble pister une odeur dans l'herbe. Ça fait six ans qu'on joue.

— Il serait temps d'avoir un petit retour sur investissement, observe mon pote en tournant à gauche sur la voie piétonne.

Les tournois d'été restent un bon souvenir. Pendant plusieurs années, on a voyagé un peu partout en Suède ou au Danemark pour encourager nos gamins. Entre parents, on avait un bon groupe. Krister a cette fâcheuse tendance à étaler sa science, mais, à part ça, il est bon vivant et aime la bonne bière. Et puis, contrairement à Annika et à beaucoup d'autres, il n'a jamais pris le sport des garçons vraiment au sérieux. Massoud est insupportable quand il se met à parler tactique. Pareil pour Leif, le père d'Hampus. Mais malgré ça, ils sont tous sympas.

Alors qu'on traverse la passerelle qui enjambe le Risebergabäcken, on entend un bruit de moteur qui s'approche sur Amiralsgatan. Le véhicule va drôlement vite. Et le moteur est puissant. Les phares balaient le tronc des arbres.

— Putain, il en a sous le capot, observe mon pote.

Ses lèvres bougent encore, mais le reste de sa phrase est noyé dans le crissement assourdissant des pneus. J'ai juste le temps de m'apercevoir que c'est un cabriolet avant qu'il n'opère un brutal virage à droite. Puis il fonce sur la pelouse et se rapproche à une vitesse folle de la voie piétonne. Un bruit sourd, puis un violent fracas quand un lampadaire arrête sa course. La roue avant gauche se plante dans le fossé devant le petit terrain de foot et la voiture penche dangereusement.

Pendant un bref instant, on reste parfaitement immobiles, les yeux rivés sur le carnage. Puis on se met à courir.

— Merde ! halète Krister. Putain de bordel de merde !

La même pensée me traverse, mais aucun son ne sort de ma bouche. Je le suis de près, oppressé par l'angoisse. Je n'ai jamais supporté la vue du sang et redoute déjà ce qu'on va découvrir. Voilà que je me sens sobre tout à coup.

— Fait chier. (Il se retourne vers moi.) J'ai pas pris mon téléphone. Tu as le tien ? Il faut appeler les secours…

J'ai déjà sorti mon portable et m'apprête à composer le numéro quand il lâche soudain la laisse et se précipite vers la voiture.

— William ?! Oh, mon Dieu, William !

Je pose le pied sur la laisse, la ramasse et force ma carcasse à avancer. Effectivement, juste à côté de l'épave du cabriolet, William est étendu sur le sol. Et il ne bouge plus.

Ayant été secouriste pendant le service militaire, son père a des gestes vifs et précis, et met son fils en position latérale de sécurité.

— William ? Tu m'entends ?

Le garçon ne montre aucun signe de vie et j'ai brutalement la nausée. Les phares sont éteints et la nuit d'été se mure dans un silence irréel. Suis-je en train de rêver ?

— Il respire, dit Krister, toujours penché sur la voie piétonne. Mais il n'a pas repris conscience. Tu as appelé ?

— Non…

Mon corps est comme déconnecté de mon cerveau, ou bien ce dernier a cessé de lui envoyer des signaux. Lucifer jappe et tire sur sa laisse. J'essaie d'allumer mon téléphone sans lâcher le chien, mais mes doigts sont raides comme s'ils étaient coulés dans du béton.

— Papa ?

La laisse me glisse des mains. La voix vient du fossé devant la calandre enfoncée. C'est à peine un murmure, mais je n'ai aucun doute sur la personne. Je lève les yeux, le souffle court. À quelques mètres à peine de la voiture accidentée, au milieu des hautes herbes, je l'aperçois. Erik.

Je le rejoins rapidement et tombe à genoux dans le verre brisé. J'inspecte mon fils, il ne semble pas grièvement blessé, mais le sang coule abondamment d'une coupure au-dessus de son sourcil.

— Qu'est-ce qui s'est passé ? Tu as mal ?

— Non… (Il déglutit.) Enfin, si… À l'épaule. C'est…

— Ne bouge pas. Elle s'est peut-être seulement déboîtée, on va laisser faire les secouristes, d'accord ?

Une larme solitaire roule sur sa joue.

— Est-ce que… Est-ce qu'il est mort ?

70

Erik

— Non. Non, William est vivant. Il est inconscient, mais il respire, répond papa en me caressant les cheveux. Ne t'en fais pas, mon grand.

— Mais…

La panique me serre la gorge. Un chien aboie tout près, peut-être Lucifer. Papa se lève et regarde nerveusement autour de lui.

— Il y a du verre brisé partout, dit-il. Ne bouge pas, d'accord ? Je vais juste…

Je le retiens par la jambe de son pantalon.

— Ne t'en va pas ! Je ne parle pas de William. Le type qui marchait… (Je marque une pause pour ravaler un sanglot.) On l'a renversé.

Il me regarde, stupéfait.

— Qui ça ?

Je déglutis encore.

— Un mec. Je ne sais pas… Il marchait sur le trottoir. (Je n'y arrive plus, les larmes se mettent à couler.) On n'a pas fait exprès, papa, je… je te le jure. Il était juste là…

— Mats ! Viens voir.

C'est la voix de Krister. Papa se retourne, puis me regarde à nouveau.

— Ne bouge pas de là, d'accord ?

Il quitte mon champ de vision. Mon épaule gauche me fait un mal de chien. La douleur est sourde et me cherche, elle va et vient par vagues. Papa et Krister parlent à voix basse, je ne comprends pas ce qu'ils disent. C'est Krister qui parle le plus. Il a l'air déterminé, ou peut-être agacé. Papa marmonne. Je me sens tout engourdi, sans doute le choc, mais j'obéis et reste en place. Mon front me picote au-dessus des sourcils, je lève la main et tâte mon visage. Mes doigts sont collants de sang.

— Erik ?

J'ouvre les yeux. Les figures de Krister et de papa semblent flotter dans l'air. Deux halos lumineux se détachant d'un ciel tirant sur le violet. Krister s'accroupit.

— Comment tu te sens, mon vieux ? (Il jette un coup d'œil par-dessus son épaule sans attendre ma réponse.) Écoute, j'ai discuté avec ton père et… on en a conclu qu'il valait mieux ne rien dire là-dessus. C'est mieux pour toi et William.

Sa bouche se tord en un rictus malveillant, on dirait un loup aux dents acérées. Je cligne des yeux.

— Co… comment ça ?

— Ton père va t'expliquer. (Il me tapote le front avant de se relever, puis se tourne vers papa.) T'as pas encore appelé les secours, si ?

Mon père secoue la tête, comme en transe, l'esprit ailleurs.

— Tant mieux, répond l'autre en l'attirant sur le côté. Parce qu'on est pressés.

Dans l'air, pas un souffle de vent. C'est un silence de mort. Je les entends aussi clairement que s'ils étaient restés au-dessus de moi.

— Reste avec les garçons. Attends un quart d'heure, puis appelle les secours avec le téléphone du vieux. N'oublie pas de t'en débarrasser juste après. Si William se réveille, tu lui répètes mot pour mot ce dont on est convenus et tu vérifies son état. Appelle-moi si ça se dégrade. S'il est stable, dès que tu entends ou aperçois l'ambulance, tu te tires d'ici, et vite. Sans te faire repérer. (Le silence retombe.) Mats, t'as bien compris ?

— Ouais, j'ai pigé.

— Et assieds-toi, putain. Faut pas qu'on te voie depuis la route.

Un instant plus tard, je l'entends pousser des jurons et le chien aboie comme un fou.

— Erik, écoute-moi bien. (Papa est de retour, accroupi à côté de moi. Il a l'air plus calme.) L'ambulance et la police ne vont pas tarder. Quand ils te poseront des questions, tu ne diras rien sur le piéton. Pas un mot. Oublie-le, fais comme s'il n'avait jamais existé.

— M… mais…

Il me prend la main.

— Calme-toi. Avec Krister, on s'occupe de tout. Reste couché jusqu'à l'arrivée des secours, on gère le reste. Vous avez eu un accident de voiture, mais vous n'avez renversé personne, compris ?

71

Mats

Depuis que j'ai composé le numéro d'urgence, les minutes se traînent, c'est long.

J'entends enfin un véhicule approcher. Pas de sirène, seul le moteur trahit le gabarit plus imposant qu'une voiture classique. Peut-être que les pompiers arriveront avant l'ambulance, la caserne est à deux pâtés de maisons.

— N'oublie pas ce que je t'ai expliqué, murmuré-je en prenant la main de mon fils. Et, pour l'amour du ciel, ne leur dis surtout pas que tu nous as vus, Krister et moi.

Erik a l'air terrifié. Il serre mes doigts de toutes ses forces et je n'ai aucune envie de le laisser, mais deux phares se rapprochent, je dois partir avant qu'il ne soit trop tard.

— On se revoit vite, mon grand… à l'hôpital. Ils te donneront quelque chose pour soulager ton épaule.

Je dois retirer ma main de force, puis me jette à plat ventre dans l'herbe et commence à ramper vers la longue rangée d'arbres qui borde l'un des côtés du petit terrain de foot.

— Papa ! Papa, où tu vas ?

Les cris d'Erik me fendent le cœur, mais je me mords la langue jusqu'au sang et continue d'avancer, priant pour qu'il se taise.

Se déplacer en rampant, je n'aurais jamais cru que cet exercice me serait utile dans le civil. Et je ne me souvenais pas que c'était aussi galère. Des petits cailloux et des branches m'égratignent les avant-bras et je touche constamment des trucs durs avec mes genoux – des racines qui dépassent et je ne sais quoi d'autre. Mais je ne peux pas m'arrêter, il faut que je continue. Il faut que j'avance.

Quand plusieurs rangées d'arbres me séparent du lieu de l'accident, j'ose enfin faire une pause. Je me redresse pour m'asseoir, me retourne et pousse un soupir de soulagement. Erik et William sont entre de bonnes mains, deux silhouettes en tenue jaune fluo contournent vigoureusement la voiture.

La voiture. Au début, je n'ai pas prêté plus attention au cabriolet. C'est quand j'étais avec Erik que j'ai reconnu la BMW fraîchement retapée de Leif Olsson. Elle date des années 1980, il n'y a pas d'airbag, mais elle a des ceintures de sécurité. Que les garçons n'ont pas mises, visiblement.

Comment ont-ils atterri dans la septième merveille du monde de Leif ? Ils ont dû la voir chez Hampus et ont voulu s'asseoir dedans. Mais comment ont-ils pu être assez cons pour rouler avec ? Et pourquoi personne ne les a arrêtés ? Tout le monde devait être bourré à cette soirée, ma parole. Pourtant, Erik avait l'air relativement sobre. Quoiqu'un peu sonné, sûrement à cause du choc. Pour William, on n'en sait rien. Était-il dans les pommes à cause de l'alcool ou d'un mauvais coup sur la tête au moment de l'accident ?

Une branche craque un peu plus loin, je sursaute. J'essaie de ne pas y penser, je ne veux pas savoir si Krister est toujours là. En fait, je crois que je ne veux plus jamais le revoir.

Peu à peu, je commence à comprendre ce qu'on a fait. Ce qu'on est en train de faire en ce moment même. Le souffle me manque, je halète. Je bascule sur le dos et reste couché là en essayant de trouver le ciel entre les feuillages. Peut-être que je cherche un rayon de lumière, une sorte d'espoir.

C'est de la folie. C'est complètement dingue, on n'y arrivera jamais. Comment pourra-t-on se regarder à nouveau dans une glace ? On est censés faire quoi, mentir à tous les gens qu'on connaît ? Pour le restant de nos jours ?

Je me force à me relever pour m'éloigner vers les arbres, loin des pistes cyclables et des routes, et prends la direction de Jägerso. La journée, il y a des courses hippiques là-bas, mais à cette heure-ci je ne croiserai sûrement personne.

Le sous-bois paraît de plus en plus dense. Ma jambe de pantalon s'accroche dans un buisson d'épines qui manque de me faire trébucher, je me rattrape de justesse et continue d'avancer. Quand mon téléphone se met à sonner, je frise l'arrêt cardiaque. Il sonne pendant une éternité avant que je ne parvienne enfin à le sortir de ma poche pour couper le son. Le nom d'Annika brille en blanc sur fond noir. Par précaution, j'éteins mon portable, au cas où quelqu'un aurait l'idée de vouloir me localiser. Je ne vois pas pourquoi, mais on ne sait jamais.

Le sable de la piste est mou. Je remonte cette large voie proprement ratissée jusqu'au tunnel réservé aux attelages, du côté est. Arrivé de l'autre côté d'Elisedalsvägen, je longe le ruisseau en direction du marais et reste à l'abri des grands arbres.

Le carrefour devant l'église est ouvert de tous côtés ; le traverser, c'est comme entrer sous les projecteurs d'une arène. Je me cache derrière un tronc d'arbre et jette un coup d'œil. À gauche, des lumières bleues clignotent, mais je n'ai pas le choix, je dois continuer et me rapprocher de la chaussée. Je me force à ralentir pour ne pas attirer l'attention.

Quand la végétation se densifie, je me mets à courir. Le printemps a été sec, ce n'est pas trop embourbé, mais il y a beaucoup de trous et de mottes d'herbes. Je manque à plusieurs reprises de basculer la tête la première dans les broussailles, garde l'équilibre et ne m'arrête qu'une fois arrivé au bord de l'eau.

Mes pensées fusent dans tous les sens et traversent mon cerveau à une vitesse vertigineuse. Devrais-je aller un peu plus loin ? Choisir un endroit moins proche du sentier ? La réponse m'apparaît soudain clairement : non. Ce que je dois faire, c'est me barrer d'ici en vitesse.

Je sors avec peine le téléphone de l'homme coincé dans ma poche et le jette dans l'eau noire. Le plouf est suivi du piaillement d'un oiseau effrayé qui devait nicher dans les roseaux. Puis le silence retombe.

Le mariage

72

Annika

Des cris affolés retentissent dans le parc sombre et rebondissent sur les arbres comme des chauves-souris affolées. Parmi ces voix, celle de Nike se démarque. Je n'arrive pas à la voir, elle est de l'autre côté de l'attroupement. Je ne comprends pas ce qu'elle dit, perçois seulement son désespoir.

On me bouscule violemment dans le dos et je vacille. Mats a dû couper à travers la pelouse, il me dépasse sans un mot et jette sa veste de smoking sans s'arrêter de courir. J'essaie de le suivre, mais j'ai du mal à le rattraper. Pour un presque soixantenaire peu sportif et aviné, il est drôlement rapide.

Puis on s'arrête net. Notre étroit sentier descend vers la mer et, sur notre droite, le gazon dévale une pente raide.

— Non ! hurle Mats en direction du précipice. Oh, non !

Je trouve dans son cri l'écho d'un drame déjà vécu. Mes pieds sont comme enracinés dans le sol et je fixe la chemise blanche tendue dans le dos de Mats. Les voix autour de nous deviennent hystériques. Je force mes jambes à bouger et regarde au pied du vide abrupt, le souffle coupé.

À trois mètres en contrebas, où la butte regagne un terrain plat, gît Erik. Il est tombé de son fauteuil roulant, un bras tordu bizarrement. Hampus, Krister et Sanja observent à distance tandis que Nike presse ses paumes sur le torse de mon fils à intervalles réguliers. Je devrais dire quelque chose, mais les mots restent coincés dans ma gorge. Quand Mats s'élance dans la pente, je le suis dans sa glissade.

— Mon Dieu ! s'écrie-t-il en tombant à genoux à côté d'Erik. Oh non, qu'est-ce qui s'est passé ?!

Hampus s'avance vers nous.

— Sanja l'a trouvé là, mais on dirait que personne n'a rien vu.

Ses joues pâles mouillées de larmes, Nike poursuit ses tentatives acharnées pour le réanimer. Je suis glacée, prise de nausée. J'ai envie de me jeter sur Erik, de le remettre dans son fauteuil et de lui hurler d'arrêter de faire l'idiot, mais je reste plantée là, muette.

— Erik ! gémit Mats. Je t'en prie, respire !

Krister nous rejoint.

— L'ambulance est en route, dit-il en sortant son téléphone de la poche de son pantalon pour regarder l'écran. Bon sang, ils en mettent du temps.

Je m'effondre par terre et prends la main de mon fils en caressant lentement sa veste de smoking. Au loin, les basses continuent de battre rythmiquement dans la salle de réception.

— Putain ! tonne une puissante voix d'homme, perçant le brouhaha.

Des bruits sourds frappent la pente derrière moi et William apparaît. L'instant d'après, il est accroupi à côté de Nike.

— Merde, merde, merde, souffle-t-il en passant la main dans ses cheveux bruns, d'habitude bien coiffés mais à présent en bataille devant ses yeux. Qu'est-ce qui s'est passé ? Putain, qu'est-ce qui s'est passé ? répète-t-il en boucle, la voix brisée.

Je l'observe tandis qu'il parle à Nike, puis se lève avec son téléphone en main et se rue vers les trois autres.

— Vous savez quelque chose ? leur crie-t-il. Quelqu'un a vu ce qui s'est passé ?

Quelque chose se brise en moi, comme une corde trop tendue qui finit par se rompre, un claquement assourdissant qui retentit dans ma tête et s'intensifie à chaque seconde. Je n'entends plus les voix autour de moi et remarque seulement leurs lèvres qui bougent.

Ce bruit sourd se mélange aux sanglots étouffés de Mats. Je m'appuie sur le fauteuil roulant renversé pour me lever difficilement et me dirige vers les quatre personnes regroupées un peu plus loin.

— Je t'ai vu ! m'écrié-je en martelant de mes poings le torse de William. C'est toi qui as fait ça ! Tu as recommencé ! Tu l'as tué ! Tu as tué mon fils !

73

Emily

— Vous voulez boire quelque chose ?

Le grand policier en uniforme me rapproche de l'une de ses collègues, une jeune femme en civil dont les longs cheveux blonds sont noués en tresse épaisse. Nous sommes assises dans le local derrière le bar, une sorte de petit bureau. Elle s'appelle Jessika quelque chose – son nom de famille était trop long, je l'ai oublié – et elle consulte la liste de nos invités.

— Un peu d'eau ? répète le grand sans lâcher l'affaire.

Il me regarde avec un mélange de curiosité et de compassion. Non, je ne veux pas d'eau. Tout ce que je veux, c'est que William soit avec moi. Qu'il me prenne dans ses bras et me dise que tout ira bien.

— Où est mon mari ?

Mon mari. Ce mot me paraît bizarre, et à la fois me réconforte. La femme à la tresse lève les yeux de sa feuille.

— Il doit être dans la salle de réception, où nous rassemblons tout le monde.

Des murmures nous parviennent de loin. Parfois des pleurs, parfois des cris.

— Vous pouvez aller le chercher ?

Les larmes commencent à me brûler les yeux, les contours de la policière se brouillent.

— Nous devons interroger tout le monde un par un, m'explique-t-elle. Ce sera le tour de William juste après vous.

— Hum… Jessika ? demande un autre agent en passant la tête par l'embrasure de la porte. Un type demande à rentrer chez lui.

— Il va devoir patienter, répond-elle. On a bloqué les sorties. Personne ne quitte le château tant que tout le monde n'a pas été interrogé.

— Qu'est-ce que je lui dis ? Il pète un plomb et me parle de ses droits de citoyen.

Elle hausse les épaules.

— Dis-lui qu'il compliquerait l'enquête s'il s'en allait et qu'il encourrait une amende, voire une peine de prison.

L'autre sourit et se retire. Dans la foulée, le grand revient. Il pose un verre d'eau devant moi et s'assied à côté de sa collègue.

— Bien, dit cette dernière en reposant la liste pour sortir son téléphone, sur lequel elle pianote une minute avant de le poser sur la table. Entretien avec Emily Brandt…

— Nihlzén, la corrigé-je.

Elle hausse un sourcil, mais se reprend.

— Emily Nihlzén. Sont présents Jessika Borneklint Fager et Mohamad Karim, il est 2 h 10. (Elle lève les yeux vers moi.) Je suis désolée pour ce qui vous arrive et je comprends que ce soit difficile pour vous, mais nous avons besoin de parler à tout le monde.

Je hoche la tête, incapable de retenir mes larmes.

— M… mais… (Je ferme les yeux, reprends mon souffle, puis les rouvre.) Vous ne pensez quand même pas que… C'est forcément un accident, non ?

— C'est justement ce que nous cherchons à éclaircir, me dit la policière, qui s'appelle donc Borneklint Fager. Quand avez-vous vu votre frère pour la dernière fois ?

En vie pour la dernière fois.

— Je… je ne sais plus, bredouillé-je, la voix brisée.

Il fut un temps où j'admirais mon grand frère, où c'était mon idole. Quand j'avais la chance de passer du temps avec lui et ses copains, je me sentais bien. Les meilleures soirées étaient celles où il me lisait une histoire. Cette adoration pour lui a duré plusieurs années, dès le moment où j'ai pris conscience de son existence jusqu'à… Oui, d'ailleurs, quand est-ce que ça s'est arrêté ?

Mon frère a eu plusieurs visages. Le joueur de foot en sueur, déterminé. Le jeune diplômé dans son lit d'hôpital. L'adulte en fauteuil roulant. Le journaliste qui a coupé les ponts avec moi quand William est entré dans ma vie. Un frisson me remonte l'échine, je tremble.

— Réfléchissez bien, m'invite Borneklint Fager. C'est important.

Je remplace les vieilles images d'Erik par de plus récentes. Son visage détourné quand le prêtre nous a déclarés, William et moi, mari et femme. Puis ses excuses pour ne pas rester.

— Il a dit qu'il allait rentrer chez lui, murmuré-je.

— Chez lui ? Tous les invités n'ont-ils pas une chambre au château ?

— Pas tous, mais la plupart. Erik en avait une, mais il n'avait pas envie de passer la nuit ici. Il disait qu'il n'était pas habitué à voir autant de monde.

Tandis que nous parlons, son collègue tape à l'ordinateur. Ses doigts, aussi longs qu'il est grand, dansent sur le clavier à vive allure.

— D'accord, dit Borneklint Fager. Quelle heure était-il ?

— Aucune idée. (Le policier cesse de taper. Je sens son regard et me détourne de ses doigts pour observer sa collègue.) Je n'avais pas de montre aujourd'hui. Ni mon téléphone sur moi.

— À peu près, insiste-t-elle. C'était avant ou après le gâteau ?

— Après.

En baissant les yeux, je prends conscience que mes mains sont sur le bas de mon ventre, comme si je protégeais par réflexe le petit être qui grandit en moi.

— Il était peut-être 23 heures. Ou 23 h 30. Je… je ne sais pas exactement.

— Et quand vous l'avez revu après ça…

Jessika Borneklint Fager laisse la fin de sa phrase se dissiper dans l'air et je rassemble mes forces pour relever la tête.

— Après ça, il était mort.

74

Mats

— Je ne comprends pas... (Isobel n'arrive pas à s'arrêter de pleurer, son nez coule et son mascara trace des lignes noires sur ses joues.) Comment... ? Je ne peux pas...

Elle s'effondre dans mes bras et sanglote bruyamment. Je lui caresse le dos et cherche les mots justes, mais rien ne me vient. Erik est mort, et ça n'était pas un accident. J'en suis certain. Si la roue avait dérapé, le fauteuil se serait renversé sur place, il n'aurait pas dégringolé tout seul jusqu'en bas, les buissons et les hautes herbes auraient amorti sa chute. Non, quelqu'un l'a poussé.

Isobel se blottit de plus belle dans mes bras et j'enfouis mon visage dans ses cheveux noirs tout en adressant une pensée à l'instance qui a permis qu'on se rencontre. Puisque Dieu m'a clairement abandonné, je choisis de remercier ma belle-mère Rosita.

Dès que j'ai annoncé ma volonté de divorcer, Annika m'a mis à la porte. Rosita, ma fidèle employée polyvalente au magasin, m'a immédiatement proposé l'appartement de sa fille. Isobel était en voyage en Amérique du Sud et ne reviendrait pas en Suède avant le printemps. J'ai fourré quelques vêtements dans un vieux sac de sport d'Erik et pris le bus pour rejoindre le petit deux pièces vétuste sur Nobelvägen. Annika est rapidement revenue sur sa décision et m'a demandé de rentrer à la maison, mais c'était hors de question.

Hormis une pointe de culpabilité pour les enfants, j'ai très bien vécu les premières semaines dans l'appartement d'Isobel. Le silence au retour du travail me faisait un bien fou. Une semaine sur deux, Emily était avec moi, mais elle ne me donnait pas des listes interminables de choses à faire et ne tournait pas en boucle sur l'accident. C'était le rêve. Puis, très vite, la réalité m'a rattrapé. Annika n'était qu'un problème parmi d'autres beaucoup plus importants, et ceux-là étaient toujours bien présents.

Réconforter Isobel m'aide à ne pas sombrer moi-même dans le désespoir. Je caresse doucement son dos en essayant de mettre de l'ordre dans mes pensées. Ce qui vient d'arriver est dramatique, mais pas surprenant quand on connaît les antécédents. Erik était instable, il semblait décidé à révéler notre secret. Krister le savait-il ? Erik a-t-il eu le temps de parler à quelqu'un et, si oui, à qui ? La réponse me paraît évidente : la première personne vers laquelle il se serait tourné, c'est William. Il était avec lui le soir de l'accident, mais n'a jamais su tout ce qui s'était passé ce soir-là. Je refuse de croire que mon gendre est impliqué dans la mort d'Erik, mais en ce moment je n'ai plus confiance en personne.

Tous les invités sont réunis dans la grande salle de réception du château. Le clan Nihlzén est regroupé dans un coin, mais Krister ne tient pas en place. Il arpente la salle en long et en large, parle bruyamment à tous ceux qu'il croise en utilisant des mots comme « scandale » et « catastrophe ». Est-ce une façon de brouiller les pistes ?

William est assis entre Gittan et un cousin, l'un des garçons d'honneur. Ils parlent à voix basse et ont l'air tous les trois accablés, mais ça ne fait pas forcément de William un innocent.

Fariba s'est assise à côté d'Annika. Quel soulagement de pouvoir confier mon ex-femme à quelqu'un d'autre. Tout à l'heure dans le parc, Annika a pété les plombs. Elle s'est mise à frapper William en le traitant d'assassin. Après ça, les gens n'ont plus osé s'approcher d'elle.

— Il y en a marre !

Voilà que l'autre crétin d'écrivain, Karl Forselius, remet le couvert. Il y a deux minutes, il se plaignait de séquestration illégale et, de toute évidence, le jeune policier n'a pas réussi à le calmer.

— On va rester enfermés ici encore longtemps ? Si vous voulez interroger tout le monde, on en a jusqu'à demain. (Cissi se lève et tente de l'attirer vers l'une des tables, mais il se dégage violemment.) Il faut que je sorte ! hurle-t-il. Je n'en peux plus de rester ici !

William se lève et rejoint rapidement son ami.

— Karl, reprends-toi, bon sang. Tu avais prévu de rester dormir au château, de toute façon. Le frère d'Emily est mort, le moins qu'on puisse faire, c'est d'aider la police.

Plusieurs personnes autour de nous marmonnent leur approbation.

— Je peux venir m'asseoir ici ?

Nike montre la chaise à côté de moi, les yeux gonflés et rougis par les larmes.

— Oui, bien sûr. Assieds-toi.

Ce qu'elle fait. Puis elle sort un mouchoir de son sac et s'essuie le nez.

— Je suis désolée… Comment vous le vivez, vous ?

— J'essaie de ne pas trop y penser, dis-je franchement. Et toi ?

La question la fait craquer et elle éclate en sanglots. Je devrais la prendre contre moi, mais je ne veux pas lâcher Isobel et me contente donc de lui tapoter gauchement le bras.

— C'est ma faute, sanglote-t-elle. Tout est ma faute.

— Comment ça ? Pourquoi ce serait ta faute ?

— Parce que… (elle renifle) c'est moi qui l'ai convaincu de venir au mariage. Il ne voulait pas, alors j'ai… (Elle se cache le visage dans les mains en gémissant.) Je… Je n'aurais pas dû insister.

— Il ne faut pas voir les choses comme ça, murmuré-je en la tapotant à nouveau. On est plusieurs à l'avoir convaincu.

Le coup de fil de ce matin me revient. Erik me suppliait de le laisser ne pas venir, et moi, je l'ai forcé à le faire. Je me détourne vers les grandes baies vitrées. Dehors, il fait nuit noire, mais au fond du parc, une lumière faible, probablement celle des projecteurs de la police, perce l'obscurité.

— Je… (Nike retire ses mains de sa figure et ressort son mouchoir.) Je ne sais pas ce qui lui est arrivé. (Elle se mouche et froisse le mouchoir dans son poing.) Mais aujourd'hui, il n'était pas dans son assiette. C'est vrai qu'il a toujours eu des hauts et des bas, mais là, c'était différent. Il était vraiment… désespéré. Il a dit qu'il avait passé la nuit dernière à écrire. Il devait être épuisé.

— Peut-être, réponds-je.

— Je n'arrive pas à le croire. On allait partir. Il était dehors dans la cour et discutait avec William juste avant…

Je tressaille.

— Tu peux répéter ?

Elle cligne des yeux sans comprendre.

— Il discutait avec William. Il…

— Quand ça ? l'interromps-je. Erik est-il revenu après lui avoir parlé ?

Je la bombarde de questions jusqu'à ce que la situation s'éclaire, puis la regarde dans les yeux et lui dis aussi calmement que possible :

— Promets-moi de raconter tout ça à la police. C'est peut-être important.

75

Emily

Quand William sort enfin de l'interrogatoire, mon monde s'effondre. Je parviens à traverser la salle pour m'écrouler dans ses bras.

— Ma chérie, murmure-t-il dans mes cheveux. Ma pauvre chérie. Tu tiens le coup ?

Les larmes me bloquent la gorge, mais c'est autre chose qui m'empêche de lui répondre. En fait, mes pensées tournent en boucle. Elles tourbillonnent à une vitesse folle comme des vêtements dans le sèche-linge, se bousculent les unes contre les autres.

— Je ne sais pas, reniflé-je dans sa veste de smoking. Erik… (Les larmes coulent sur mes joues.) Il… (Je déglutis.) Il est mort !

William me serre plus fort.

— Je sais. C'est irréel. Ça n'a aucun sens.

Erik. Son nom résonne dans ma tête avec clarté et persistance. On n'était pas si proches, mais c'était mon frère, il a partagé mon enfance. Aujourd'hui, je me retrouve seule avec papa et maman. C'est tellement triste.

Qui sait, il se serait peut-être adouci en devenant tonton. Un sourire édenté de nourrisson aurait pu le faire craquer. Peut-être même au point de lui faire tolérer le père de l'enfant. Mais ça, on ne le saura jamais. Comment a-t-on pu en arriver là ?

— Viens, dit William en me conduisant vers l'un des canapés du grand hall, dans un coin isolé. Assieds-toi là, je vais te chercher quelque chose à boire avant de monter dans la chambre. Tu veux du thé ? De l'eau ? Un peu de whisky ?

Je secoue la tête. Je ne veux rien boire. Tout ce que je veux, c'est sortir de ce cauchemar.

Pendant qu'il s'éclipse dans la salle de réception, je ferme les yeux. Je veux être seule, exclure le reste du monde, mais comment faire disparaître toutes les voix et les images qui affluent dans ma tête ? Les différentes scènes de la journée défilent devant mes yeux, les bribes de conversations me reviennent. Elles ne me laissent aucun répit, on dirait un vieux film saccadé au son mal synchronisé.

Quand j'ai mis William au pied du mur tout à l'heure dans la cour, il a d'abord refusé de me dire de quoi il était question avec Krister.

— Je t'en prie, Emily, m'a-t-il demandé, le regard vitreux. On peut en reparler demain, en rentrant à la maison ?

Je l'ai attiré plus loin sous les arbres avant de reprendre :

— Tu sais, au fond, je m'en fiche, mais si tu refuses de me le dire, je serai déçue. On a échangé des vœux aujourd'hui, ça ne veut rien dire pour toi ?

Quand je lui ai juré de ne le répéter à personne, il a fini par me raconter.

Quand William a demandé des explications à Krister, celui-ci a d'abord nié qu'il s'était passé autre chose le soir de l'accident, puis, à force de menaces – notamment celle d'aller réclamer à Erik le fin mot de l'histoire –, Krister a cédé. Ils ont été interrompus plusieurs fois et n'ont pas eu le temps de terminer la conversation avant le dîner.

C'est pourquoi William a entraîné son père dehors alors que le plat principal venait d'être servi. Il était sous le choc et voulait connaître toute la vérité.

— Tu comprends ? m'a-t-il dit, torturé. On a tué quelqu'un. Un homme, en chair et en os. Et, au lieu de prévenir la police, on a effacé toutes les preuves et on s'est débarrassés du corps. On se croirait dans un putain de film d'horreur.

— Comment ça, *qui* s'est débarrassé du corps ? (C'était si étrange de prononcer ces mots que j'en frissonnais. Ou était-ce à cause du froid ? J'étais restée longtemps les épaules nues.) Tu étais inconscient et Erik paralysé. Vous étiez allongés par terre.

— Pas nous, papa et Mats, a-t-il précisé à mi-voix. Ils ont enterré le corps quelque part près de Häckeberga.

J'en ai eu le souffle coupé.

— Papa ? *Mon* papa ? (Mes genoux flageolaient, j'ai dû m'accrocher à son bras pour ne pas tomber.) Erik le savait depuis le début ?

William a soupiré.

— Apparemment, oui. Putain, c'est tellement tordu. Mon père dit qu'ils l'ont fait pour nous. Pour nous éviter la prison.

— Tu n'y as pas échappé, toi, lui ai-je rappelé.

— Oui, mais ils m'ont seulement coffré trois mois.

J'ai relâché son bras.

— Et maintenant ? Qu'est-ce que tu vas faire ? Qu'est-ce qu'*on* va faire ?

Il a passé la main dans ses cheveux en tournant en rond dans l'herbe comme un lion en cage.

— Rien, je suppose. D'après papa, lui, Mats, Erik et moi étions les seuls à connaître toute l'histoire. Et tu viens d'entrer dans le club. (Il a souri avec tristesse.) On n'a plus qu'à continuer à se taire.

J'ai frémi de plus belle, peinant à digérer la nouvelle. Je refusais d'y croire. Mon gentil papa, comment avait-il pu enterrer un cadavre ? C'était invraisemblable. Complètement absurde. J'ai été prise de vertiges, et à la fois d'une envie de courir pour leur crier dessus à tous. Mais j'avais promis, et je n'ai qu'une parole. Je me suis frotté les bras, secouée de frissons, essayant vainement de me réchauffer.

— C'était qui ?

William a froncé les sourcils.

— De qui tu parles ?

— De la victime. L'homme qu'ils ont renversé, c'était qui ?

— Un vieux retraité. (Il a baissé les yeux.) Ils ne sont pas sûrs à cent pour cent, mais mon père a dit que, une quinzaine de jours après l'accident, il a lu dans le journal qu'un homme âgé, vivant seul à Klågerup, avait été porté disparu. Le personnel du centre médical a lancé l'alerte quand il ne s'est pas présenté à son rendez-vous. Ils ont fouillé les environs mais n'ont rien retrouvé. Mon père pense qu'il s'est trompé de bus et a atterri par erreur à Husie.

— Mais c'est horrible ! me suis-je indignée. Comment ont-ils pu se taire en sachant que des gens le cherchaient ? Et s'il avait des enfants ? Ou des proches ?

— Chut, parle moins fort, s'est inquiété William en regardant nerveusement autour de lui. Écoute, ce n'est pas moi qui l'ai enterré. Et puis, il paraît qu'il n'avait pas de famille...

— Peut-être, mais ils ne l'ont su qu'après.

— Tu as raison.

Il m'a serrée contre lui, voulant glisser mes bras sous son veston sans y parvenir, puis a poursuivi :

— En tout cas, ils ont eu de la chance, il me semble que l'affaire a été classée. (Il a cherché mon regard et l'a soutenu.) Tu crois que je devrais me dénoncer à la police ?

Ces révélations le déchiraient, il était pris entre l'envie de bien faire et la peur de tout perdre. Il ne l'admettait pas ouvertement, mais je me doutais que, outre la crainte de finir en prison et d'être séparé de moi, il pensait à sa réputation, à son entreprise, à l'entrée en Bourse prévue prochainement.

— Je ne sais pas, ai-je fini par soupirer. Tu l'as dit toi-même, tu n'étais au courant de rien et tu as déjà purgé ta peine. Pourquoi laisser la bêtise de leur décision te pourrir la vie davantage ?

J'ai alors pensé à notre enfant. Nous allions devenir parents, et les nôtres deviendraient grands-parents. J'ai regardé William en réfléchissant à haute voix :

— Cette fois, tu passerais des années en prison. Et papa et Krister aussi. De l'eau a coulé sous les ponts, on devrait peut-être continuer à faire comme si rien ne s'était passé.

76

Annika

— Annika Brandt, c'est à vous.

Quelqu'un m'a emmitouflée dans une grosse couverture, mais je suis glacée jusqu'aux os. Une tasse de chocolat chaud est posée sur la table et l'odeur suffit à me donner la nausée. Elle me renvoie à d'affreuses sorties d'hiver à Karlslundsspåret. La sueur, les skis qui ne glissent pas, la Thermos qui fuit dans mon sac à dos.

Je me lève brusquement, marche sur la couette et manque de tomber dans les bras du jeune policier. Il me rappelle Massoud à l'époque où je l'ai rencontré, quand les garçons étaient petits, il y a plus de vingt ans. Nos fils débutaient le foot, on aurait dit qu'ils étaient en robe avec leur maillot trop grand qui recouvrait leur short. Erik, Ibbe, William, Robin, Hampus. Nos garçons. Toujours transpirants, pleins d'énergie, le regard lumineux.

Et aujourd'hui, il en manque un.

J'emboîte le pas au policier qui me conduit dans une petite salle derrière le bar. Une femme, portant des tresses mais pas d'uniforme, se lève d'une table pour me serrer la main.

— Jessika Borneklint Fager, chargée de l'enquête.

Nous nous asseyons. J'observe sa tresse épaisse pendant qu'elle pose un téléphone entre nous. Le nom de Borneklint pourrait presque entrer dans la classe des Nihlzén. Krister m'a raconté un jour qu'il avait changé de nom de famille pour lancer sa première entreprise. Il trouvait que Nilsson sonnait trop banal, il voulait avoir la classe, se démarquer des autres. Pour la classe, on repassera, mais il faut reconnaître que Nihlzén sort de l'ordinaire.

— Vous traversez une terrible épreuve.

La voix de l'enquêtrice me ramène au présent. Décidément, mes pensées fusent et m'égarent, sans doute par mécanisme de survie.

— Mais, comme vous pouvez l'imaginer, nous devons interroger tout le monde le plus rapidement possible.

— Je suppose qu'il n'a rien avoué. Sinon, il ne se baladerait plus en liberté.

— De qui parlez-vous ? s'étonne Jessika Borneklint Fager. Qui doit avouer quoi, selon vous ?

— Le meurtre, réponds-je. C'est William Nihlzén. Vous ne pouvez pas le laisser s'en tirer une seconde fois. Il…

— Une minute, m'interrompt-elle en levant la main. Avez-vous des preuves de ce que vous avancez ?

— Je ne l'ai pas vu au moment des faits, mais j'étais à la fenêtre et je l'ai vu revenir du parc en courant juste avant qu'on ne retrouve Erik. Je suis certaine que c'était lui. Et ce n'est pas la première fois qu'il essaie de le tuer.

— Pourquoi aurait-il voulu s'en prendre à Erik ?

— Vous lui poserez directement la question. Moi, je n'en sais rien. Mais ça ne peut être que lui.

Le jeune sosie de Massoud lève les yeux de son ordinateur.

— Quand vous dites que ce n'est pas la première fois, parlez-vous de l'accident de voiture ?

Je hoche la tête. Visiblement, ils ont mené leur enquête sur William.

— Erik vous a-t-il paru différent au cours de la soirée ? s'enquit Borneklint Fager. Avez-vous remarqué un changement dans son attitude, un détail qui vous aurait marquée ? précise-t-elle.

— Non.

J'y réfléchis une seconde, mais me rends vite à l'évidence qu'Erik était aussi distant et introverti ce soir qu'au cours de ces huit dernières années. L'accident l'a transformé et c'est normal, mais ses dépressions à répétition m'ont inquiétée. Il refusait l'aide qu'on lui proposait. Du moins la mienne. C'est Mats qui a dû prendre le relais avec lui, pour le meilleur et pour le pire.

— Il était comme d'habitude, finis-je par ajouter. Comme avant, quoi.

J'ai la gorge serrée. En regardant les policiers, je me force à poursuivre :

— En savez-vous plus sur ce qui s'est passé ? Sur la cause du… (Le mot reste coincé, mais je finis par le prononcer.) Du décès ?

L'enquêtrice secoue la tête.

— Pas encore. Mais, au vu des circonstances, le légiste devrait nous remettre son rapport rapidement.

— Vous ne croyez quand même pas à un suicide ? Pourquoi aurait-il choisi de se tuer le jour du mariage de sa sœur ? Il l'aimait très fort.

Jessika Borneklint Fager penche la tête sur le côté.

— En êtes-vous vraiment sûre ?

Ma langue refuse de coopérer, j'ai très chaud tout à coup.

— Excusez-moi, me mets-je à bafouiller. Mais qu'insinuez-vous exactement ?

La blonde soulève quelques feuilles de papier, lit quelques lignes, puis lève les yeux.

— Il nous a semblé qu'Erik et Emily n'étaient pas si proches que ça, et la relation entre Emily et William aurait porté le coup fatal à ses rapports avec son frère.

— C'est… c'est faux, me remets-je à bégayer. Qui vous a raconté ça ?

— Cette information est confidentielle. (Elle s'assied au fond de sa chaise.) Auriez-vous une autre version des faits ?

— Mes enfants se sont toujours très bien entendus, dis-je en me redressant pour retrouver ma voix habituelle. Enfin… Ils se disputaient parfois quand ils étaient petits, comme dans n'importe quelle fratrie. Puis Erik est parti vivre à Göteborg quand Emily était au lycée ; forcément, la distance les a éloignés. Ils menaient des vies opposées, mais pour autant, il n'y avait aucune animosité entre eux.

— Que pensait Erik de ce mariage ? demande Borneklint Fager. D'après certains témoignages, votre famille était autrefois amie avec les Nihlzén. L'accident aurait marqué la rupture de vos rapports.

— Vous trouvez ça surprenant ? (Je postillonne, une goutte de salive tombe sur la table près du téléphone portable.) Vous ne prendriez pas vos distances, vous, avec la famille dont le fils aurait tenté de tuer le vôtre ?

— Je ne sais pas, reconnaît la policière. Mais j'en conclus qu'Erik désapprouvait le compagnon de sa sœur.

— Nous n'en avons jamais parlé.

— Et vous, que pensez-vous de cette union avec William Nihlzén ?

Je lève les yeux et prends une profonde inspiration.

— Que du mal. Mais ma fille est adulte, elle fait ses propres choix.

L'enquêtrice hoche la tête.

— Comment décririez-vous votre relation avec Erik ? Étiez-vous en bons termes ?

À nouveau, ma gorge se serre.

— Oui, on s'entend bien. Enfin, on s'*entendait* bien. Ce n'était pas parfait, mais ça allait. (Je croise son regard.) Nous n'étions pas en conflit, si c'est ce que vous insinuez.

— Où étiez-vous après le repas et jusqu'à la découverte du corps d'Erik ?

J'ai lu suffisamment de polars pour deviner ce qu'elle cherche à savoir. C'est probablement une question de routine, mais, intérieurement, je bouillonne. Ils ne croient quand même pas que j'ai tué mon propre fils ! Je ferme les yeux, prends une longue inspiration, puis leur liste tous mes faits et gestes, prête à conclure quand soudain un détail me revient.

— J'ai entendu William se disputer avec son père. C'était beaucoup plus tôt dans la soirée, ça n'a peut-être aucun rapport, mais on ne sait jamais.

— Avez-vous entendu le sujet de leur dispute ?

— Pas vraiment. Mais ça a mis William dans tous ses états.

77

Emily

— Ma chérie, qu'est-ce que tu fais là, toute seule ? (Le coussin du canapé s'affaisse à côté de moi quand Cissi vient s'asseoir.) William n'est pas avec toi ?

J'ouvre les yeux à contrecœur. Mon amie a l'air épuisée et son chignon est en berne. Presque tout son maquillage a disparu et elle a le front brillant.

— Il est allé me chercher à boire.

Je jette un coup d'œil autour de moi. L'éclairage du hall est tamisé et les tables ont été débarrassées. La tante de William passe devant le bar et me fait un petit signe. On dirait qu'elle est à la fois désolée pour moi et agacée de devoir subir tout ça. Les larmes montent et je m'effondre dans les bras de Cissi.

— Erik… (Je suis secouée par les pleurs.) Qu'est-ce que je vais faire ? Erik est mort. Il est *mort*.

— Oh, Emily, murmure mon amie en me serrant fort. Je suis tellement désolée. C'est vraiment affreux…

Elle éclate en sanglots et voilà qu'on fait la paire. Son parfum me renvoie instantanément à l'appartement de Röda Höja. Nous avons seize ans et je me réveille dans le lit de Cissi, mon téléphone saturé de SMS et d'appels manqués. Quand j'arrive enfin à joindre papa, il m'annonce l'accident d'Erik et je commence à hyperventiler. Cissi, à moitié endormie dans son pyjama Winnie l'Ourson, me prend dans ses bras et essaie tant bien que mal de me réconforter. Ce matin-là a marqué le début de la descente aux enfers de ma famille.

Ma tête bourdonne, j'ai la migraine. Finirai-je un jour par arrêter de pleurer ? Arriverai-je à me relever de ce canapé ? C'était censé être le plus beau jour de ma vie. Erik nous a quittés, William vient d'apprendre qu'il a tué quelqu'un et nos invités sont interrogés par la police. Trop, c'est trop.

— Ça va ? me demande Hampus. (Il vient d'apparaître devant le canapé, je ne l'avais pas entendu arriver.) Désolé, question con. T'as dû passer une soirée pourrie. Et c'est pas fini. Putain, qu'est-ce que je raconte… (Il secoue la tête.) T'as une minute ?

Je hoche la tête et m'aperçois que Benjamin est juste derrière lui. Ils s'installent dans les fauteuils moelleux.

— Est-ce qu'on peut faire quelque chose ? murmure Benjamin. (Il brandit une petite bouteille.) Vous avez soif, toutes les deux ? Il y en a tout un casier dans la salle de réception. (Il fait mine de se lever pour aller nous en chercher, mais Cissi et moi secouons la tête.) On devrait peut-être aller se coucher, reprend-il avant de boire une gorgée de bière. Mais bon, on aura tous du mal à trouver le sommeil.

William entre dans le hall avec Robin et Sanja. Ces derniers s'arrêtent sous le lustre en cristal tandis que mon mari se précipite pour me rejoindre.

— Excuse-moi, me glisse-t-il à l'oreille. J'étais coincé avec Ibbe et je n'ai toujours rien trouvé à boire. D'ailleurs, Ibbe m'a demandé de te dire qu'Amanda était dans sa chambre avec Milo. (Il se redresse et se tourne vers ses amis.) Venez vous asseoir, si vous voulez.

Robin et Sanja hésitent, puis finissent par occuper chacun un fauteuil autour de la table.

— Tu tiens le coup ? me demande Sanja.

J'ai déjà pleuré dans ses bras tout à l'heure dans la salle de réception, alors cette fois je me contente de répondre par la négative. William se dirige vers le bar, passe derrière le comptoir et revient avec un grand plateau chargé de verres autour d'une bouteille de whisky. Il se glisse à côté de moi sur le canapé.

— Je crois qu'on a tous besoin d'un petit remontant.

Tout le monde prend un verre sauf moi, et nous laissons William servir. J'attends un commentaire et crains que Cissi ne me trahisse, mais ils doivent être trop bouleversés pour remarquer que j'évite l'alcool.

Mon cuir chevelu me tiraille et ma nuque me démange. Cissi m'aide à retirer mon voile de mariée et rassemble toutes les épingles en un petit tas sur la table devant nous. Depuis la salle de réception, un murmure étouffé nous parvient. Deux policiers et quelques invités aux yeux cernés sortent sans un bruit. Je leur suis reconnaissante, à tous, de se montrer si prévenants envers moi. Ils se font discrets quand ils passent devant moi, détournent le regard ou tentent un coup d'œil furtif vers nous quand on regarde ailleurs. Il semblerait que quelqu'un ait réussi à tenir les journalistes à distance du château.

Hampus se penche sur la table.

— Au fait… Est-ce qu'on sait ce qui s'est vraiment passé ? Comment c'est arrivé ?

Cissi secoue la tête.

— Aucune idée. Karl et moi… Hum, oui, Karl Forselius, précise-t-elle en rougissant. On était dehors pour… pour prendre l'air quand soudain on a entendu du vacarme en bas de la côte. (Elle éclate en sanglots.) J'ai l'image gravée sur la rétine, je le revois allongé là, c'est tellement affreux !

William prend ma main glacée dans sa paume chaude et je le serre en retour en essayant de maîtriser ma respiration.

— Je suis désolé, Emily…, reprend Hampus, hésitant. Je ne devrais peut-être pas te dire ça, mais… (Il jette un coup d'œil à son compagnon comme pour chercher du soutien.) On a l'impression que… Enfin, la police semble croire qu'Erik a été assassiné.

— Ah bon ? s'exclame Cissi, choquée. Qu'est-ce qui vous fait dire ça ?

— Je ne sais pas. (Il s'enfonce dans son fauteuil en promenant son index autour du goulot de sa bouteille de bière.) Leur façon de tourner les questions.

— On se calme, les gars, intervient William en reposant son verre sur la table, balayant notre groupe du regard. Pourquoi quelqu'un aurait voulu le tuer ? Ça n'a aucun sens. Il devait être bourré et a dévalé la pente tout seul.

Robin opine du chef.

— Ouais, sûrement un truc du genre.

— Il n'était pas bourré, le contredit Hampus. Il avait prévu de rentrer à Göteborg avec son assistante. Il était censé prendre le volant.

— Je sais, soupire mon mari en lâchant ma main pour se resservir du whisky. Mais il a dû changer d'avis.

— Et la thèse du suicide ? m'interroge Sanja. Excuse-moi, c'est juste une idée en l'air, mais… (Elle rassemble ses longs cheveux roux et les enroule en chignon, puis ils retombent quand elle les relâche.) Il avait l'air vraiment au fond du trou.

Cissi fait la grimace en sirotant sa boisson.

— Comment ça ? Tu lui as parlé ?

Sanja rapporte alors une discussion qu'ils auraient échangée dans le parc, pendant laquelle Erik lui aurait paru déboussolé.

— Il s'est mis à reparler de notre fête de fin d'études, explique-t-elle en se tournant vers Hampus. Il prétendait qu'on sortait ensemble à ce moment-là. C'était chelou… (Elle me regarde à nouveau.) En fait, c'était même un peu choquant. Je ne lui avais presque plus parlé depuis l'accident, et voilà qu'il m'accusait de l'avoir trompé il y a des années. Alors qu'on n'a jamais été ensemble.

— Pauvre Erik, soupire Robin. D'abord cette foutue virée en voiture. (Il se tourne vers William.) Sans vouloir te vexer, ce n'était pas l'idée du siècle. Et maintenant… (Il agite les mains, clairement désespéré.) Maintenant, il est mort.

Je m'appuie contre l'épaule de William et ferme les yeux. Derrière mes paupières closes, l'image de mon frère apparaît. Je n'arrive pas à me dire que je n'entendrai plus jamais sa voix.

78

Mats

Par chance, Isobel peut s'endormir n'importe où, dans n'importe quelles circonstances. Sa respiration devient déjà lourde, régulière. Je chasse la couverture et pose les pieds sur le parquet froid, longeant le lit à tâtons pour trouver le fauteuil où j'ai jeté mon pantalon de smoking. Je laisse la chemise, mon tee-shirt de pyjama fera l'affaire. Mes chaussures sont posées devant la porte.

Ma carte magnétique dans la poche et celle de la chambre d'Annika dans la main, je me faufile dans le couloir et reste une seconde immobile sur la moquette moelleuse, le temps que mes yeux s'habituent à la lumière.

Erik est mort.

C'est une prise de conscience brutale, comme un poing dans l'estomac. Je me sens vaciller et me retiens à la balustrade en bois sculpté. Je ferme les yeux et prends une profonde inspiration. À cet instant, j'entends des voix étouffées provenant du hall du château. Quand on est allés se coucher, Isobel et moi, Emily était avec ses amis, sur le canapé du hall. Sont-ils encore là ? Je jette un coup d'œil par-dessus la rambarde et aperçois les cheveux bruns de William. Pas de chance. Bon, qu'est-ce que je vais leur dire ?

Rien, je ne vais rien leur dire du tout. On verra bien.

Je ne m'attendais pas à croiser autant de monde à cette heure-ci, je suppose que les interrogatoires ne sont pas terminés. Et puis, certains sont sûrement trop choqués pour trouver le sommeil. Heureusement que ma mère et tante Ulla sont parties se coucher avant le drame. Je descends l'escalier à pas de loup et tourne à gauche pour sortir discrètement par la salle de réception.

— Papa ?

Et merde. Je fais demi-tour et m'approche de la tablée. Emily est étendue sur le canapé, la tête appuyée sur l'épaule de William. Elle est pâle comme un cachet d'aspirine et ses yeux sont rouges. Sur le rebord de la fenêtre derrière elle, il y a un gros tas de tulle blanc, sans doute son voile.

— Tu n'es pas couché ? s'étonne-t-elle.

— Non, je n'arrive pas à dormir, réponds-je en saluant les autres d'un bref signe de tête. Je vais prendre un peu l'air.

Dès que la porte se referme derrière moi, j'ai l'envie soudaine de retourner dans le hall. Peut-on vraiment se fier à William ? Et si l'assassin de mon fils était là, avec elle dans le canapé ? Je reste planté devant la porte, hésitant, puis finis par m'éloigner. De toute façon, elle ne risque rien pour l'instant. Un problème à la fois.

Je frissonne, mes pas résonnent dans le silence. Deux voitures de police sont encore garées devant le bâtiment principal, mais il n'y a aucun agent en vue. Il semblerait que les journalistes qui ont campé sur l'esplanade pendant des heures aient temporairement lâché l'affaire. Pourtant, je me sens observé et jette un coup d'œil à la façade obscure du château.

L'annexe semble déserte, elle aussi. Le verrou émet un clic quand je passe la carte devant le boîtier. Je cherche le bon couloir et m'arrête devant la porte numéro 16. Je prends une profonde inspiration et me convaincs une dernière fois que c'est la meilleure chose à faire, qu'il n'y a pas d'autre solution. Je frappe deux coups discrets.

Derrière la porte close, le silence. Quelqu'un tousse dans une autre chambre au fond du couloir. Je frappe un peu plus fermement et, cette fois, j'entends du bruit. Un trait de lumière apparaît sous la porte. La poignée se baisse.

Nike jette un coup d'œil par l'embrasure.

— Mats ?

Elle a les yeux gonflés et une marque d'oreiller sur la joue. Elle porte une chemise de nuit bleu ciel avec le logo de Star Wars.

— Qu'est-ce qui se passe… encore ?

Je l'invite à se taire et lui fais signe de me laisser entrer. D'abord hésitante, elle finit par m'ouvrir la porte en grand. Les chiffres lumineux de l'horloge de la télévision indiquent 3 h 25. Allons droit au but.

— Tu sais si Erik avait pris son ordinateur ?

Elle paraît confuse.

— Son ordi ? Pourquoi ?

— Je n'ai pas le temps de t'expliquer. Il faut que tu me fasses confiance. Est-ce que son ordinateur est ici ?

— Euh… non. Il… il doit être dans la voiture. En fait, on était sur le départ quand… (Elle se met à trembler.) Oh, mon Dieu, je n'arrive pas à…

Nike s'assied lourdement sur le lit, le visage enfoui dans ses mains, et pleure bruyamment. J'aimerais la consoler, mais l'heure tourne.

— Où sont les clés de la voiture ?

— Là-bas, dit-elle en reniflant, le doigt pointé vers le bureau. Mais est-ce qu'on a le droit ? Et si…

Je m'empare des clés et me dirige vers la sortie.

— Ne t'inquiète pas. Si la police a besoin de l'ordinateur, elle le récupérera plus tard. Reste là, je reviens tout de suite.

79

Annika

L'obscurité nocturne s'est insinuée dans ma chambre en rampant sur le sol comme une fumée toxique. Je me détourne vers la fenêtre et ferme les yeux. Je transpire, sors les pieds de sous la couverture, puis frissonne et les rentre au chaud.

Je n'ai pas envie de rester ici, mais je suis coincée, sans voiture. Or Mats ne partira pas tant que sa vieille maman et sa tante ne se seront pas réveillées. Peut-être que la police les interrogera dans la matinée.

Ce soir, tout le monde a pris soin de m'éviter. Ils doivent craindre une nouvelle crise de nerfs. Tant mieux, je me passe de leurs câlins gauches et de leurs condoléances creuses. Fariba m'a donné quelques calmants quand on était dans la salle, mais ils sont restés dans mon sac à main. Je n'ai aucune envie de m'enfoncer dans un brouillard de médocs. Pas maintenant.

Quand je suis sortie de l'interrogatoire, Emily et William étaient assis dans un coin du grand hall avec d'autres jeunes. Il y avait des verres et des bouteilles sur la table. Ma fille a fait semblant de ne pas me voir.

L'obscurité me pèse et m'étouffe. Je me redresse pour reprendre mon souffle.

Comment pouvait-elle rester assise là avec William comme si de rien n'était ? Son frère est mort. Et William l'a tué.

Pas vrai ?

J'en reste convaincue, mais, chaque fois que je cherche à comprendre *pourquoi*, le doute m'assaille. Pourquoi aurait-il voulu tuer Erik ? Quel serait son mobile ? Et si je l'avais accusé un peu vite ? Et si j'avais accusé un innocent en plein interrogatoire de police ?

Non. C'est forcément lui le coupable. Sinon, qui d'autre ? Je l'ai vu de mes propres yeux. Il arrivait de l'endroit où a été retrouvé mon fils, et il avait l'air pressé. Je ne peux pas croire à une coïncidence.

Erik a été victime de deux tentatives de meurtre et, chaque fois, la même personne était présente. Peut-être que, finalement, l'accident de voiture a vraiment un rapport avec le foot. Le drame de ce soir pourrait en être une conséquence. Erik et William n'avaient plus été en contact depuis l'accident.

J'essaie de voir les choses sous un autre angle. S'il n'a pas été tué à cause de l'accident, alors pourquoi ? Erik est journaliste. Aurait-il découvert des magouilles dans la gestion de Wibnet ? Des secrets que William préférerait taire ? N'est-ce pas justement ce qu'il a dit à Krister au pied du château ? « Si ça se sait… » Oui, je crois qu'il a dit ça. Et son père l'a calmé. D'ailleurs, Krister est-il lui aussi impliqué ? Après tout, lui aussi se baladait dans le parc en pleine nuit. Quand je l'ai croisé, il n'est pas rentré au château mais est reparti vers le parc. Quelle heure était-il à ce moment-là ?

Je me frotte les tempes. Imaginons qu'Erik ait détenu des informations confidentielles susceptibles de nuire à l'entreprise. Dans ce cas, on pourrait envisager Ibbe parmi les suspects. Il a autant à perdre que William puisqu'ils sont cofondateurs de leur empire. J'ai du mal à imaginer Ibbe en assassin sans cœur, mais il a pu agir pour le compte de William.

Erik.

Mon chéri, mon pauvre garçon.

La remarque cinglante de la policière me taraude, celle concernant les rapports prétendument difficiles entre Emily et Erik. De quel droit s'est-elle permis une affirmation aussi insultante ? À croire qu'elle connaissait mieux mes enfants que moi, leur propre mère.

Quand elle était petite, Emily n'avait d'yeux que pour son grand frère, un rôle qu'il remplissait à merveille. Il lui lisait des histoires, dessinait et construisait des cabanes avec elle. Il avait une patience infinie. À l'arrivée de l'adolescence, ils jouaient moins souvent ensemble, mais c'est normal, non ? Quel ado de quatorze ans a envie d'avoir sa petite sœur dans les pattes ?

Je me demande qui a parlé d'eux à la police. Était-ce Emily elle-même ? Mats ? Voire William ?

80

Emily

Ils ont entamé une deuxième bouteille. Moi, je n'ai pas besoin de whisky pour être assommée. Mon pouls tambourine dans ma tête et une impression de nausée va et vient. Je pourrais regagner ma chambre, mais, puisque ma nuit de noces est fichue, autant être entourée de mes amis plutôt que de laisser les idées noires m'assaillir.

La conversation reste bloquée sur l'accident de voiture et ça m'inquiète. Ils ont tous vécu cet épisode, à part Benjamin, et semblent avoir trop longtemps refoulé le besoin de disséquer cette soirée. William et moi faisons profil bas.

— Je me souviens encore du moment où je l'ai appris, raconte Robin en me regardant. Putain, c'était le pire moment de ma vie. (Il secoue la tête, puis se tourne vers William.) On ne savait pas si vous alliez vous en remettre. D'ailleurs, certains te croyaient mort.

— J'ai ressuscité, répond mon mari, un sourire en coin. Et on m'a envoyé en prison sans passer par la case départ.

Il n'a jamais caché son passage en prison après l'accident. Il a même participé à des conférences destinées aux jeunes pour faire de la prévention sur les dangers de l'alcool au volant. Peut-être qu'il a vraiment vécu cet accident comme une renaissance. Une seconde chance. Ils auraient pu y rester tous les deux.

Je m'enfonce dans le canapé et ferme les yeux. J'essaie de ne pas penser à tout ce que j'ai appris aujourd'hui. Le cadavre enterré dans la réserve naturelle, l'implication de mon père et de Krister. Ce qui me hante le plus, c'est Erik. Il faut dire que tout le monde s'obstine à parler de lui.

Hampus, Cissi, Sanja et Robin continuent de remuer leurs souvenirs et se repassent la soirée chez Hampus dans les moindres détails. Cissi raconte que j'étais ivre morte et insiste sur le fait qu'elle a dû me ramener à la maison cette nuit-là. Ils reparlent de la musique, des personnes présentes, et des absents aussi. Ce n'est qu'au bout d'un très long moment que je remarque le silence de William.

J'ouvre les yeux et le regarde. Si tout à l'heure il était pâle, à présent il est presque translucide.

— Qu'est-ce qui vous a pris ? (Robin le regarde, vide son verre et le repose sur la table.) Pourquoi vous êtes partis en voiture ? Je sais que tu ne te souviens pas, mais… Rien ne t'est revenu depuis ?

— Rien, répond William en bâillant. Le trou noir.

— C'est effrayant, quand même, commente Sanja. Qu'on puisse avoir une perte de mémoire comme ça, d'un coup.

Cissi approuve d'un hochement de tête. Elle a retiré ses chaussures et replié ses jambes sous ses fesses, visiblement éméchée par le whisky. Elle doit regretter que Karl Forselius soit parti se coucher sans elle.

— Dites, intervient-elle soudain en se penchant en avant pour capter l'attention générale. Je ne l'avais jamais dit à personne sauf à Emily, mais il faut que je vous raconte un truc complètement dingue qui m'est arrivé ce soir-là.

Je la regarde, le cœur battant. De quoi parle-t-elle ?

— Cette soirée a été dingue pour tout le monde, rappelle Benjamin en souriant.

— N'est-ce pas ? lui répond-elle avec le même sourire. Quand j'ai ramené Emily à la maison, je me suis vite aperçue que j'avais oublié mon portable à la fête. C'était la panique, maman nous croyait à la maison toute la soirée pour regarder un film. (Elle pouffe.) J'ai donc couru chez Hampus le récupérer. Sur le chemin du retour… (elle regarde William) j'ai croisé ton père. Il courait avec votre chien… Il s'appelait Lucifer, non ?

Il acquiesce.

— Il s'appelle toujours Lucifer.

— Ah, vous l'avez encore. (Elle tripote les épingles à cheveux posées sur la table, puis relève la tête.) Bref, ton père était vénère quand Lucifer est venu me réclamer des caresses. J'ai eu peur, même s'il criait sur le chien, pas sur moi. Mais le truc vraiment bizarre, c'est que, quand je suis arrivée chez moi, j'avais du sang sur la main. (Elle marque une pause pour un effet plus dramatique.) Sur la main droite, celle avec laquelle j'avais caressé le chien.

Merde, j'avais complètement oublié cette histoire. Après ce que j'ai appris ce soir, il aurait mieux valu qu'elle se taise. Heureusement qu'elle a forcé sur le whisky.

— Ah oui, ça me revient, dis-je en me redressant pour m'asseoir correctement. J'en ai parlé à mon père le lendemain, il m'a dit que Lucifer s'était échappé quand il est allé le promener avec Krister.

Cissi hausse les sourcils.

— Ils ont promené le chien ensemble, en pleine nuit ?

Malgré le whisky, elle a l'air d'avoir les yeux en face des trous.

— Oui, je crois. Papa et maman dînaient chez les parents de William ce soir-là. Nos pères sont allés faire un tour avec Lucifer en fin de soirée, c'est là que le chien en aurait profité pour fuguer. Ils l'ont cherché pendant un bon moment. Papa m'a dit que Lucifer avait probablement mis le museau dans une carcasse de lapin.

— Beurk, c'est dégueu, grimace Cissi, imitée par les autres.

— Bon, je ne sais pas pour vous, dit William en se levant du canapé, mais moi, je suis épuisé. On n'arrivera sûrement pas à dormir, mais je vais quand même m'allonger un peu.

81

Mats

J'ouvre le coffre, repère immédiatement la valise noire d'Erik et la tire pour la sortir de là. La fermeture Éclair est coincée, je m'y reprends à plusieurs fois. Le contenu de la valise est proprement rangé, une chemise bien pliée sur le dessus, un pull à manches longues dessous. Par réflexe, je prends le pull et enfouis mon nez dans le tissu soyeux. Je sens le parfum léger de lessive, mais aussi autre chose.

L'odeur d'Erik.

Mon cœur se serre comme dans un étau.

Il n'est plus là.

Ces foutus Nihlzén. C'est forcément eux.

Depuis que les restes enterrés à Häckeberga ont été retrouvés, Krister est un peu parano. Je parie qu'il ne reculerait devant rien pour faire taire un témoin encombrant, vu la froideur avec laquelle il a géré la situation le soir de l'accident et toutes les années suivantes. Seulement, Nike dit avoir vu William parler avec Erik juste avant qu'on l'ait retrouvé ; peut-être que c'est le fils Nihlzén, finalement, qui a pris les choses en main. Si Erik a eu le temps de lui révéler tout ce qui s'est passé le soir de l'accident, William a peut-être perdu les pédales. D'autant plus si mon fils s'est mis dans la tête de lever le voile publiquement sur cette affaire.

C'est William qui a le plus à perdre si la vérité éclate : sa carrière florissante et sa réputation. Les médias s'en friseraient les moustaches. Mais de là à tuer ? C'est improbable. Pour ça, je penserais plutôt à son père.

À l'interrogatoire, je me suis bien gardé de parler de mes soupçons. Avant de pointer quelqu'un du doigt, j'ai besoin de savoir ce que cache l'ordinateur d'Erik. D'après son auxiliaire, il a passé la soirée de la veille du mariage à écrire jusque tard dans la nuit, ce qui pourrait avoir un rapport avec l'accident.

Je lâche le pull, me remets à fouiller la valise et trouve un objet plat, rembourré, de la taille d'un ordinateur portable. Sur la banquette arrière, il y a un sac en tissu. Je vide son contenu, enroule le pull d'Erik autour de l'ordinateur et le fourre dans le sac coloré avant de verrouiller la voiture et de revenir sur mes pas.

Une voiture de police s'approche lentement, mais je l'ai remarquée trop tard. Je regarde autour de moi, aucune cachette en vue. Ce n'est pas plus mal. J'aurais l'air de quoi si je bondissais soudain derrière un arbre ? Je prends alors sur moi et continue d'avancer d'un pas détendu.

Le conducteur baisse sa vitre.

— On se promène ?

C'est le grand policier de tout à l'heure.

— J'ai oublié mon chargeur dans la voiture, dis-je en montrant le sac en tissu. Un grand classique.

Le policier sourit, me fait un petit signe de la main et continue de rouler dans l'allée.

Je pousse un soupir de soulagement en voyant la voiture disparaître au loin. Ont-ils déjà fini les interrogatoires ? Peut-être pas. L'autre voiture de police est toujours garée devant le château.

Nike ouvre la porte avant même que j'aie frappé. Elle est vêtue d'un peignoir blanc brodé du nom « Château d'Örenäs » sur la poitrine. Je me dirige directement vers le petit bureau, sors l'ordinateur de son étui et le pose sur le plateau de verre avant de l'ouvrir.

— Que sais-tu de l'accident ? demandé-je avant de m'apercevoir qu'il doit y avoir un mot de passe.

— L'accident ?

La perplexité sincère de Nike me stupéfait. Est-ce vraiment possible ? J'aurais cru qu'Erik, dans un moment de faiblesse, se serait confié à son auxiliaire de vie.

— Erik ne t'a jamais raconté comment il a fini en fauteuil ?

Elle secoue la tête.

— Il ne voulait pas en parler.

Je change de sujet :

— Tu connais le mot de passe ?

— Qu'est-ce que vous cherchez ? demande-t-elle en faisant un pas vers moi. Vous êtes sûr d'avoir le droit ?

— Erik est mort. Et je suis son père.

— D'accord, mais... (Elle pose les poings sur les hanches pour se donner un air déterminé.) Il ne voulait peut-être pas... Enfin, il n'aurait peut-être pas voulu...

— Erik était mon fils, l'interromps-je. Je suis de son côté. S'il te plaît, Nike, aide-moi.

Elle soupire, se penche sur le clavier et pianote le mot de passe à contrecœur. Sésame, ouvre-toi.

Mes lunettes sont dans la poche de mon pantalon, je les pose sur mon nez et observe l'écran. Des dossiers en fouillis sont éparpillés partout sur le bureau. L'un d'eux s'appelle « Travail ». Je double-clique, mais aucun document n'évoque ce qui m'intéresse.

— Qu'est-ce que vous cherchez ?

Nike est penchée par-dessus mon épaule.

— Tu disais qu'il avait passé une bonne partie de la nuit dernière à écrire. Tu sais à quel sujet ?

Elle fait signe que non.

— Il ne me l'a pas dit. Mais je le trouvais secret ces derniers temps, il ne parlait pas de son travail comme avant. Je lui ai demandé sur quoi il planchait en ce moment, mais il est resté muet comme une carpe, sauf pour me dire que je le saurais en temps voulu. (Elle renifle et me regarde avec des yeux brillants.) Je… je crois qu'il écrivait un livre sur sa vie. C'était un sujet sensible, il voulait que personne ne le lise avant que tout soit terminé.

J'ouvre Word, clique sur « Ouvrir les documents récents » et remonte progressivement l'historique, mais aucun des textes n'évoque de sujet personnel. Ce ne sont que des articles liés à son travail, des commandes pour différents clients.

Je finis par abandonner.

— Tu as dû mal comprendre, dis-je à Nike. Il n'y a rien là-dedans qui ressemble à un bouquin.

J'éteins l'ordinateur et m'apprête à le ranger dans sa housse quand un papier blanc à l'intérieur attire mon attention.

— Bingo, murmuré-je en sortant une épaisse enveloppe de l'étui.

82

Emily

— Tu dors ?

William chuchote, mais sa voix m'est désagréable à l'oreille, elle déchire la tranquillité de l'obscurité. C'est notre nuit de noces, l'horloge de la télé indique 4 h 20 et on s'est couchés il y a quelques minutes à peine.

— Mm-mmh.

Je remonte la couverture sous mon menton, faute d'oser la tirer sur ma tête pour pleurer.

— J'espère que… (William se racle la gorge) tu ne crois pas ce qu'a dit ta mère ?

Je me retourne vers lui et devine les contours de son visage.

— Qu'est-ce qu'elle a dit ?

— Que j'étais un assassin.

— Bien sûr que non.

— Elle a l'air de croire que j'ai essayé de tuer Erik deux fois, ce soir et le jour de l'accident. Mais je n'ai rien fait, je te le promets, insiste-t-il en parlant vite, comme s'il était pressé de se justifier. Je sais ce qui s'est passé. Enfin, je sais pourquoi on a fait une sortie de route. Et *comment* ça s'est passé.

Aussitôt, j'ai les sens en alerte.

— Mais pas plus tard que ce soir, tu m'as rappelé que tu ne te souvenais de rien.

Il cherche ma joue à tâtons et la caresse doucement.

— Oui, et c'était encore le cas tout à l'heure… (Il se rapproche de moi.) Mais à force de repenser à ce qu'a raconté mon père sur l'homme qu'on a renversé, quand on était en bas et que tous les copains discutaient… (Sa voix se met à chevroter.) C'était flippant, je me suis retrouvé d'un coup catapulté dans la BMW. C'était dingue, Emily. J'entendais la voix d'Erik, comme si…

William se tait. J'écoute les battements de mon cœur affolé.

— Je n'ai jamais compris ce qui nous est passé par la tête, finit-il par reprendre. Je peux entendre qu'on ait eu envie d'essayer la voiture, mais de là à le faire ? J'avais le permis depuis quelques mois à peine, pourquoi courir un risque aussi stupide ? Il m'est parfois arrivé de croire qu'Erik m'avait forcé.

— C'était le cas ?

— Non, on a juste voulu tester sa vitesse. On ne s'était jamais approchés d'une voiture aussi puissante. (Allongé sur le flanc, il trace des symboles sur mon front avec le bout de son doigt.) C'était con, je sais. Mais on était bourrés.

— Et après, qu'est-ce qui s'est passé ?

Il déglutit.

— Je me souviens qu'Erik parlait de Sanja. Il bafouillait, me racontait qu'elle était belle et qu'il avait presque réussi à conclure. (Chacun de ses mots me secoue d'un frisson glacé. Je reste immobile, j'ai besoin de sentir sa chaleur.) Ne te fâche pas, d'accord ? C'était il y a huit ans, n'oublie pas.

— Je ne me fâche pas, promis.

— Après… j'ai rigolé et lui ai dit que c'était bizarre, comment pouvait-il sortir avec Sanja alors que je venais de lui rouler une pelle ? À partir de là, il a pété un câble. Il s'est mis à hurler et à jurer. Je l'avais déjà vu vénère, mais jamais comme ça. Il m'a crié de foutre la paix à sa copine, me l'a répété je ne sais pas combien de fois.

— Il a dit ça ? Que Sanja était sa copine ?

— Oui, murmure William en entrelaçant nos doigts. Je ne te dis pas la tension dans la voiture. J'ai roulé à fond, j'ai sûrement appuyé sur l'accélérateur par réflexe, en panique. Et j'essayais de lui dire de se calmer. Mais ça ne servait à rien, soupire-t-il. Quand on est arrivés sur une ligne droite, Erik a brutalement tiré sur mon bras.

Dans le silence qui suit, je reste figée sous la couette, sa main dans la mienne.

— Tu veux dire que… vous avez tué cet homme à cause d'Erik ?

— Tout dépend du point de vue. Après tout, c'est moi qui tenais le volant. Et puis, j'avais embrassé Sanja alors qu'il s'était mis en tête qu'il sortait avec elle. Et elle, tu la connais… Enfin, à l'époque en tout cas, c'était un peu une allumeuse. Erik a dansé une fois avec elle et il a cru qu'ils venaient de signer un contrat de mariage. Mais s'il ne m'avait pas tiré le bras, on n'aurait pas eu d'accident.

— Donc… (je déglutis et reprends mon souffle) tu es allé en prison alors que tu étais innocent.

— Pas vraiment, c'est quand même moi qui conduisais. J'ai été condamné pour conduite en état d'ivresse et blessures involontaires ; honnêtement, je l'ai mérité. Et puis, je m'en suis bien sorti comparé à Erik. C'est lui qui a payé le plus cher pour cet accident. Sans parler du pauvre homme qu'on a renversé.

J'essaie de digérer tout ça. Comment peut-il prendre les choses à la légère alors qu'il a été profondément trahi ? Après tout ce qu'il vient d'apprendre, comment peut-il tourner la page aussi facilement ?

— J'espère juste que ta mère n'a pas parlé de l'accident à la police, murmure-t-il. Il ne faudrait pas qu'ils fourrent leur nez là-dedans.

Je suis convaincue qu'elle l'a évoqué. Elle a toujours adoré critiquer la façon dont la police a mené cette enquête.

— Ne t'inquiète pas, réponds-je. Maman est encore sous le choc, elle finira par se calmer.

— Se calmer ? Ce n'est pas son genre. (Il observe un silence.) Putain, Emily, est-ce qu'on a raison de se taire à propos du vieux ? Je crois que je le vis mal.

Je le prends dans mes bras et repense à la surprise que je lui réservais, à la bouteille qui nous attend dans le seau à champagne et aux pétales de rose qu'on a trouvés sur notre lit en allant nous coucher. Ce n'était pas le scénario dont je rêvais pour annoncer ma grande nouvelle, mais il faut qu'il mesure tout ce qu'il risque de perdre en se dénonçant à la police.

— Mon chéri, dis-je en enfouissant mon visage dans son cou. Tu vas être papa. On va devenir parents.

83

Annika

J'espérais me retrouver seule dans la salle du petit déjeuner, mais les convives auront de la route à faire, ils veulent partir tôt : presque la moitié des tables sont occupées.

Quand Gittan et Krister me voient arriver, ils essaient de disparaître derrière leurs tasses de café. Les Jafari, installés dans un autre coin de la salle, interrompent leur conversation en me voyant entrer. Milo tape énergiquement sur la table avec une cuillère à café.

Autour d'une table ronde près de la baie vitrée donnant sur la terrasse, Mats et Isobel prennent leur petit déjeuner avec Susanne, la sœur de Mats, ainsi qu'avec leur mère et leur tante. Mon ex-mari a des poches sous les yeux et une tartine solitaire dans son assiette.

Pour ma part, je bouillonne de colère avec l'impression d'observer la scène de loin, hors de mon propre corps. C'est la même sensation que quand Mats et moi sommes arrivés aux urgences, la nuit de l'accident.

La femme qui vient de perdre son fils s'approche du buffet et s'empare d'une assiette blanche, mais ce n'est pas moi. La femme qui vient de perdre son fils et qui se sert un verre de jus de pamplemousse me ressemble, mais ça ne peut pas être moi puisqu'elle se comporte normalement.

Elle ne s'arrache pas les cheveux, ne hurle pas son désespoir. Elle respire, marche et prend une assiette d'œufs brouillés. Elle s'empare de la pince en inox pour attraper une tranche de bacon dans un plat graisseux.

Mes genoux flageolent, je m'appuie discrètement sur le comptoir et laisse la tranche retomber dans mon assiette. Une sueur froide suinte par tous mes pores. Je repère une petite table libre, m'effondre sur la chaise et prie pour ne pas m'évanouir en tombant la tête la première dans mes œufs brouillés. Quelques gorgées de jus de pamplemousse évacuent mon vertige et mon pouls retrouve un rythme normal.

Un son de pas traînants semble approcher. Je lève la tête et vois Mats rejoindre le buffet, sa tasse à la main. Il la remplit du café noir d'une grande Thermos près de la machine, puis ajoute un nuage de lait. Une routine que je connais par cœur.

En repartant, il bifurque vers ma table.

— Salut, me souffle-t-il.

— Salut, réponds-je sur le même ton.

Nous nous regardons en silence, chacun attendant que l'autre fasse le pas suivant. L'air est chargé de tension. De questions, de colère et de jalousie. Mais d'autre chose aussi. Il fut un temps où tout allait bien entre nous, où on formait une famille. La maman, le papa, les enfants.

— Comment tu te sens ?

Il tire une chaise, s'assied tout au bord et pose sa tasse.

— Pas très bien, dois-je reconnaître. La police a des nouvelles du légiste ? Concernant les… blessures d'Erik ?

Il soupire en secouant la tête et me demande dans la foulée si j'ai parlé à Emily.

Je me tourne vers les grandes fenêtres donnant sur le parc. Le ciel est lourd de pluie et s'étire comme un grand rideau gris au-dessus de l'Öresund.

— Non. Et toi ?

— On a échangé deux mots hier soir. Elle s'accroche comme elle peut.

Je reporte mon attention sur lui et me penche sur la table.

— Il faut absolument qu'elle quitte William. Tu te doutes bien que ce n'est pas un hasard si… (Je sens la colère remonter et ignore la main que lève Mats pour tenter de stopper mon élan.) Il devait y avoir une ancienne rancœur entre eux, insisté-je en haussant le ton. Quelque chose qui a couvé pendant toutes ces années. William a déjà essayé de le tuer il y a huit ans, et hier soir, il a enfin réussi. (Mon ex-mari fuit mon regard, mais j'essaie de le capter à nouveau.) Tu m'entends ? William est dangereux. Il faut le faire comprendre à Emily. (Il essaie encore de m'interrompre, mais je suis lancée.) N'essaie pas de dire le contraire ! m'exclamé-je en frappant du poing sur la table, renversant un peu de jus. On ne peut pas le laisser s'en tirer comme ça, il…

— Annika, baisse d'un ton, bon sang. Krister et Gittan sont juste derrière nous, et les Jafari aussi.

— Je le sais très bien, sifflé-je à voix basse. Je n'ai rien à leur cacher, c'est… (Ma vision se trouble, les larmes montent sans préavis.) Erik est mort, me mets-je à sangloter. Mort !

Il m'attrape par le poignet.

— Viens. Allons dehors, il faut que je te parle.

Comme j'obéis et me lève, il me relâche.

Arrivée dans la cour, je me retourne et le regarde à travers un rideau de larmes.

— Qu'est-ce qu'il y a ? Ne me dis pas de me ressaisir, c'est perdu d'avance. Je ne m'en remettrai jamais, tu comprends ? Jamais…

— Tu peux te taire deux secondes ?

Il passe la main dans ses cheveux courts, hésite, puis me fait signe de le suivre plus loin dans le parc.

84

Emily

Je suis déjà réveillée quand on frappe à la porte. Je n'ai pas fermé l'œil de la nuit, mais reste allongée et fais semblant de dormir. Je sens bouger le matelas quand William se redresse, puis il se dirige vers la porte.

— Excuse-moi. (C'est la voix de Gittan.) On ne veut pas vous déranger, mais…

Le temps qu'elle cherche ses mots, Krister prend le relais.

— On voulait juste savoir comment ça allait. (Il baisse d'un ton.) Emily a pu se reposer ?

— On dirait, oui, répond mon mari. Mais on a mal dormi tous les deux. (Il se racle la gorge.) Vous avez eu des nouvelles de la police ?

— Non, on n'a croisé aucun agent aujourd'hui, répond sa mère à mi-voix. Mais j'ai vu une voiture de police devant l'entrée.

— C'est quand même dingue, il a fallu que ça tombe le jour de votre mariage, grommelle son père. Il n'aurait pas pu choisir un autre moment ? Faire ça quand ça n'impactait personne ?

— Tu veux dire qu'ils envisagent la thèse du suicide ? demande William.

— Quoi d'autre ?

Krister n'a jamais su chuchoter, et on dirait que Gittan essaie de les faire sortir dans le couloir pour ne pas me réveiller. Mais c'est peine perdue, j'entends tout.

—Annika m'a accusé tout de suite, reprend William. Elle croyait que j'avais tué Erik et disait que j'avais enfin obtenu ce que je voulais.

—J'ai entendu, dit Gittan d'une voix tremblante de colère. Cette femme est complètement folle. Comment ose-t-elle proférer des accusations pareilles ? C'est insensé ! Et puis, pourquoi faut-il qu'elle ressorte sans arrêt cette vieille histoire ? Tu devrais la dénoncer.

—Calme-toi, maman. Annika était sous le choc, elle a parlé sans réfléchir, elle ne le pensait pas vraiment.

Il a l'air beaucoup plus calme qu'hier soir et c'est bien la première fois qu'il prend la défense de ma mère. Peut-être que le fait d'attendre un enfant l'a rendu soudain plus sensible.

Quand il l'a appris, William a pleuré. Des sanglots si violents que j'ai commencé à me demander s'il s'agissait de joie ou de désespoir. Il m'a assuré qu'il était heureux, que c'étaient des larmes de bonheur. On a alors pleuré tous les deux, à la fois pour cette merveilleuse nouvelle et pour toutes les épreuves qu'on venait de traverser.

—N'en sois pas si sûr, rétorque sa mère. Annika a toujours aimé chercher les embrouilles, elle prend plaisir à faire du mal aux gens. Le conflit, c'est son carburant.

Je devrais être outrée, pourtant ma belle-mère a raison. Maman n'a jamais autant d'énergie que quand il s'agit de mettre la pagaille. Et quand j'y repense, c'est vrai qu'elle a provoqué beaucoup de conflits. Surtout pour Erik. Pour lui, elle serait partie en guerre.

Quand il était en primaire, elle s'est pris le bec avec Johan Lilja, le père de l'un des goals de l'équipe de mon frère. Elle répétait l'origine de la dispute à qui voulait bien l'entendre, c'était devenu une anecdote familiale, une légende qu'on ressortait à toutes les grandes occasions.

Les garçons disputaient leur match, menés au score par l'équipe adverse. Pour encourager son fils, les mains en porte-voix devant la bouche, Johan s'était mis à hurler :

— Ce n'est pas ta faute, Manne, c'est à cause des défenseurs !

Erik, à l'époque en position d'arrière droit, a dès lors perdu toute son assurance. D'après maman, il aurait ensuite perdu tous ses duels et l'équipe aurait fini par se faire écraser.

Évidemment, pour elle, c'était la faute du père de Manne et il n'allait pas s'en tirer à si bon compte. Johan ne s'est pas laissé marcher sur les pieds et l'affaire s'est transformée en vendetta personnelle. Quand j'y repense, maman n'avait pas l'air d'en être particulièrement touchée. Au contraire, elle semblait prendre plaisir à remuer le couteau dans la plaie dès qu'elle recroisait Johan Lilja. Je me souviens même de sa satisfaction quand Manne a échoué à son essai pour entrer dans l'équipe de Malmö et qu'il est revenu dans son ancienne team la queue entre les jambes.

— Sûrement la faute des défenseurs, a-t-elle dit à papa en souriant.

Dans le couloir, la conversation est terminée et j'entends William se rapprocher du lit. Il se glisse sous les couvertures et me serre contre lui pour me chuchoter :

— Comment tu te sens ?

— Bof. Je n'ai pas fermé l'œil.

— Moi non plus.

Nous laissons le silence s'étirer.

— Tu crois que quelqu'un l'a tué ? demande-t-il soudain tout bas, comme s'il craignait qu'on nous entende.

— Non. Qui lui en aurait voulu à ce point ?

— Il y avait peut-être une bonne raison. Erik savait une chose qu'il fallait à tout prix garder secrète.

Je ferme les yeux, puis les rouvre. La chambre n'a pas bougé. Rien n'a changé.

— Ce serait qui ? Toi, papa ou Krister ?

Il souffle.

— Ce n'est pas drôle, Emily. Tu sais qu'aucun de nous ne ferait une chose pareille. (Il pose la main sur mon ventre.) Tu es vraiment sûre d'être enceinte ?

— À cent pour cent.

85

Mats

— Ah, t'es là, me lâche Krister en me poussant vers le chemin de graviers. Je peux te dire un mot ?

Ce n'est pas une question, c'est un ordre.

— On en reparle, dis-je à Annika, qui reste plantée dans la cour en lui lançant un regard noir. Je t'appelle quand on est prêts à partir.

Krister presse le pas et nous dépassons la terrasse. Je me retourne pour jeter un bref coup d'œil à l'une des grandes fenêtres de la salle d'où nous observe Isobel. Je lui fais signe pour qu'elle ne s'inquiète pas. Elle lève les bras, lassée que je l'abandonne constamment.

— Mats. Je… je suis désolé. Sincèrement.

C'est bien la première fois que je vois Krister Nihlzén chercher ses mots. Il a l'air ému. À moins qu'il fasse semblant.

— Merci.

Je remonte la fermeture Éclair de ma petite veste. La chaleur estivale d'hier a complètement disparu.

Il se racle bruyamment la gorge et crache dans l'herbe.

— Tu en as parlé à quelqu'un ?

Sa question sort de nulle part.

— Non. Pourquoi j'aurais fait ça ?

— Je ne sais pas. Sous le coup de l'émotion, de la tristesse.

Il n'a pas tort. Il y a deux minutes, j'étais à deux doigts de tout balancer à Annika. Je trouvais qu'elle avait le droit de savoir pourquoi Erik allait si mal. Ce n'était pas seulement son handicap, il devait vivre la conscience lourde. Mais, au dernier moment, je me suis retenu. On a gardé le secret pendant si longtemps, qu'aurais-je à gagner en révélant tout maintenant ? La police n'a pas fait le rapprochement entre les restes trouvés à Häckeberga et l'accident survenu il y a huit ans. Et je doute fortement qu'Annika soit capable de le garder pour elle, en particulier quand elle a bu, or cet aveu nous pourrirait la vie, y compris à Emily.

Si je suis aussi réticent à l'idée d'avouer, c'est peut-être par crainte que ma fille me déteste. Et si, en apprenant ce qu'on a fait, elle ne me le pardonnait jamais ? Elle pourrait couper les ponts avec moi comme elle l'a fait avec Annika, et ça, je ne le supporterais pas.

Et puis, il y a Isobel.

— Je n'ai rien dit à personne. La police, Annika, Isobel, Emily, personne n'est au courant.

— Tant mieux, répond Krister, satisfait. Et l'appel que tu as passé aux urgences ce soir-là, personne ne peut remonter jusqu'à toi, pas vrai ?

— Non, tu le sais très bien.

— Oui, peut-être, s'empresse-t-il d'opiner. N'empêche que ça fait longtemps, j'ai besoin de me rafraîchir la mémoire. (Une ride se creuse entre ses sourcils.) Mais on a un autre problème. Enfin, ce n'est pas vraiment un problème, mais j'ai pensé qu'il fallait que tu le saches.

— Que je sache quoi ?

Nous approchons du lieu de l'accident. La Rubalise bleu et blanc claque au vent, je détourne le regard. Loin de moi l'envie de me remémorer ce que j'ai vu hier soir.

— Moi, j'en ai parlé, dit-il. À mon fils. Il est venu me voir hier soir et… En fait, Erik lui a laissé entendre qu'il en avait gros sur le cœur, qu'il avait besoin de se décharger. J'ai essayé d'éviter le sujet, mais William avait l'air… (Il grimace.) Je n'ai pas pu. J'avais besoin de jouer cartes sur table.

Je regarde la mer s'agiter, les crêtes de ses vagues se froissent sous l'écume. Emily va découvrir la vérité d'une minute à l'autre. William ne pourra pas garder le secret.

— Et maintenant, Erik est mort, murmuré-je en fourrant mes mains dans mes poches pour serrer les poings. C'est peut-être une coïncidence, mais…

— Je t'arrête tout de suite. Tu as de bonnes raisons de voir les choses sous cet angle, surtout là, en plein deuil. (Son regard se fait insistant.) C'est vrai, William était furieux, mais il en avait surtout après moi. Après nous. Il nous en voulait d'avoir enterré… (Il se tait, cherche comment formuler son idée.) Il a compris qu'Erik n'avait rien à voir avec notre décision, finit-il par dire. Il n'aurait jamais fait ça. Je te le jure.

Et toi ? ai-je envie de lui dire. *Jusqu'où serais-tu prêt à aller pour sauver ta réputation et celle de ta famille ?*

Mais je le garde pour moi, évidemment.

86

Annika

Je reste un long moment seule dans la cour et hésite à retourner dans la salle du petit déjeuner, mais l'idée même de voir des œufs brouillés froids me donne la nausée. Je préfère prendre à gauche en direction de l'annexe. Autant faire mes bagages au lieu de tourner en rond. Quand je pense que je vais me coltiner tout le trajet avec Mats et Isobel… N'y a-t-il pas d'autres gens qui vont à Malmö ?

Mats est resté sceptique à l'idée que William ait pu tuer Erik. Il n'a rien voulu entendre de mes arguments selon lesquels sa mort pourrait être liée à l'accident.

— La police est sur le coup, m'a-t-il dit. Laisse-les faire leur boulot. Je te rappelle que tu parles du mari d'Emily. Réfléchis bien avant de l'accuser de meurtre ; après, tu ne pourras plus revenir en arrière.

Mats semble plutôt croire que notre fils s'est suicidé.

— Ce serait affreux si on découvrait qu'Erik a préféré en finir plutôt que de nous demander de l'aide, mais il allait très mal et tu le sais. Parfois, je t'assure qu'il a touché le fond. Il a d'ailleurs fait une crise de panique juste avant de venir. Pour lui, c'était terriblement éprouvant de revoir tous ces gens qu'il n'avait pas recroisés depuis le procès.

Concernant la santé mentale de notre fils, il marquait un point, mais je lui ai rappelé que s'il avait voulu se tuer, il s'y serait pris intelligemment. Personne n'aurait opté pour une chute en fauteuil au pied d'une pente tapissée de gazon. Le fauteuil aurait pu se coincer et basculer bêtement sur place, avec pour seule conséquence de tacher d'herbe son joli costume.

Mats était d'accord, mais il soutenait que, si Erik était bouleversé, il avait pu agir sur un coup de sang.

— Laisse faire la police et ne te mêle pas de l'enquête, Annika, a-t-il répété. Épargne-leur tes théories.

Malgré le crissement des graviers sous mes pas, j'entends des voix provenant du château. Je me retourne et aperçois la famille Jafari qui descend l'escalier. Ibbe et sa femme ouvrent la marche, suivis de Massoud et de Fariba avec Milo dans les bras. Ils vont probablement rassembler leurs affaires et rentrer à Söda Sandby, où ils feront chauffer le samovar et débrieferont sur les événements de cette nuit. Je ne serais pas étonnée qu'ils croient au suicide d'Erik et me mettent cette responsabilité sur le dos.

Je presse le pas jusqu'à l'entrée de l'annexe et m'arrête devant la porte pour chercher ma carte magnétique dans mon sac. Avant que Krister ne débarque, Mats m'a demandé s'il pouvait faire quoi que ce soit pour moi. Si j'avais quelqu'un à appeler pour me soutenir, pour que je ne sois pas seule.

Je n'ai besoin du soutien de personne. Tout ce que je veux, c'est qu'on me rende mon fils, or Mats ne peut rien y faire. Non, personne ne peut m'aider.

Quand je retrouve enfin ma carte et l'agite devant le boîtier, une main se pose sur mon épaule. Je sursaute et fais volte-face.

— Désolé, dit Ibbe. (Ses cheveux sont toujours aussi brillants et bien coiffés, mais il a mauvaise mine, il semble fatigué.) Je ne voulais pas te faire peur. (Il sourit, mal à l'aise.) Je suis vraiment désolé. Pour ce qui est arrivé à Erik.

(Je le regarde en silence.) On est tous sincèrement navrés, ajoute-t-il en embrassant d'un geste sa famille venue se rassembler derrière lui.

Massoud, Fariba avec Milo, la femme d'Ibbe, et même Gittan et Krister, le club est au complet. Tous, à l'exception de Milo, ont l'air très gênés et se languissent d'en finir avec les condoléances.

Ces lâches m'envoient Ibbe en porte-parole pour ensuite rentrer chez eux la conscience tranquille.

Malgré mes mains tremblantes, j'arrive à maintenir la carte devant le lecteur assez longtemps pour déverrouiller l'entrée de l'annexe. Sans un mot, je pousse la porte et fonce dans ma chambre.

— Et merde ! fulminé-je en tapant du poing sur le bureau. Merde, merde, merde.

Le minibar est tellement proche, juste là, à deux mètres de moi. Il suffirait d'ouvrir cette petite armoire pour trouver chaleur et réconfort. Je tends la main vers la poignée, mais résiste et parviens à la retirer pour frapper à nouveau le bureau. Je tambourine jusqu'à en avoir des fourmis dans les bras, puis m'effondre sur le lit, en sueur, à bout de souffle, le regard fixé au plafond.

Je pourrais essayer de dormir, mais je n'y arriverais pas. Retrouverai-je seulement le sommeil un jour ?

Le regard accusateur de Kafka m'apparaît soudain. Pour l'instant, il ne doit manquer de rien, mais je ressens le besoin étrange de retrouver mon chat. Je veux juste rentrer chez moi. Si je n'ai pas d'autre solution, j'appellerai un taxi.

Mes vêtements et chaussures finissent pêle-mêle dans ma valise. Sans même remettre mes affaires de toilette dans la trousse, je pose la valise directement sur le lavabo et y jette en vrac tout mon maquillage et mes bijoux posés sur l'étagère de la salle de bains.

Soudain, tout s'arrête. Mes jambes se dérobent, des points lumineux se gravent sur ma rétine. Je glisse sur le sol carrelé et repose ma tête sur mes genoux pliés en cherchant difficilement mon souffle.

Erik est mort.

Il est vraiment mort.

Je n'en peux plus, mais je dois trouver la force de partir d'ici. Loin de tous ces gens.

Mon sac à main est posé sur le lit. À quatre pattes, je me traîne jusque dans la chambre, m'empare du téléphone et fouille dans mes contacts.

— Annika ? s'étonne Pirkko, la voix endormie. Qu'est-ce qui t'arrive ?

87

Emily

— Bon, on y va ? (Je me lève du lit où je me suis effondrée après ma douche. J'ai les genoux encore flageolants.) Qu'on en finisse.

— Tu n'es pas obligée de descendre, m'assure William en suspendant sa veste sur un cintre qu'il glisse dans la housse à vêtements avant de tirer la fermeture Éclair. Personne ne te l'impose. Tu as perdu ton frère, les gens comprendront. On peut demander à se faire livrer le petit déjeuner.

Il a raison, nous n'avons pas besoin de descendre pour voir tout le monde. Je préférerais ficher le camp sans croiser personne. Seulement, il faudra bien que je sorte d'ici et ce n'est pas en m'enfermant que ça changera quoi que ce soit.

— Non, ça va aller, murmuré-je en me dirigeant vers la porte, dont j'agrippe le cadre pour ne pas tanguer. Les gens sont venus des quatre coins du pays, il faut au moins les remercier, ne serait-ce que pour leurs cadeaux… Et puis, nous excuser pour le désagrément, un truc comme ça.

William me suit sans grande conviction.

— Tu es sûre que tu vas y arriver ? (Il me caresse tendrement la joue.) Il faut que tu prennes soin de toi, maintenant. Que tu sois prudente.

En posant la main sur la poignée, je m'arrête net.

— Où est mon bracelet ?

— Lequel ?

— Le bracelet de perles que tu m'as offert.

Je titube jusqu'à la salle de bains et trouve l'écrin, vide, évidemment. Mon collier est toujours autour de mon cou et mes boucles d'oreilles pendent à mes lobes. Je regarde autour de moi, prise d'une sueur froide. Cissi croit aux horoscopes et elle porte des cristaux sur elle pour leurs différentes énergies. Moi, je n'ai jamais été superstitieuse, mais c'est plus fort que moi, je vois la disparition de ce cadeau de mariage comme un mauvais présage.

Je retourne près du lit, me mets à fouiller les draps et les couvertures. J'ai dû oublier de l'enlever avant de me coucher. En tout cas, il n'est pas là, et n'est pas sous le lit non plus, je n'y trouve que quelques moutons de poussière sur le parquet. C'en est trop, je n'en peux plus. C'est la goutte d'eau qui fait déborder le vase.

— Il ne peut pas avoir disparu comme ça !

Je me redresse d'un coup et la pièce se met à tourner.

— On le retrouvera en faisant nos bagages, tente de me rassurer William en m'attrapant doucement par le bras. Comment tu te sens ?

— Je fais aller.

En descendant l'escalier, le vertige me prend à nouveau. Je ne sais pas si c'est la grossesse, la perte de mon bracelet ou la tension générale, toujours est-il que mon calme apparent n'est qu'une façade ; intérieurement, c'est la panique. Bientôt, on rentrera à la maison et je pourrai enfin m'effondrer. En paix.

— Emily ?

Cissi est dans le hall avec Karl Forselius et d'autres convives. Elle tapote brièvement l'épaule de William, puis se précipite à ma rencontre.

— Ma chérie, ça va ?

J'ai à nouveau la gorge serrée par des sanglots que je m'efforce de ravaler.

— C'est… c'est la galère. Je te jure, c'est la merde. Il me tarde de rentrer chez moi.

— Oh, ma pauvre, soupire-t-elle en me prenant dans ses bras. Je n'arrive pas à croire qu'il nous a quittés.

— La police est toujours là ?

— Je crois, me répond-elle en passant la main dans mon dos. Mais ils auront bientôt terminé. Au fait, Amanda m'a demandé de te faire un bisou de sa part. Ils viennent de partir. Elle a dit qu'elle t'appellerait.

Mon amie s'écarte quand la porte du château s'ouvre brutalement. Une femme corpulente aux cheveux bouclés blond platine pénètre en trombe dans le hall.

— Emily, me salue-t-elle, à bout de souffle. Bravo pour… félicitations et… hum, je suis désolée. Oh, mon Dieu, excuse-moi, je ne sais pas comment…

Je mets quelques secondes avant de reconnaître Pirkko Larsson, la collègue de travail de ma mère. Elles ont commencé à travailler pour la même boîte quand j'étais petite. Elle venait souvent à la maison, remplissant la cuisine de son rire sonore. Je suppose qu'elles travaillent toujours ensemble.

— Merci, dis-je en l'attirant à l'écart. Comment… Qu'est-ce que tu fais là ?

— Annika m'a appelée. (Elle sort un mouchoir de sa poche et s'éponge le front.) Où est-elle ?

Je regarde autour de moi.

— Hum… Je ne sais pas. Elle t'a dit qu'elle partait ?

— Non, mais j'ai eu du mal à la comprendre, ses propos étaient complètement décousus. Je me suis inquiétée qu'elle… tu sais, qu'elle boive trop… J'ai essayé de te joindre, puis j'ai tenté Mats, mais personne ne décrochait alors…

— Mon Dieu. William ? William !

Interrompu dans sa conversation avec Karl Forselius, il me regarde avec surprise.

— Qu'est-ce qu'il y a ?

— C'est maman. Il faut qu'on la retrouve.

88

Mats

Isobel et moi venons de rendre la clé de notre chambre et nous dirigeons vers la voiture quand Emily traverse la cour à toute vitesse. William la suit de près et l'angoisse me prend à la gorge. Je n'avais pas l'intention de partir sans dire au revoir à ma fille, mais j'espérais esquiver le reste de la famille Nihlzén.

— Où est… (Elle reprend difficilement son souffle.) Où est maman ?

— Aucune idée. Je viens de lui envoyer un message pour lui dire qu'on était prêts à partir, si elle veut qu'on l'emmène.

Une main potelée se tend vers moi.

— Salut, Mats, ça fait longtemps. (Pirkko Larsson apparaît de nulle part.) Annika m'a appelée, elle avait l'air bouleversée et m'a demandé de venir au plus vite. Quelqu'un sait où elle est ?

— Vous êtes allée voir dans sa chambre ? demande Isobel en montrant l'annexe.

Emily prend Pirkko par la main.

— Viens, je sais où c'est.

Annika a-t-elle craqué ? Pourvu qu'elle ait réussi à garder ses distances avec le minibar. Elle aurait pu attendre d'être chez elle au lieu de se ridiculiser en public pour la énième fois.

Après le divorce, elle a littéralement sombré dans l'alcool. À plusieurs reprises, Emily m'a appelé en pleurs, terrifiée par l'état de sa mère, ne sachant pas si elle était morte ou en passe de l'être. Un dimanche matin, Emily est rentrée de chez Cissi et l'a retrouvée complètement sonnée sur son lit couvert de vomi.

Une autre fois, j'ai dû aller chercher mon ex-femme en ville. C'était un samedi soir, Isobel et moi étions invités à dîner à Höllviken quand mon téléphone a sonné. Sur le coup, j'ai voulu ignorer l'appel, on passait un bon moment et je me doutais qu'Emily n'appelait pas simplement pour prendre des nouvelles. Mais j'ai fini par décrocher, bien entendu. La culpabilité pesait déjà de tout son poids sur mes épaules et, même si j'en avais plus qu'assez d'Annika, je ne pouvais pas laisser ma fille en plan. Ma soirée s'est terminée par un trajet en taxi jusqu'à un bar miteux de Södervärn où j'ai embarqué Annika pour la ramener chez elle et la veiller jusqu'à ce qu'elle évacue littéralement tout l'alcool de son corps.

William reste planté là, entre le bâtiment de la salle de conférence et l'annexe, l'air indécis. Je suis frappé de voir que, pour une fois, il n'arbore pas son aura habituelle de mec accompli et gorgé de confiance en lui. Il a l'air avachi, noyé dans des vêtements trop grands.

Je fais quelques pas vers lui.

— Comment tu te sens ?

Il secoue lentement la tête en regardant en direction de la porte derrière laquelle Emily vient de disparaître avec Pirkko.

— Ce n'est pas la grande forme. (Il se retourne vers moi.) Et toi ?

— Pareil.

On ne s'est presque pas parlé depuis qu'Erik a été retrouvé mort. Si on se lance, j'ai peur de ce que je pourrais dire. Je n'arrive pas à m'enlever de la tête que William ou Krister – ou les deux – ont un rapport avec tout ça.

— On se tient au courant, dis-je. On ne va pas tarder à partir. Tu diras à Emily que je lui passerai un coup de fil dans l'après-midi.

Il opine et s'éloigne vers l'annexe.

Isobel et moi reprenons le chemin du parking en traînant nos valises sur l'asphalte. On s'approche de la voiture quand une voix de femme appelle mon nom.

— Nous aurions encore quelques questions à vous poser. (La policière des interrogatoires d'hier soir, Fager quelque chose, marche vers nous d'un pas décidé.) Dans l'idéal, nous aimerions vous recevoir tout de suite.

— Bien sûr, réponds-je. Je peux d'abord charger nos valises dans le coffre ?

Isobel observe sombrement la policière, puis tourne son regard inquiet vers moi.

— Qu'est-ce qu'ils te veulent ?

— Aucune idée.

Bornemark – ou Borneklint, je ne sais plus – Fager adresse à ma compagne un sourire qui n'a rien de chaleureux.

— Nous avons reçu de nouvelles informations ce matin et aurions besoin de les confirmer.

Elle pourrait ajouter : « Ne vous en faites pas, ce ne sera pas long » ou « Rassurez-vous, nous n'avons pas prévu de l'arrêter ».

Mais elle n'en fait rien.

89

Emily

— Maman ? (Je frappe encore à la porte.) Maman, tu es là ?

Dans la chambre, pas un bruit, et déjà mon cerveau imagine les pires scénarios. Un corps inerte dans une baignoire remplie d'eau rouge sang. Ou ce corps inerte sur le lit entouré de vomi et de cadavres de bouteilles.

Erik était tout pour maman. Dès ma plus tendre enfance, j'ai eu l'impression qu'elle le préférait à moi. C'était comme s'il absorbait tout son amour. Comme si ses réserves ne suffisaient pas à nous aimer autant tous les deux.

Peut-être que je n'étais pas prévue. Qu'Erik n'était pas censé avoir de petit frère ou de petite sœur. Cette question m'a souvent effleuré les lèvres, mais je n'ai jamais osé la poser. Sans doute par crainte de la réponse.

Erik était bon en tout, tandis que moi, j'étais perpétuellement passable. Maman s'investissait corps et âme dans le football d'Erik, elle se tenait sur la touche en hurlant comme une folle et pouvait relater ses exploits pendant des heures.

Quand je me suis mise au floorball, elle est restée parfaitement de marbre. Je devais me rendre à l'entraînement seule, qu'il pleuve ou qu'il vente. Elle n'a jamais assisté à un seul match. Papa est venu quelques fois m'encourager, et il l'aurait fait plus souvent s'il avait pu. J'ai fini par abandonner. Je ne faisais pas cette activité pour attirer l'attention de mes parents, mais il n'empêche que, sans le soutien d'un adulte, ça devenait trop contraignant. N'étant pas d'une nature ponctuelle, j'arrivais souvent en retard à l'entraînement. Et puis, à la longue, j'étais gênée de demander aux parents des copains de me conduire à tous les matchs.

À table, on abordait souvent les résultats scolaires de mon frère.

— Impressionnant, hein ? disait maman en nous fourrant les contrôles sous le nez. Encore une bonne note en anglais.

En réalité, il y avait une matière dans laquelle j'excellais : les maths. Mais, dans le monde de maman, les langues avaient bien plus de valeur, et mes bonnes notes passaient à la trappe. Quand j'avais vingt sur vingt et voulais expliquer l'intelligence du procédé que j'avais appliqué pour résoudre un problème, elle bâillait ou se levait pour débarrasser. En tout cas, c'est le souvenir que j'en ai.

— Je t'en supplie, Annika, ouvre ! (Pirkko se retourne vers moi.) Et si elle était tombée dans les vapes ? Ou si elle avait pris des cachets…

— Tu crois qu'elle… (On a couru si vite que je m'interromps pour reprendre mon souffle.) Elle était sous traitement ?

— Non. Enfin, pas à ma connaissance, mais…

Elle se tait en entendant claquer le verrou, et maman apparaît devant nous. Elle est tout habillée, sans la moindre trace de sang, et n'a pas l'air soûle pour un sou. Seuls ses yeux rougis trahissent que ce n'est pas la grande forme.

Je me sens soudain agacée, mais je ne sais pas qui m'énerve le plus : maman, pour m'avoir replongée dans les états de panique de mon adolescence, ou moi-même pour m'être laissé submerger par mes émotions alors que je m'étais juré de garder mes distances avec ma mère.

—À la bonne heure, soupire sa collègue en la prenant dans ses bras. J'étais morte d'inquiétude, j'ai cru que… (Elle secoue la tête.) C'est affreux, ce qui est arrivé à Erik. Que s'est-il passé exactement ? C'est quand même dingue que… (Elle s'interrompt pour se tourner vers moi.) Excuse-moi. Je suis désolée, je…

—Ce n'est pas à toi de t'excuser, l'interromps-je avant de regarder ma mère. Mais à elle, pour avoir sonné l'alerte pour rien.

Maman pose sur moi son regard vide.

—Je n'ai sonné aucune alerte. C'est mon amie que j'ai appelée, pas toi.

90

Annika

— Tiens, me dit Pirkko en posant une tasse de café au lait sur la table de chevet avant d'aller s'asseoir dans l'un des fauteuils. Tu n'es pas obligée de rendre la clé de ta chambre tout de suite, ils n'auront pas d'autres clients un dimanche.

Je m'empare de la tasse et bois prudemment pour ne pas me brûler la langue. Beurk, ce n'est pas bon du tout.

— Je t'ai ajouté un peu de sucre. J'ai pensé que ça t'apporterait un regain d'énergie.

Elle sait pertinemment que je n'aime pas sucrer mon café, mais elle applique le remède parfait pour les personnes en état de choc : du sucre et des couvertures chaudes.

— Merci d'être venue.

— C'est normal. Tu avais l'air bouleversée au téléphone. Ce que je peux comprendre, au vu des circonstances.

Un silence s'installe, pendant lequel nous sirotons notre café. Une volée d'oies fend le ciel gris derrière la fenêtre.

— Tu veux en parler ? murmure mon amie en s'enfonçant dans son fauteuil, qui proteste par un grincement. Tu n'es pas obligée, mais… Parfois, ça fait du bien.

Discuter ne me ramènera pas Erik. Toutefois, je repose ma tasse sur la table de nuit, ajuste mes oreillers dans mon dos et me lance dans mon récit. Pirkko écoute attentivement ma description de la cérémonie, puis du somptueux dîner. Elle éclate de rire à l'étape de mon discours et de la façon dont Mats m'a fait sortir de la salle.

— Excuse-moi, se reprend-elle, gênée. Mais c'est tellement toi.

J'en viens ensuite à Erik, retrouvé au pied de la pente, lui décris la scène et les personnes présentes. C'est quand je raconte comment Nike a tenté de le ranimer que Pirkko se met à sangloter. J'ai la gorge serrée et le cerveau au bord de l'implosion, mais je poursuis mon histoire, lui relate le chaos qui a suivi et les interrogatoires de la police.

— C'est affreux… Je n'arrive pas à y croire, murmure-t-elle quand j'ai terminé.

Le souvenir de la pitoyable tentative des Jafari et des Nihlzén pour montrer un semblant de compassion ravive ma colère, il n'y a pas mieux pour chasser efficacement ma tristesse.

— Je vais te dire une chose, déclaré-je à mon amie, bien consciente que je m'apprête à rompre la promesse que j'ai faite à Mats de ne pas répandre des théories sans fondement. Mais tu dois me promettre de ne le répéter à personne.

Elle semble d'abord effrayée, puis pose une main sur son cœur.

— Je te le jure sur l'honneur.

— Je crois… enfin non, je suis *sûre* que William a tué Erik.

— *Quoi* ? se révolte-t-elle en portant une main à sa bouche. Qu'est-ce que tu racontes ? Je croyais que c'était un accident.

Un silence, puis elle ajoute, hésitante :

— Ou peut-être un suicide.

Je secoue la tête.

— La police n'a encore rien affirmé, mais je suis convaincue que ce n'est ni l'un ni l'autre.

Les yeux écarquillés, ma collègue m'écoute développer la thèse d'une vengeance liée à un événement qui se serait produit le soir de l'accident de voiture, il y a huit ans.

— Mon Dieu. On se croirait dans un film ou un bouquin.

— Ne m'en parle pas. Certes, Erik avait des coups de mou, mais pourquoi se serait-il suicidé au mariage de sa sœur, franchement ?

— Et Emily, d'ailleurs, qu'en pense-t-elle, de ta théorie ?

Une douleur sourde me noue le ventre, sorte de rappel douloureux que j'ai porté et mis au monde trois enfants. Aujourd'hui, il n'en reste qu'un. Emily. La fille au regard froid.

Erik avait trois ans quand sa petite sœur est née. Ce fut une grossesse difficile, j'étais sans arrêt nauséeuse, fatiguée et gauche, mais je devais pourtant assumer la plupart des tâches ménagères à cause des horaires intenables de Mats. Il avait repris la boutique et travaillait jour et nuit. Comme nous avions eu un garçon mort-né avant Erik, je refusais de croire que tout se passerait bien tant que l'enfant n'était pas arrivé. Et elle est arrivée. Dans un hurlement, toute ridée et pleine de vie.

C'est un peu cliché, mais, en rentrant de la maternité, quand Emily était dans son siège bébé, j'ai eu la sensation que notre famille était enfin complète. Un garçon et une fille, que demander de plus ?

Bien sûr, il m'arrivait de penser à Oscar, cet enfant mort avant d'avoir vu le jour. Je me demandais à quoi il aurait ressemblé, quel genre de personne il serait devenu. Mais ça ne m'empêchait pas de me réjouir de mes deux petits. Au contraire, j'étais infiniment reconnaissante qu'ils soient là tous les deux et que tout se soit bien passé.

En plus, Emily était un bébé facile à vivre. Elle mangeait bien, faisait ses nuits et, entre les deux, c'était une fabrique à sourires. On n'a jamais eu de problème avec elle. Quand les autres parents se plaignaient de la crise des trois ans ou de la prépuberté, je n'y comprenais rien. À partir de l'adolescence, en particulier après l'accident d'Erik, on a eu quelques disputes, mais rien de méchant, elle était accommodante tout le reste du temps.

En tant que petite sœur, elle était obligée de suivre le mouvement quand on accompagnait son frère aux entraînements ou aux matchs. Elle se plaignait rarement. Puis, quand elle a commencé à s'en plaindre, elle était assez grande pour rester seule à la maison. J'avais l'impression que ça l'arrangeait bien de pouvoir échapper à l'univers du foot, elle pouvait rester dans sa chambre ou passer du temps avec Cissi. Mais en réalité, peut-être qu'elle s'est sentie abandonnée. On n'en a jamais vraiment parlé.

À quel moment notre relation a-t-elle pris ce virage glacial ? Quand a-t-elle cessé de se confier à moi quand ça n'allait pas ? Était-ce avant ou après qu'elle se mette avec William ?

Ma douleur au ventre se propage dans tout mon corps.

— Pirkko, chuchoté-je, car ma voix reste coincée dans ma gorge. Tu trouves que… j'ai été une mauvaise mère ?

— Pas du tout ! s'exclame-t-elle sans hésiter. Tu as été une mère formidable. Pense à tout le temps que tu as consacré au foot pour Erik. Tu as traversé tout le pays, tu étais à tous les matchs par tous les temps. Et puis, après l'accident, tu t'es battue bec et ongles pour qu'il obtienne justice.

— Oui, je sais, mais… (Les larmes me brouillent la vue.) Pour Erik, je sais que j'ai été une bonne mère. Ou en tout cas, j'ai essayé. (Pirkko ne dit rien et attend la fin de ma pensée.) Mais pour Emily… reniflé-je. Oh, Emily.

91

Mats

Il fait froid dans cette salle d'interrogatoire du poste de police d'Helsingborg. Borneklint Fager est accompagnée d'un homme à la chemise vert olive et à la coiffure des jeunesses hitlériennes. On devine sous le tissu de sa chemise le tracé de ses biceps dessinés.

— Henric Lunde, enquêteur, se présente-t-il en me tendant la main. Asseyez-vous, je vous prie.

J'essuie ma paume moite sur ma veste avant d'échanger avec lui une poignée de main, puis nous nous asseyons autour de l'unique table de la pièce. Quelqu'un y a posé trois verres, trois bouteilles d'eau, un ordinateur et un téléphone portable. Le mini Hitler fait cliquer sa souris pendant un moment avant de lever la tête pour me sonder de ses yeux bleu ciel et froids.

— Commençons, dit-il.

Borneklint Fager tripote le téléphone, puis le repose sur la table.

Lunde expédie rapidement les formalités d'introduction, puis poursuit sur le même ton :

— Bien. Nous aimerions que vous nous dressiez un bref compte-rendu de ce que vous avez fait hier soir, puis dans la nuit. Heure par heure, à partir du dîner.

Je me tourne vers sa collègue.

— À quoi ça sert ? Je vous ai déjà tout dit, à vous et à l'autre grande perche. Je ne comprends pas…

— Contentez-vous de recommencer, s'il vous plaît, insiste Lunde.

Pour la seconde fois en vingt-quatre heures, je raconte la petite scène d'Annika au repas, puis la façon dont je l'ai raccompagnée à sa chambre. Je leur explique ensuite que je suis retourné au château, où tous les invités étaient rassemblés dans la grande salle pour assister à la danse des mariés.

— Après, la piste était ouverte à tout le monde. Quand ma mère et ma tante ont voulu aller se coucher, on est sortis dire bonne nuit aux mariés. On a échangé quelques mots avec eux, puis j'ai escorté ces dames jusqu'à leur chambre avant de retourner à la fête.

Comme je fais une pause pour reprendre mon souffle, le mini Hitler a les doigts qui s'agitent. Je lui accorde donc plus de détails, la danse, les boissons, puis le moment où quelqu'un a fait irruption dans la salle en criant qu'Erik était blessé. Je termine par ma promenade nocturne jusqu'au parking.

À plusieurs reprises, ils reviennent sur tel ou tel horaire, et je commence à être étourdi. À avoir un doute sur l'ordre des choses et sur les heures que j'ai inventées pour avoir quelque chose à dire.

— Si j'ai bien compris… (Il fait défiler son écran une seconde, puis reprend.) Après avoir été interrogé par mes collègues, vous et votre compagne Isobel Perez êtes allés vous coucher. Il était donc un peu plus de 3 heures du matin. Ayant du mal à vous endormir, vous vous êtes souvenu que votre chargeur était resté dans la voiture. Vous êtes donc allé le chercher avant de retourner directement dans votre chambre, au château. C'est bien ça ?

— Tout à fait.

— Hum. (Henric Lunde lève les yeux de son ordinateur.) Dans ce cas, comment se fait-il qu'une caméra de surveillance placée au-dessus de l'entrée de l'annexe vous ait filmé à deux reprises cette nuit-là ? À 3 h 31 et 3 h 45, pour être précis.

— C'est… c'est impossible, dis-je, les lèvres tremblantes. Ce devait être quelqu'un qui me ressemblait.

— Cela m'étonnerait, réfute-t-il en me fixant de son regard froid. Laissez-moi vous montrer quelques images.

Il tourne l'écran vers moi et, même si je fais semblant de chercher mes lunettes pour gagner du temps, avant même que je ne les pose sur mon nez, j'aperçois sur les deux images un homme rasé de près, en léger surpoids, vêtu d'un tee-shirt blanc, devant les portes vitrées. Sur chaque image, des chiffres indiquent l'heure.

Je sue comme un porc. Comment me sortir de ce pétrin ? J'ai envie de hurler, mais j'essaie plutôt de sourire.

— Ben mince… Je ne me souviens plus très bien. Il faut dire qu'à cette heure-là, j'étais encore un peu éméché.

— Vraiment ? (Borneklint Fager semble se réveiller.) Dans mon souvenir, vous aviez les idées claires lors de notre interrogatoire dans la soirée. Auriez-vous bu après ça ?

Intérieurement, je me maudis.

— J'ai pris quelques verres pour me détendre. Ce n'est pas interdit, si ? (La colère monte et me prend par surprise.) J'étais sous le choc, vous pouvez le comprendre, non ? Qu'est-ce que vous attendez de moi, au juste ? Mon fils est mort et vous voulez que je me souvienne du moindre de mes gestes cette nuit-là, de tous les horaires et…

— Nous comprenons que ce soit difficile pour vous, débite le mini Hitler sans une once d'empathie dans la voix. Admettons, vous avez des trous de mémoire. Maintenant que vous voyez ces photos, pouvez-vous expliquer ce que vous comptiez faire dans l'annexe ?

Concentrons-nous. Que savent-ils ? Sont-ils vraiment au courant de quelque chose, ou est-ce du bluff ? Jusqu'où puis-je me permettre de pousser les explications ? J'ai bien conscience de ce pour quoi je passe à leurs yeux, et quoi que je dise, je paraîtrai suspect.

— Ah, ça me revient. (Les agents échangent un regard entendu, que j'ignore.) Nike, l'auxiliaire de vie d'Erik, avait l'air bouleversée après son interrogatoire, ça m'a inquiété et je voulais m'assurer qu'elle allait bien. Quitte à être dehors, autant faire le crochet.

— En pleine nuit ?

— Oui, en pleine nuit. (Je le regarde droit dans les yeux.) C'est souvent là que les personnes tristes ou déprimées sont au plus mal, or Nike était sous le choc. Pour elle, mon fils n'était pas un simple patient, c'était un ami.

— Certes, soupire l'agent en croisant les bras. Mais pourquoi seriez-vous allé la voir deux fois ? À moins que d'autres convives aient bénéficié de vos visites nocturnes ?

— Non. (Je remarque le tressaillement au coin des lèvres de sa collègue.) Non, répété-je avec insistance. Je suis allé voir Nike, personne d'autre. Elle… Elle voulait de l'aspirine pour son mal de tête. Comme les cachets étaient dans la voiture d'Erik, j'ai profité d'aller chercher mon chargeur pour les récupérer.

— Comme c'était gentil de votre part. (Quand Lunde se penche sur la table, je lutte contre l'envie de reculer.) Et l'ordinateur d'Erik ? Qu'avez-vous à dire là-dessus ?

92

Annika

— Bon, tu es sûre de vouloir y aller ? demande Pirkko en faisant claquer le coffre de sa Kia d'un rouge éclatant. J'ai tout mon temps si tu veux parler à Emily avant de partir.

Je refuse, ayant déjà passé beaucoup trop de temps ici. Mon amie a insisté pour que je me repose une heure avant de sortir de la chambre.

— Tu l'as entendue, elle ne veut rien avoir à faire avec moi.

— C'est ton interprétation, rétorque mon amie en ouvrant la portière pour s'installer derrière le volant. Et puis, il nous arrive à tous de dire des choses qu'on ne pense pas. Au fond d'elle, peut-être que ta fille aimerait que vous ayez une bonne discussion, toutes les deux.

Je m'effondre sur le siège passager, le regard errant vers le château. La vigne vierge ondule dans le vent et le ciel gris foncé marque un contraste saisissant avec la façade couleur sable.

— Dans ce cas, elle n'avait qu'à me le dire. De toute façon, je ne suis même pas sûre d'avoir envie de lui parler.

Ma copine démarre le moteur et enclenche la marche arrière.

— Il ne te reste plus qu'elle, maintenant, me dit-elle doucement. Ne l'oublie pas.

Nous laissons Örenäs derrière nous et de grosses gouttes commencent à tomber sur le pare-brise. Je contemple leur tracé sinueux sur la vitre. À une époque, pendant les trajets en voiture sous la pluie, Erik s'amusait à choisir deux gouttes qui devaient concourir pour arriver les premières en bas du pare-brise. Il jouait au commentateur avec le même enthousiasme que les journalistes sportifs à la télé. Les expressions d'adulte qui sortaient de sa bouche d'enfant nous faisaient beaucoup rire.

Des larmes me piquent les yeux et je me tourne vers Pirkko, qui conduit légèrement penchée sur le volant.

— Je… (Ma voix se fêle.) Je veux le voir.

— Erik ? demande-t-elle sans tourner la tête. (J'opine.) Ce doit être faisable. Tu sais qui contacter ?

— On m'a donné une carte de visite. (Je plonge la main dans mon sac sans toutefois sortir le bout de carton.) La policière qui menait l'interrogatoire hier soir m'a dit de l'appeler s'il y avait quoi que ce soit.

À l'approche de la bretelle d'accès de l'autoroute, elle appuie sur le champignon.

— Parfait. Tu pourras l'appeler demain à la première heure. Ce sera plus simple de la joindre un lundi.

Comme je prends une longue inspiration et souffle lentement, elle ajoute, toujours sans quitter la route des yeux :

— Tu es sûre de vouloir rester toute seule ? Kafka, ça ne compte pas. Je sais qu'il a faim, on peut passer à Småfolksgatan pour lui donner à manger, mais ensuite, tu peux venir quelques jours chez moi.

— C'est gentil, mais ce n'est pas nécessaire.

Elle me connaît bien et doit craindre que je me réfugie dans l'alcool. C'est précisément ce que je compte faire.

Mon cubi de rouge m'attend dans la cuisine et c'est la seule chose qui m'aide à tenir le coup.

Mon téléphone sonne dans mon sac. Sans doute un paparazzi qui cherche à obtenir le témoignage de la mère en deuil. Je laisse sonner. Si la personne a une chose importante à me dire, qu'elle me laisse un message. Aujourd'hui, je n'ai aucune envie de parler à des inconnus.

La pluie s'intensifie et fouette la vitre que les essuie-glaces s'échinent à balayer en vain, car on distingue difficilement la route. Le ciel pleure, une métaphore vieillotte mais idoine.

Pirkko toussote comme pour s'éclaircir la voix.

— Du coup, tu as dit à la police que tu soupçonnais Erik d'avoir été victime d'un assassinat ?

— Oui, murmuré-je en fixant la chaussée mouillée. Mais j'ai eu l'impression qu'ils ne me prenaient pas au sérieux.

Elle marmonne d'un air pensif, puis me demande :

— Tu crois vraiment que… Franchement, au fond de toi, tu imagines William capable de tuer quelqu'un ? Excuse-moi, mais j'ai du mal à croire à un meurtre. C'est irréel.

Je ferme les yeux et me repose contre l'appuie-tête. Elle a raison, c'est irréel. Peut-être qu'il ne l'a pas tué volontairement, ce pouvait être un accident, après tout. Mais dans ce cas, pourquoi mentir ? Pourquoi fuir au lieu d'appeler une ambulance ? Et puis, deux accidents graves, c'est trop gros pour être un hasard.

— Quand j'y pense, tu as peut-être raison, soupire mon amie. Après tout, William est reparti au poste.

Je me tourne vers elle.

— En ce moment ?

Elle fait signe que oui.

— Je suppose qu'il y est toujours. Quand je t'attendais, une femme est venue lui demander de la suivre à Helsingborg pour un interrogatoire complémentaire. Il y est allé avec la voiture d'un ami. Ils ont aussi demandé à Mats de venir au commissariat.

— Mats ? répété-je.

Je regarde les panneaux lumineux du Center Syd défiler derrière les trombes d'eau, puis je me tourne prudemment vers Pirkko.

— Pour Mats, c'est forcément une erreur. Mais pour William… Il y a une justice dans ce monde, finalement.

93

Emily

— Tu ne veux pas plutôt venir à la maison ? propose Gittan en se retournant sur son siège tandis que nous passons devant la Maison de la Télévision. Tu peux rester aussi longtemps que tu le veux.

— C'est gentil, mais je suis épuisée. Et puis, j'ai besoin d'être un peu seule.

Je crois surprendre une lueur de soulagement dans les yeux fatigués de ma belle-mère. Au début du trajet, elle a tenu un long discours sur l'horreur et la tristesse de cette situation, se posant mille questions à voix haute.

« Pourquoi la police a-t-elle convoqué William au poste ? Ont-ils découvert la cause de la mort d'Erik ? C'est forcément un suicide, non ? Pardon, Emily, mais c'était quand même un garçon un peu spécial, non ? Pourquoi on ne nous dit rien ? »

Comme ni moi ni son mari ne lui répondions, elle a fini par se taire.

Krister, derrière le volant, s'éclaircit la voix comme pour parler, mais garde finalement le silence.

Il n'a pas prononcé un seul mot depuis qu'on a quitté Örenäs, et je pense qu'il a de bonnes raisons de s'inquiéter. Si je le connais bien, ce n'est pas tant la mort d'Erik qui le préoccupe que l'éventualité que la vérité éclate sur les circonstances de l'accident de voiture. Et William, risque-t-il de craquer et de tout raconter sous l'insistance de la police ? C'est possible, mais, au fond de moi, je suis convaincue qu'il ne dira rien. Son entreprise compte énormément pour lui. Avec Ibbe, il a bâti l'empire WibNet à partir de rien, ils y ont consacré tout leur temps, toute leur énergie. Il ne risquerait pas de perdre son projet de vie, tout ça parce que nos pères ont fait une énorme bêtise il y a huit ans.

Je n'ai jamais vu Krister à court de mots. Pour être franche, je trouve même qu'il parle trop. Mais aujourd'hui, je paierais cher pour qu'il ouvre la bouche. Pour qu'il redevienne le beau-père bourru que je connais. Je veux l'entendre râler, donner des ordres et prendre le contrôle de la situation, comme il le fait toujours. En d'autres circonstances, il aurait enfoncé la porte du commissariat et exigé de parler au chef de la police. Il aurait passé des centaines de coups de fil à ses contacts juridiques pour réclamer d'obscures faveurs. Mais, pour l'instant, il doit préférer faire profil bas.

Je jette un rapide coup d'œil à mon téléphone. J'ai plus de cinquante appels manqués et presque autant de messages non lus. Tous ces foutus journalistes me harcèlent pour obtenir une déclaration de William. Ils n'ont aucun scrupule à me contacter alors que je viens de perdre mon frère. J'ai vu des titres défiler dans mon fil d'actualité : « *Un mort au mariage d'une célébrité.* » « Tragédie aux noces des Nihlzén. » « Mystérieux décès au mariage, tout le monde sous le choc. » N'ont-ils pas de sujets plus importants à couvrir ? La guerre et la famine dans le monde, par exemple ?

À contrecœur, je fais défiler tous les messages au cas où une information importante se serait glissée dans la masse. Ce n'est pas le cas. Mais l'un d'eux retient mon attention. Ma tante me dit que ma grand-mère et Ulla sont bien rentrées, tout va bien. Je réagis par un cœur rouge et réactive le son de mon téléphone, au cas où papa ou William chercheraient à me joindre.

Papa. J'ai un nœud à l'estomac. Pourquoi la police voulait-elle le voir ? L'interrogatoire au château ne leur a pas suffi ? Selon moi, mon père n'avait pas plus de raisons que William de retourner au poste. À moins que ça ne concerne cette vieille histoire. Décidément, je n'y comprends rien.

Comme d'habitude, Krister ignore tous les sens interdits et, pour une fois, je lui en suis reconnaissante. Il se gare juste devant le portail. Je m'attends presque à voir des paparazzis surgir derrière le muret de la maison, mais, heureusement, il n'y a aucun photographe à l'horizon. Ils se sont peut-être réfugiés au *Bar Italia* pour échapper à la pluie.

Mes beaux-parents m'aident à rentrer nos valises et les sacs remplis de cadeaux. Le tout est entassé dans l'entrée, la housse de costume posée sur le reste.

— Voilà, soupire Gittan en me serrant dans ses bras. Prends soin de toi, ma chérie. Tu pourrais prendre un bain en attendant William, il ne devrait pas tarder. Ils finiront par comprendre qu'ils perdent leur temps avec lui.

Sur le pas de la porte, Krister marmonne son approbation. Enfin, je crois. Ou maugrée-t-il que ma mère n'a pas forcément tort dans ses accusations loufoques ? Non, je chasse cette pensée, elle n'a aucun sens.

Quand la porte se referme derrière eux, je reste plantée dans l'entrée et regarde les jolis rubans qui dépassent des sacs remplis de cadeaux. Soudain, c'est comme si toutes mes forces me quittaient. Le dos contre le mur, je glisse lentement par terre et reste assise un moment. Je n'ai plus d'énergie, plus de volonté, il ne me reste que de la fatigue.

La sonnerie du téléphone me réveille, j'ai dû m'endormir sur le carrelage. Combien de temps suis-je restée couchée là ? Le volume augmente, je me traîne jusqu'à la console sur laquelle est posé mon portable. Étourdie, je décroche.

— Bonjour, ma puce. C'est maman.

Je me fige.

— Ne raccroche pas, ajoute-t-elle. J'ai appris que William et Mats étaient à Helsingborg et…

Elle a bu. Je l'entends clairement dans sa voix. Je prends une inspiration pour lui hurler quelque chose, mais elle me devance.

— Comment tu te sens, ma chérie ?

Le sol tangue, j'ai une sensation de chute libre. Mais je réussis à tenir sur mes jambes et m'accroche à la colère qui a tranquillement grandi en moi au fil des années.

— *Alors tu es contente ?* (Elle pousse un petit cri de surprise, mais je ne me laisse plus interrompre.) C'est ce que tu voulais, pas vrai ? Tu voulais que tout foire ! Depuis le début, tu rêves que ça vire au cauchemar !

— Pitié, Emily, ne dis pas ça, se met-elle à sangloter. Tu ne peux pas croire une chose pareille, je n'ai jamais voulu…

Sans m'en rendre compte, je me suis avancée vers la baie vitrée donnant sur la mer. Les vagues s'écrasent furieusement sur la promenade qui longe l'Öresund, frappant les quais et les rochers.

— Tu n'as jamais voulu de moi ! Tu m'as détestée dès ma naissance. Tu aimais Erik, mais moi, tu me détestais. Et tu sais quoi ? J'ai appris ce que c'est, l'amour. Maintenant je sais à quoi ça ressemble et j'ai bien l'intention de donner à mon enfant tout ce que je n'ai *jamais* reçu de toi !

Le téléphone me glisse des mains et atterrit avec un bruit sourd sur le parquet brillant.

94

Annika

Mon cœur bat à tout rompre et ma poitrine se compresse douloureusement. Je me redresse sur ma chaise pour reprendre mon souffle, mais la pression ne fait qu'augmenter. Vais-je faire mon premier infarctus ? Papa en a fait deux petits avant que le troisième ne l'emporte. La peur m'étrangle comme une main glaciale. Elle me saisit, m'engourdit le bout des doigts et des lèvres. Est-ce que je vais mourir ? Ici, à la table de ma cuisine ?

Personne ne pleurera ma perte. Si je meurs aujourd'hui, il est fort probable que je pourrirai ici au moins jusqu'à mardi après-midi, quand Pirkko se demandera pourquoi je ne viens pas la relayer au comptoir des prêts. Et si elle ne se posait même pas la question ? Si elle pensait que je suis en arrêt maladie à cause de la mort d'Erik ? Personne ne s'étonnerait qu'une mère prenne un congé maladie à la mort de son fils.

Mon téléphone reste silencieux sur la table, mais les mots d'Emily résonnent encore dans ma tête.

« Tu aimais Erik, mais moi, tu me détestais. »

— Non, bredouillé-je, laissant une larme tomber sur l'écran fissuré. Je t'aimais… Je t'aime toujours…

La main glaciale se referme plus fort encore. Je prends une profonde inspiration, compte jusqu'à cinq, puis expire au même rythme. Je compte encore et encore, utilise les chiffres comme un mantra. On dirait que ça fonctionne, la pression s'estompe un peu. Je m'appuie contre le dossier de la chaise et regarde autour de moi comme pour la première fois. Les rideaux, les plantes vertes, les torchons et les maniques. L'énorme moulin à poivre que m'a offert Erik pour Noël l'année où il est parti vivre à Göteborg. Il lui a coûté cher, j'ai vu le prix de ce genre d'article dans une boutique de matériel de cuisine de luxe au centre commercial Triangeln. C'était peut-être sa façon à lui de me demander pardon. *Excuse-moi, maman. Pardon de t'avoir abandonnée.*

À côté du moulin à poivre, il y a le cubi de vin. Quelques litres pour oublier et soulager sa peine dans un emballage recyclable. Celui ou celle qui retrouvera mon cadavre sur cette chaise, ou plutôt par terre, pensera sûrement que j'étais une femme triste. Pas d'amis, pas de famille. La dernière chose qu'elle a bu, c'est du vin pas cher en cubi importé d'Australie.

Je laisse les larmes couler, renifle, m'essuie sur la manche de mon pull. Qui s'en soucie ? Personne n'en a rien à faire. Personne.

Quand je relève la tête, Kafka est assis sur le pas de la porte. Ses yeux jaune-vert brillent comme des étoiles sur un ciel d'encre. Par une sorte de sixième sens, il semble comprendre que j'ai besoin de réconfort et veut me rappeler qu'il est là. Je soupire. À quoi bon se voiler la face ? On sait tous les deux que notre relation est bancale. J'aime mon chat, mais lui, il aime seulement manger.

Sans un bruit, il avance vers moi et me fixe de son regard insistant.

— Tu veux venir ? m'étonné-je. D'habitude, tu ne grimpes jamais pour un câlin.

Kafka ne bouge pas d'un poil et soutient mon regard. Je recule à peine la chaise pour faire de la place entre la table et moi. Une minute plus tard, le chat noir de jais se retrouve blotti sur mes genoux. J'enfouis mes doigts dans sa fourrure épaisse et m'efforce de faire taire la voix d'Emily. La main glacée a relâché mon cœur, mais son écho résonne encore dans ma tête. Sous le regard stellaire de mon chat, je me force à écouter les paroles tranchantes de cet écho qui creusent une entaille brûlante dans mon âme.

« J'ai bien l'intention de donner à mon enfant tout ce que je n'ai jamais reçu de toi. »

« Mon enfant » ? Ai-je bien entendu ? Emily est-elle enceinte ?

Non, c'est impossible. Elle s'est mariée hier, je l'ai vue trinquer avec les autres. Ou était-ce sans alcool ? Je n'en sais rien, je ne m'intéressais qu'à mon vin. Mais sa robe était moulante, il n'y avait pas le moindre indice d'une grossesse. Elle ne peut pas être enceinte.

Un enfant. Celui d'Emily. Un petit-fils ou une petite-fille.

Je serais mamie.

Pendant quelques minutes, j'envisage de devenir grand-mère. Mats serait alors papi. *Mats*. Et lui, dans tout ça ? Je repense à ce qu'a dit Pirkko. William et Mats étaient tous les deux convoqués au commissariat d'Helsingborg aujourd'hui pour un interrogatoire complémentaire.

Oui, c'était bien ça, un interrogatoire complémentaire. J'y réfléchis un moment, cherche une explication. Que William soit au poste, ce n'est pas surprenant, il doit avoir pas mal de choses à expliquer. Mais Mats ? Qu'est-ce qu'ils peuvent bien lui vouloir ?

Je m'empare de mon téléphone et cherche le numéro de mon ex-mari dans mes contacts, puis lance l'appel. Pendant que ça sonne, je me réjouis intérieurement que ce potentiel petit-enfant ne soit pas né aujourd'hui. Avec un papa et un grand-père interrogés par la police, tu parles d'un départ dans la vie.

La tonalité cesse, le répondeur se déclenche. Bon, tant pis si je perds définitivement ma place au paradis, ma décision est prise. Je repose doucement Kafka sur le sol. Il me faut du vin. Tout de suite.

95

Mats

Je tuerais pour un snus, mais la boîte est restée dans ma valise. Le dossier de la chaise me fait mal au dos. Je ferme les yeux et essaie de me détendre. Chose impossible, et c'est probablement le but de cet interrogatoire qui dure depuis des heures.

Je n'aurais pas dû leur cacher cette histoire d'ordinateur, c'était idiot. J'aurais dû leur dire la vérité dès le début. J'ai prétexté qu'Erik voulait me faire relire un texte qu'il avait écrit, et, même s'ils ont flairé le mensonge, ils ne pouvaient pas me reprocher d'avoir ouvert l'ordinateur de mon fils, ce n'est pas interdit par la loi. En plus, Nike l'a remis à la police ce matin.

Du bruit à la porte me fait rouvrir les yeux. Henric Lunde et Jessika Borneklint Fager entrent dans la pièce. Le premier tient une tasse de café. On m'en a proposé, ainsi qu'un sandwich, mais je n'ai pas l'intention de camper ici. Je veux rentrer chez moi.

Lunde jette une pochette en plastique sur la table et s'assied en face de moi. Borneklint Fager retrouve également sa place de tout à l'heure. Leur expression ne me dit rien qui vaille. Ils ont presque l'air satisfaits.

J'étire mes jambes sous la table et mes bras en arrière pour réveiller mon corps raide. À partir de maintenant, c'est décidé, je reprends le contrôle de la situation et ne laisserai plus ce flic arrogant mener la danse.

Sa collègue enclenche l'enregistrement, pose le téléphone devant elle, puis énonce d'une voix monocorde la date, l'heure et les personnes présentes à l'interrogatoire. J'attends qu'elle ait terminé pour protester :

— Bon, ça devient absurde. Vous me gardez cloîtré ici depuis des heures et je ne sais même pas pourquoi. Qu'est-ce que vous me voulez, au juste ? Vous pensez que j'ai tué mon propre fils, c'est ça ? Si vous vous trompez, il vaudrait mieux vous concentrer sur la recherche du véritable meurtrier, vous ne croyez pas ?

Le mini Hitler reste imperturbable.

— Nous n'avons toujours pas classifié l'affaire en crime. Nous suivons plusieurs pistes parallèles, aucune n'est écartée, pas même celle d'un tragique accident. (Il sort un papier de la pochette en plastique.) Et je vous prie de nous excuser de vous avoir retenu aussi longtemps, mais nous attendions une autorisation.

Toute mon assurance s'effondre.

— Hum… Quel genre d'autorisation ?

— Celle d'une perquisition à votre domicile, m'informe Borneklint Fager.

— *Quoi* ? m'écrié-je en me relevant partiellement. Comment ça ? Pourquoi ? Vous ne pouvez pas entrer chez moi comme ça…

— Tout juste, confirme Henric Lunde en bombant le torse. D'où la demande d'autorisation. Il ne s'agit pas seulement d'entrer chez vous, mais aussi d'accéder à votre ordinateur.

Je balaie frénétiquement la pièce du regard à la recherche d'une caméra cachée, car c'est forcément une blague grotesque, un gag de mauvais goût où tout le monde tombe de sa chaise ou se met à chanter à tue-tête. Mais non, l'ambiance n'est clairement pas à la fête.

Ma vision se brouille, je me rassieds.

— Je ne comprends pas. Si vous ne m'accusez pas, pourquoi vouloir fouiller dans mon ordi ?

— Je vais vous le dire, se réjouit l'enquêteur en se carrant au fond de sa chaise. Nos techniciens ont consulté celui de votre fils ce matin et ont trouvé un détail intéressant au vu de la conversation que nous avons actuellement avec votre gendre. (Il désigne d'un geste évasif le mur derrière lui.) Vous le savez peut-être, William Nihlzén se trouve dans la pièce voisine.

J'ai la tête qui tourne et un poids lourd sur l'estomac. William a-t-il finalement craché le morceau sur l'accident ? Comment peut-il être aussi con ?

Je jauge les policiers et cherche à mesurer ce qu'ils savent.

L'enveloppe que j'ai trouvée dans la housse d'ordinateur d'Erik contenait précisément ce que je craignais : une confession. Une lettre manuscrite de plusieurs pages dans laquelle il a détaillé la façon dont l'accident s'est produit. Depuis le moment où il a tiré sur le bras de William alors qu'il conduisait jusqu'à celui où Krister et moi avons caché dans le bosquet le cadavre du piéton renversé avant de le transporter jusqu'à Häckeberga la nuit suivante.

Cette lettre est dans ma valise et en route pour Malmö avec Isobel en ce moment même. Il n'en existe probablement pas de copie numérique. Si Erik a choisi de l'écrire à la main, ce n'est pas pour rien. Il devait craindre que l'authenticité d'une version numérique ne soit remise en question. Alors, si ce n'est pas la lettre, qu'est-ce que les flics ont pu trouver ? Et qu'est-ce que William leur a raconté pour qu'ils s'intéressent à *mon* ordinateur ?

— Qu… (Je déglutis et me reprends.) En quoi ce que vous avez retrouvé dans l'ordinateur d'Erik a-t-il un rapport avec moi ?

Lunde sort une feuille de la pochette posée sur la table.

— Ceci est un relevé à votre nom auprès d'UBS. Le 1er août, un dépôt de quinze mille couronnes[1] a été effectué sur ce compte. La même somme y est déposée le premier de chaque mois, et ce depuis aussi longtemps que l'on a pu remonter.

Mon cerveau tourne à plein régime. UBS ? Quinze mille couronnes tous les mois ? Je nage dans le flou, à tel point que le mini Hitler doit répéter sa question.

— Mats Brandt, pouvez-vous nous confirmer que ce compte est bien le vôtre ?

— Non, m'indigné-je. Bien sûr que non. Je n'ai d'ailleurs jamais entendu parler d'UBS. Qu'est-ce que c'est ?

Il se penche sur la table et peine à dissimuler son agacement.

— Réfléchissez bien. Si vous mentiez à ce stade, ce serait très grave.

— Mais putain ! m'emporté-je, poussé à bout. Je vous jure que ce compte n'est pas à moi ! D'où vous tirez ces conneries ?

Je chausse mes lunettes et m'empare sèchement du papier. Sous le logo dans le coin, il est écrit « United Bank of Switzerland ». Puis s'ensuit une longue série de chiffres et, juste en dessous, on peut lire noir sur blanc : « Titulaire du compte : Mats Brandt. »

1. Environ 1 300 euros.

96

Emily

Le téléphone sonne quelque part dans l'appartement. Je ne bouge pas de mon canapé et la sonnerie finit par s'éteindre. C'est sûrement encore maman. Ou l'un de ces journalistes qui refusent de nous ficher la paix. À peine le téléphone s'est-il tu qu'il se remet à brailler. Et si c'était Amanda ou William ? Non, il en faudra plus pour me faire lever.

Mon grand frère est mort. Mon père et mon mari ont passé l'après-midi en garde à vue. Dites-moi que c'est un cauchemar. Un cauchemar qui paraît affreusement réel.

Notre mariage était censé célébrer notre amour dans toute sa beauté, et il a viré à l'échec total. J'ai soutenu à ma mère que je savais ce qu'était l'amour, mais puis-je vraiment l'affirmer ? Serai-je capable d'apporter amour et sécurité à mon enfant après tout ça ? Ou vais-je finir comme elle : seule, amère et rejetée par tous ceux qui ont un jour compté pour moi ?

Non ! Non, non et non.

Je sens monter un vent de panique. Je ne finirai pas comme elle, William et moi devons rester soudés. Rien de tout ce qui s'est passé ne doit affecter notre enfant. *Jamais.*

Après le divorce, ma mère était au fond du trou et mon père ne s'en est jamais vraiment rendu compte. Bien sûr, il m'a soutenue deux ou trois fois quand la situation était vraiment critique, mais, le reste du temps, je souffrais en silence. J'aurais certainement pu esquiver la garde de maman une semaine sur deux, mais je ne pouvais pas l'abandonner. Si j'avais emménagé à plein temps chez papa et Isobel, elle aurait sombré définitivement dans l'alcool et aurait fini seule dans la rue.

Après mon bac, la situation semblait enfin se stabiliser et j'ai trouvé le courage de partir. D'abord pour une chambre d'étudiant dans la banlieue de Lund, puis j'ai rapidement emménagé dans l'appartement de William au centre-ville. Maman a réussi à garder son travail et son logement sans que je veille au grain, et la dernière fois que je l'ai vue soûle comme hier remonte à très loin. Il faut dire que je ne sais plus ce qu'elle a l'habitude de boire, on ne se voit presque plus.

Les sanglots que je réprime sont trop forts, ils me compriment le cerveau. Alors j'ouvre les vannes, fonds en larmes, frappe les coussins du canapé et crie à pleins poumons. Mon hurlement me fait peur, on dirait un animal à l'agonie.

Je me tais et tends l'oreille. Qu'est-ce que c'était ? Quelqu'un frappe à la porte ?

— Allez tous vous faire foutre ! leur hurlé-je en sachant pertinemment qu'ils ne peuvent pas m'entendre dehors sous la pluie.

Mon téléphone se remet à sonner. *Mais bordel…* À contrecœur, je rejette mon plaid et suis la sonnerie entêtante jusqu'à retrouver mon portable par terre. À la porte, on frappe avec insistance. Ils n'ont rien de mieux à faire ? Le téléphone à l'oreille, je sors sur le balcon et me penche par-dessus la balustrade.

— Emily ! s'écrie Cissi dans le combiné à la seconde où je l'aperçois en bas.

Il fait si gris qu'on se croirait en pleine nuit alors que c'est encore l'après-midi. L'éclairage extérieur s'est allumé et la mer n'a pas fini de se déchaîner. Mon amie m'aperçoit et me fait de grands signes. Les coups à la porte s'arrêtent.

— Bon sang, Emily, tu m'as fait peur ! L'interphone est encore en panne ? Tu m'as foutu une de ces trouilles ! Tu peux m'ouvrir ?

Mon réflexe serait de dire non.

Je n'ai pas la force de lui parler.

Ni l'envie, d'ailleurs.

Mais Cecilia Björling ne se laisserait pas éconduire aussi facilement. Si je ne lui ouvre pas, elle est capable d'escalader le balcon pour forcer le passage. Dans le genre têtue, il n'y a pas pire.

— Quel temps de merde, grommelle-t-elle en laissant des traces mouillées sur le sol, ses cheveux aplatis par la pluie. Vous avez eu de la chance, hier… (Aussitôt, elle plaque une main sur sa bouche.) Excuse-moi. Oh, mon Dieu, pardon. Je ne voulais pas…

— Ne t'inquiète pas. Je suis trop épuisée pour jouer sur les mots.

— Je sais, c'est pour ça que je suis là. (Elle range ses baskets dans le meuble à chaussures, retire son imperméable et ramasse le sac en papier qu'elle a posé sur le sol.) Tiens, c'est pour toi. Enfin, pour nous. Burgers, frites et supplément sauce. J'ai appris pour William et ton père, je me suis dit que tu n'aurais pas la force de te préparer à manger et qu'un peu de compagnie te ferait du bien. (Son regard se fait hésitant.) Ça ne te dérange pas ? Je peux partir, si tu préfères.

Une bienveillance qui provoque un nouveau débordement d'émotions. Une fois lancée, je suis incapable de calmer le flux de larmes qui s'écoule sur mes joues.

Cissi repose le sac pour me prendre longuement dans ses bras.

— Ma pauvre chérie.

Elle ne me souffle pas que tout va s'arranger, il faudrait être idiot pour promettre une chose pareille, mais le contact de sa peau, de sa chaleur, et le fait qu'elle ait fait le trajet jusqu'ici parviennent à soulager un peu mon chagrin.

— On commence par quoi, le burger ou la session papote ?

— Me remplir l'estomac, c'est une bonne idée.

Je suis surprise de penser à manger à un moment pareil, mais je n'ai quasiment rien avalé au petit déjeuner et, tout bien réfléchi, je suis affamée. Cissi me libère pour m'accompagner dans la cuisine, où elle sort les assiettes du placard et déballe le contenu du sac.

— Alors, dit-elle quand nous avons presque fini d'engloutir nos hamburgers. Qu'est-ce qui s'est passé depuis ce matin ? Je veux tout savoir.

Je m'empare d'une serviette et m'essuie soigneusement le contour de la bouche. Le moment est critique. Un souvenir me revient, celui un jour d'été à Lottaparken, quelques mois après l'accident. On parlait d'honnêteté, et Cissi était fermement convaincue que les gens se portaient généralement mieux quand ils ne savaient pas toute la vérité. Elle disait trouver une énorme différence entre mentir et dissimuler la vérité.

— Tu veux la version longue ou la version courte ? lui demandé-je.

— Tu te fiches de moi ?

Le message est clair, je lui résume donc tous les événements de la journée : l'arrivée soudaine de Pirkko, la fausse alerte de maman, puis son coup de téléphone. Une demi-heure plus tard, je suis à nouveau en boule sur le canapé, épuisée par les sanglots et emmitouflée dans mon plaid. Cissi est assise dans le fauteuil de l'autre côté de la table, les jambes tendues sur le repose-pied.

— Mon Dieu, murmure-t-elle à la fin de mon récit. C'est dingue. Écoute, je ne devrais peut-être pas te le dire, mais l'*Aftonbladet* et l'*Expressen* en ont fait leur une aujourd'hui.

Nous observons un silence. Paupières closes, j'essaie vainement de calmer mes pensées, qui fusent à vive allure.

— La police croit vraiment que William est impliqué dans la mort d'Erik ? finit par soupirer mon amie.

— Aucune idée.

— Et toi ? (Son changement de ton me fait rouvrir les yeux.) Tu crois que c'était lui ?

— Non.

J'aurais aimé répondre sans hésitation, pourtant il me faut quelques secondes pour ajouter :

— Bien sûr que non.

97

Mats

Je relis mon nom pour la énième fois et transpire comme un bœuf. Je ne comprends pas ce que ça vient faire là. Quelqu'un essaie de me piéger ? Mais pourquoi ? Et en quoi ce compte bancaire ouvert dans mon dos peut-il me porter préjudice ?

— Il y a erreur, finis-je par dire. Ce compte n'est pas à moi. (En levant les yeux, je croise deux visages impassibles et me sens forcé de poursuivre.) Si je comprends bien, vous avez trouvé ce relevé…

— Dans l'ordinateur d'Erik, confirme Henric Lunde, autoritaire. Et je précise qu'il n'y a rien d'illégal à posséder un compte en Suisse. Mais, l'expéditeur n'étant pas mentionné, nous souhaiterions savoir d'où provient cet argent.

J'essaie de remettre un peu d'ordre dans mes pensées. Pendant ce temps, les deux policiers me sondent avec impatience. Lunde tambourine des doigts sur la table tandis que Borneklint Fager demeure parfaitement immobile. Au loin, dans le couloir, une porte claque.

Quinze mille couronnes par mois. Une pensée fugace me traverse, mais m'échappe avant que je n'aie le temps de la saisir. Tout à l'heure, le flic a affirmé qu'un détail dans le discours de William avait attiré leur attention sur ce compte bancaire. C'est forcément lié à l'accident. Quoi d'autre ?

En même temps, si William avait révélé notre secret, Lunde aurait fait allusion à l'accident. Il aurait été plus précis, plus accusateur dans ses questions.

— Bon, qu'est-ce qu'on fait ? s'impatiente le mini Hitler en retroussant les manches de sa chemise, comme prêt pour la baston. Vous n'avez aucun intérêt à rester ici des heures en cherchant un bobard qui tiendrait la route. Contentez-vous de nous dire la vérité.

C'est alors que je saisis la pensée fugace qui m'a traversé l'esprit tout à l'heure. Je n'ai plus qu'à développer ma théorie sans trop m'approcher de la vérité. S'ils ne l'ont pas déjà découverte. En tout cas, mini Hitler a raison sur un point : je ne peux plus mentir, ça ne ferait qu'aggraver les choses.

— Je pense que c'est Erik, finis-je par dire. C'est lui qui a dû ouvrir ce compte.

Lunde hausse les sourcils.

— On ne peut pas ouvrir un compte au nom d'une personne majeure tierce sans son consentement. Du moins, pas en Suède.

— Je sais, mais mon fils portait le même prénom que moi. Il s'appelait Mats Erik Theodor Brandt. Puisque vous avez retrouvé le relevé dans l'ordinateur d'Erik, j'en déduis que…

En relevant les yeux de la feuille de papier, je m'aperçois que le flic a les lobes d'oreilles rouges comme des gyrophares.

— Mais…

Je l'interromps :

— Vous devez savoir que ce genre d'erreur se produit souvent quand le prénom d'usage n'est pas celui noté sur les papiers d'identité. C'est d'autant plus compliqué à expliquer à une institution étrangère. Je suppose que mon fils n'a pas voulu se fatiguer à corriger l'erreur quand il s'en est aperçu.

Je verse un peu d'eau dans l'un des verres posés sur la table, repose la bouteille et ajoute :

— Ce compte appartient probablement à Erik. Je n'ai aucune idée d'où vient cet argent. Si vous contactez la banque, je parie qu'elle ne vous donnera ni mon numéro de passeport ni celui de ma carte de sécu. Car vous ne l'avez pas encore contactée, je me trompe ?

— C'est en cours, se défend Borneklint Fager, visiblement mal à l'aise. Les banques sont difficilement joignables un dimanche après-midi.

Elle se tourne vers son collègue et ce dernier hoche la tête, conclut l'interrogatoire et me prie de rester assis avant de s'éclipser dans le couloir. Pendant ce temps, je vide mon verre et m'appuie contre le dossier dur en jetant un coup d'œil à la policière qui tape sur son clavier. Je devrais être soulagé d'être bientôt libéré, mais suis seulement saisi par une profonde tristesse. Elle déferle en moi, immense, noire et lourde.

— Vous vous sentez bien ? Je peux vous apporter quelque chose ?

Je ne réponds rien et me contente d'essayer de garder la tête hors de l'eau.

Quand on a rendu visite à Erik au début de sa rééducation à Orup, j'ai tout de suite senti que quelque chose clochait. Un nouvel épisode à notre tragédie. Dès qu'Annika a quitté la pièce pour parler au médecin, mon fils m'a confié que Krister était passé quelques jours plus tôt pour lui proposer de l'argent en échange de son silence.

Sur le coup, je n'ai pas compris où était le problème. À mon sens, il devait accepter cet argent, car, en gardant cette histoire pour lui, il ne protégeait pas seulement les autres, il préservait également son propre avenir. Quelques semaines plus tôt, il m'avait avoué avoir causé l'accident en attrapant William par le bras alors qu'il conduisait. Erik était désespéré, il voulait se dénoncer à la police, mais je lui ai conseillé de ne parler à personne de ce détail. Il était handicapé, n'avait-il pas déjà assez payé ?

Franchement, je trouvais Krister idiot. J'étais presque certain que mon fils aurait gardé le silence quoi qu'il arrive, avec ou sans pot-de-vin. C'était avant de constater les dégâts de la culpabilité quand elle se met à ronger quelqu'un de l'intérieur. Elle ne disparaît pas avec le temps, bien au contraire, elle gagne du terrain.

Je n'ai jamais su la forme que prenait cet arrangement entre eux, je pensais que Krister avait viré une grosse somme en une seule fois. Visiblement, le marché consistait en un revenu mensuel non imposable de quinze mille couronnes. Peut-être qu'il a également reçu un premier acompte généreux, allez savoir. Je comprends mieux comment Erik a réussi à s'en sortir avec si peu de commandes de piges. Cette histoire s'ajouterait aux bonnes raisons qu'aurait eus Krister de se débarrasser de mon fils.

J'entends des pas dans le couloir, Henric Lunde réapparaît dans l'encadrement de la porte. Sa coiffure impeccable paraît soudain ébouriffée.

— Bien, dit-il en entrant. Nous avons tiré des conclusions hâtives et vous prions de nous en excuser.

Je hoche la tête, trop fatigué pour l'enfoncer davantage. À ce stade, j'ai seulement besoin d'une dernière réponse :

— Erik a-t-il été assassiné ?

Son regard bleu glacial croise le mien.

— Je vous l'ai déjà dit, nous ne pouvons pas répondre à cette question.

98

Annika

Ce mardi démarre au ralenti. J'ai profité de mon lundi de congé pour noyer mon malheur dans mon cubi de rouge. J'ai dû le terminer dans la soirée, car, au vu des restes sur la table basse, j'ai conclu ma session par les derniers fonds de bouteille de mon bar, notamment du cointreau et un vieux porto.

J'estimais avoir de bonnes raisons de lever le coude et le pense toujours, mais, ce matin, je regrette mon bouquet final. Je prends mon service à midi, il me reste peu de temps pour me remettre d'aplomb. J'ai le crâne enfermé dans un étau et la bouche à la fois sèche et pâteuse. J'ai un reflux d'acide au goût de liqueur d'orange et dois m'adosser au canapé pour ne pas vomir. Pour autant, je n'ai pas l'intention de me faire porter pâle. Mieux vaut avoir un boulot quand on se retrouve à découvert toutes les fins de mois. Et puis, mon travail sera le bienvenu, il m'aidera à ne pas sombrer complètement.

Hier, j'ai passé toute la journée sur mon canapé avec mon vin rouge. Je n'avais pour d'autres compagnons que mon chat, mon téléphone et une pile d'albums photo. Deux d'entre eux sont intitulés « Mon premier anniversaire », l'un est bleu, l'autre rose. Je n'ai pas réussi à ouvrir le bleu. Y parviendrai-je un jour ? Quant au rose, il est moins épais. C'est souvent le cas pour le deuxième enfant, non ? Les parents, les mères surtout, ont moins de temps pour s'occuper des souvenirs du second avec deux petits en bas âge qui se disputent leur attention.

Emily n'a rien posté sur Instagram depuis samedi matin. La dernière photo montre ses préparatifs avec ses demoiselles d'honneur. J'ai consulté les comptes de quelques célébrités invitées au mariage ; pour l'instant, personne ne s'amuse à spéculer sur la mort d'Erik et c'est tout à leur honneur. Plusieurs ont publié de nombreuses photos de la cérémonie et il n'y a pas vraiment de raison de les retirer. Après tout, William et Emily sont toujours mariés.

Évidemment, j'ai cherché sur Google ce que les journaux avaient à dire de l'événement. La presse à scandales s'est empressée d'évoquer longuement le « mystérieux décès lors d'un mariage de princesse en Scanie ». Ils ont réussi à obtenir les témoignages de quelques connaissances des mariés et de proches de ces connaissances – ceux-là n'étaient même pas invités à la noce – rapportant que c'est « terriblement effrayant » et « tellement tragique ».

Le *Sydsvenskan* a publié une brève dans son édition d'hier. Un tout petit encart relativement sobre, se contentant de constater la mort d'un jeune homme de vingt-sept ans dans des circonstances peu claires, la police n'ayant pas souhaité faire de commentaire car l'enquête est en cours. Il n'est évoqué nulle part que des personnes ont été placées en détention. On pourrait en déduire que William a été libéré. À moins que la presse n'ait pas reçu de nouvelles à jour de la part des policiers taiseux.

Hier en fin d'après-midi, j'ai eu deux appels manqués de Borneklint Fager. Elle n'a laissé aucun message et n'a pas décroché quand je l'ai rappelée. Je réactive le son de mon portable, au cas où elle retenterait aujourd'hui.

Mats a été libéré, il m'a réveillée ce matin par un coup de fil. D'après les nouvelles que lui a données la police hier soir, ils n'ont rien de nouveau. Par ailleurs, on est convenus de se retrouver demain à la morgue. Je veux voir mon Erik une dernière fois, et suis sincèrement soulagée de ne pas avoir à m'y rendre seule. Emily n'a pas voulu m'accompagner et, au fond, c'est tant mieux. Ce serait trop dur de la voir là-bas.

Je m'empare de l'album rose et feuillette les quelques pages en carton sur lesquelles sont collées des photos. Une petite Emily cramoisie hurle à pleins poumons sur ma poitrine peu après l'accouchement. J'ai les yeux fatigués, mais remplis de bonheur. Sur la page suivante, je suis derrière Emily dans sa poussette, et son grand frère se dresse fièrement sur la pointe des pieds pour la regarder sous son avalanche de couvertures. Mon cœur se serre. Il aimait sa petite sœur, pas vrai ? Et elle, est-ce qu'elle aimait son frère ?

L'album n'est pas épais, mais le peu de photos qu'il contient sont très révélatrices. Emily, du haut de ses six mois, est assise par terre dans la cuisine avec un livre sur les genoux, soutenue par des coussins pour ne pas tomber. Son grand sourire révèle deux petites dents de lait. Mes mains retrouvent aussitôt le souvenir de son poids dans mes bras, de ses bras potelés tendus vers moi, de son odeur de talc. L'ai-je serrée assez souvent contre moi ? Assez longtemps ?

Ensuite, des photos de son premier anniversaire, chez ses grands-parents à Örebro. Mon père tient sa petite-fille comme il aurait porté une poupée en porcelaine. Mon tendre papa. S'il avait vécu un peu plus longtemps, qu'aurait-il pensé de tout ça ? De l'accident et des années qui ont suivi ? Aurais-je vécu ces épreuves différemment si j'avais eu mes parents ?

Je repose l'album et prends une profonde inspiration.

Comment Emily peut-elle m'accuser de ne jamais l'avoir aimée ? C'est tellement injuste. Tellement méchant.

Juste après le divorce, je ne devais pas être très amusante. Mes finances étaient serrées, j'étais au fond du gouffre et buvais parfois un peu trop. On se disputait souvent au sujet des fringues de marque qu'elle me réclamait constamment. Mais on n'était pas en froid pour autant, si ? Je ne me souviens plus. Ce qui est, en soi, plutôt inquiétant. Ces années-là, celles où Mats puis Erik m'ont abandonnée, sont enfouies dans les tréfonds de ma mémoire.

Emily a quitté le nid dès qu'elle a fini le lycée. Était-ce à cause de moi ? Je ne crois pas. Beaucoup de jeunes prennent leur envol dès que l'occasion se présente. Ma fille a toujours été indépendante, elle a toujours préféré se débrouiller toute seule. Non, ce qui a pourri notre relation, c'est le jour où elle a débarqué à la maison au bras de William Nihlzén. Quel choc. Comment pouvait-elle lui pardonner tout le mal qu'il avait causé à notre famille ? J'ai essayé de la dissuader. Ne comprenait-elle pas qu'il allait causer sa perte ? Elle refusait de m'écouter et, aujourd'hui, voilà le résultat.

L'écran de mon téléphone reste noir. Si je l'ai appelée, ce n'était pas pour lui dire « je te l'avais bien dit », mais parce qu'elle est tout ce qu'il me reste, parce que c'est ma fille et qu'un enfant a besoin de ses parents. Bien sûr, elle avait aussi besoin de moi après le divorce, mais je suis là maintenant, prête à lui demander pardon pour ce qu'elle peut avoir à me reprocher. On se verra plus facilement quand William sera sorti de sa vie – après tout ça, je ne donne pas cher de leur couple. Encore faudra-t-il qu'Emily m'offre une seconde chance.

En voyant l'heure, je constate que la matinée a déjà filé et me lève. Kafka dort paisiblement en bas du canapé et échappe de justesse à mon pied. Mon regard est attiré par quelque chose sur le tapis, près du chat qui s'est endormi dessus.

— Qu'est-ce que tu caches, Kafka ?

Je me penche pour tâtonner sous sa fourrure noire. La bête ouvre un œil indigné, mais me laisse soulever sa patte arrière pour ramasser l'objet.

C'est un beau bracelet de perles. Un malaise m'envahit. Je l'ai déjà vu quelque part. Par réflexe, je prends mon téléphone posé sur la table et cherche des photos du mariage sur Instagram.

Là, au poignet d'Emily.

Je soupèse l'objet dans ma paume, ressens la lourdeur des perles lisses, et l'image d'Erik m'apparaît soudain à l'esprit. Son fauteuil renversé, les cris tranchant la nuit. Je contemple mon sac à main renversé sur la table basse, l'ouverture béante tournée vers le sol où Kafka s'est installé, et j'ai la chair de poule.

Ma mémoire turbine, méthodique, et creuse dans des couches d'informations sans importance. Soudain, je m'y revois. Mes doigts raides et froids dans l'herbe humide, se refermant sur un objet, juste à côté du corps d'Erik.

Comment ce bracelet a-t-il atterri là ?

Je déglutis péniblement.

Emily ?

Cette prise de conscience s'abat sur moi comme un oiseau lourd et pataud qui se débat dans ma poitrine, plante ses griffes et me picore le cœur à coups de bec.

99

Mats

La porte de la morgue se referme derrière nous et nous restons en silence sur le parking. Il fait encore chaud dehors. L'ombre des arbres s'étire en longueur sur l'asphalte et une vague odeur d'essence plane dans l'air. Annika fouille dans son sac à main, en sort un mouchoir et se mouche longuement.

— Ce n'est pas juste, renifle-t-elle en tapotant ses yeux avec son mouchoir. Erik était si jeune, il avait toute la vie devant lui. Il était déjà handicapé, est-ce que ça ne suffisait pas ?

— Il n'y a…

Le regard tourné vers le ciel dégagé, j'aperçois une traînée blanche en direction de l'aéroport de Copenhague. Le métal de l'avion scintille au soleil. Je me reprends :

— À mon sens, il n'y a pas de justice. On dit que tout le monde a sa part de malheur, mais… certains en ont plus que d'autres, c'est tout.

Je commence à marcher vers la voiture, Annika m'emboîte le pas.

— Tu as eu des nouvelles de la police ? Sur la cause du décès ?

— Non, réponds-je sans m'arrêter de marcher. Rien de nouveau. On sait juste qu'il est mort d'un traumatisme crânien. Mais ils n'ont pas déterminé les circonstances.

Je m'attends à l'entendre déblatérer une autre tirade dont elle a le secret et qui viserait directement William, mais, bizarrement, elle contourne la voiture en silence pour s'asseoir sur le siège passager. Je m'installe derrière le volant, démarre le moteur et quitte mon emplacement en marche arrière.

On roule sans rien dire, fixant tous les deux la route. Je me tiens prêt à une explosion, à des pleurs, des cris, des lamentations ou que sais-je. Cette fois, je ne pourrais pas lui en vouloir.

Sur la voie d'accélération de l'autoroute, elle prend finalement une profonde inspiration.

— Tu as… (Elle hésite à peine une seconde.) Tu as déjà douté de mon amour pour Emily ?

La question me surprend, mais la réponse me paraît évidente.

— Non. Pourquoi ?

Comme elle ne répond pas, j'essaie de comprendre où elle veut en venir. Elle a très peu de contacts avec Emily depuis que celle-ci s'est mise en couple avec William. Mais, au fond, Annika n'a rien contre notre fille. Si elle a pris ses distances, c'est à cause de lui. Elle rejette tous ses malheurs sur son dos : la fin tragique de la carrière prometteuse d'Erik dans le foot, le divorce, la solitude. Combien de fois me suis-je mordu la langue pour ne pas lui dire qu'Erik avait autant sa part de tort dans cet accident ? Mais je ne le pouvais pas, j'aurais risqué de trop lui en révéler.

La mort d'Erik pourrait être l'occasion de lui dire toute la vérité, mais j'ai promis de garder notre secret.

La police nous a libérés en même temps, William et moi, et on s'est croisés dans le couloir. Comme il s'était rendu au commissariat avec la voiture de Robin, il m'a proposé de me ramener chez moi. On a eu tout le trajet pour papoter.

Il a commencé par se justifier. Apparemment, un témoin l'aurait vu arriver en courant de l'endroit où Erik a été retrouvé, c'est pourquoi la police a voulu l'interroger.

— C'est vrai que j'étais dans le parc à ce moment-là, mais je cherchais mon père. J'avais mille questions à lui poser, après ce qu'il m'avait raconté quelques heures plus tôt. Chaque fois qu'on s'était retrouvés pour en discuter, on avait été interrompus.

Il m'a ensuite expliqué qu'Emily était au courant pour l'accident de voiture et qu'ils avaient décidé ensemble de garder le silence.

— Toi, papa et Erik n'avez rien dit pendant huit ans, autant continuer comme ça. Personne n'a l'air d'avoir fait le rapprochement entre la mort du vieux et notre accident, or si on avouait, on détruirait la vie de plein de gens. À commencer par celle d'Emily.

Cette dernière phrase a fini de me convaincre. Ma fille doit passer avant le reste. Elle n'a rien fait de mal. Elle n'a pas demandé à se retrouver au milieu de ce gros tas de mensonges et de mauvais choix. Je suis malade à l'idée qu'elle sache ce que j'ai fait. Elle ne m'a pas encore appelé, mais ça ne saurait tarder. Pour l'instant, elle doit être accablée par le deuil de son frère.

Je regretterai toujours ce que Krister et moi avons fait, ce qu'on n'a pas fait et ce qu'on aurait pu faire différemment. Mais ce que je regrette le plus, c'est ce que j'ai dit lors de la conversation téléphonique avec Erik avant le mariage. Pourquoi l'ai-je forcé à venir à Örenäs ? Était-ce vraiment si important ? Je sentais qu'il allait mal. Si je lui avais dit de rentrer chez lui, il serait encore vivant aujourd'hui.

Je jette un coup d'œil à Annika et attends qu'elle dise autre chose, mais la voiture avale des kilomètres d'autoroute sans qu'elle ouvre la bouche. Elle a le visage fermé et le regard perdu dans les champs baignés du soleil de l'après-midi.

Sur le trajet du retour du commissariat avec William, j'ai essayé de lui tirer les vers du nez. Je voulais savoir ce qu'il avait dit à l'interrogatoire, pourquoi les flics s'intéressaient tant à ce compte bancaire qu'ils croyaient être le mien. Mais mon gendre a prétendu n'avoir rien dit de particulier. Les policiers l'auraient longuement interrogé sur les finances de WibNet, ils ont dû croire que les virements venaient de lui. À moins qu'ils n'aient simplement été curieux : un dépôt régulier anonyme sur un compte suisse, il y a de quoi éveiller les soupçons.

Que se passera-t-il s'ils découvrent que l'argent venait de Krister ? Ces transactions risqueraient-elles de rouvrir une enquête plus approfondie sur les circonstances de la mort d'Erik ?

Mon fils n'a pas été très malin de garder ses relevés aussi accessibles. Il faut dire qu'il ne s'attendait pas à ce que son ordinateur tombe entre les mains de la police.

— C'était par amour, dit soudain Annika quand on prend la sortie de Klågerup et Kvarnby. Si j'ai essayé d'éloigner ma fille de William, c'était seulement par amour pour elle.

On ralentit dans le bouchon causé par les travailleurs qui rentrent de leur bureau en ville pour retrouver leur famille à Bara et Klågerup, dans leur maison avec trampoline, chien et enfants.

— Je sais, lui réponds-je. Franchement, je n'étais pas ravi non plus quand elle s'est mise avec lui. Mais elle est adulte. Et tu ne lui facilites pas la vie en la forçant à choisir entre toi et William.

100

Annika

On étouffe dans cet appartement. J'ouvre grand les deux fenêtres de la cuisine, tire une chaise et m'assieds pour contempler le jardin verdoyant. Les arbres, frêles à mon arrivée ici et en grand besoin de tuteurs solides, ont pris de l'âge. Les troncs ont épaissi et les cimes s'étendent jusqu'à former un toit au-dessus des bancs de la pergola.

À peine suis-je assise que Kafka saute sur mes genoux. Je caresse son dos soyeux et le gratte derrière les oreilles. Pelotonné, il ronronne de plaisir.

Sur le set de table, entre deux photophores, le bracelet semble m'observer. J'arrive à peine à le regarder, c'est comme si chacune de ces perles surveillait le moindre de mes mouvements.

Hier après-midi, évidemment, j'étais incapable d'aller travailler. Personne n'a été particulièrement surpris quand j'ai pris un congé maladie.

— C'est une bonne chose que tu restes un peu à la maison, m'a dit Pirkko quand je l'ai eue plus tard au téléphone. Il faut que tu prennes soin de toi.

J'ai passé l'après-midi en position fœtale. À plusieurs reprises, j'ai composé le numéro d'Emily en raccrochant avant qu'elle ne réponde. J'étais accablée, écrasée par une tornade de colère et de chagrin. Je ne pouvais pas imaginer que mes soupçons soient fondés. C'était impensable, et ça l'est toujours, d'ailleurs. Et puis, je n'ai aucune preuve de ce que j'avance.

J'avais l'intention de partager ma découverte et mes craintes avec Mats quand on s'est retrouvés à Lund en début d'après-midi. Il mérite d'être au courant. En tout cas, j'ai besoin d'en parler à quelqu'un.

Mais, sans savoir pourquoi, je n'ai pas réussi à le dire à haute voix. Peut-être par crainte qu'il se mette en colère. Pas contre Emily, mais contre moi pour avoir osé croire notre fille capable d'une chose pareille. Et puis, il a lâché ce reproche.

« Tu ne lui facilites pas la vie en la forçant à choisir entre toi et William. »

Ces mots me résonnent dans l'oreille, assourdissants, comme gravés dans mon conduit auditif à tout jamais.

Le plan, c'était d'en parler à Pirkko. À peine rentrée, j'avais l'intention de l'appeler pour avoir son soutien. « C'est des conneries ! m'aurait-elle dit. Tu n'as jamais forcé Emily à choisir, tu as seulement voulu la protéger. »

Mais le téléphone est toujours au fond de mon sac à main et va probablement y rester. Serait-ce par manque de force pour parler au téléphone après cette rude journée, ou par crainte que mon amie ne prenne pas ma défense ?

Je jette un bref regard au bracelet et me détourne aussitôt vers la verdure. J'ai envie de boire. Les magasins sont ouverts, je pourrais aller m'acheter une bouteille à vélo, mais mon corps reste vissé sur cette chaise. Je ne vais nulle part. Les yeux de perle me fixent.

Cette visite à la morgue a mis le reste du monde en pause. De voir le visage pâle d'Erik, sans vie sous ce drap… c'était absurde, ça n'avait strictement aucun sens. J'ai dû prendre sur moi pour ne pas m'effondrer.

Hormis au moment de cette visite, Emily et le bracelet ont occupé toutes mes pensées à chaque minute depuis hier. Et des minutes, il y en a eu beaucoup, d'autant plus que je n'ai pas fermé l'œil de la nuit.

J'ai une décision à prendre, mais pas à la légère. Surtout, ne pas se presser. Je dois faire le bon choix, pour le bien d'Emily.

Trois mois après le mariage

101

Emily

Depuis l'autre côté de la rue, je la regarde sortir du bâtiment. Elle porte un manteau rouge que je ne lui connais pas et ses cheveux blonds dépassent sous son bonnet. Elle tient son sac pour le maintenir sur son épaule et promène son regard autour d'elle.

Je fais un pas de côté pour me cacher derrière un escalier. Je veux l'observer de loin encore un peu. Le verrais-je à son visage si elle était sincère ?

Notre rendez-vous devant les locaux des AA est une idée de maman. C'est symbolique, une façon pour elle de me prouver qu'elle assiste aux réunions, que ce n'étaient pas des paroles en l'air.

Elle sort son téléphone de la poche de son manteau, au cas où je lui aurais écrit. Elle enfonce son bonnet plus bas sur ses oreilles et piétine. Il fait un froid de canard à Malmö aujourd'hui, moins sept degrés. J'ai les orteils gelés, mais, avant de sortir de ma cachette, je veux remettre de l'ordre dans mes pensées.

On ne s'est pas revues depuis l'enterrement d'Erik. C'était le pire jour de ma vie. J'ai eu la nausée toute la journée, comme une houle permanente dans mon ventre. Je suis contente de ne pas avoir vomi devant tout le monde, même si j'avais une bonne excuse avec ma grossesse.

Le matin, c'est encore très compliqué. William a pris l'habitude de m'apporter le petit déjeuner au lit avant de partir travailler. C'est adorable de sa part, il fait tout pour que je me sente bien. Entre nous, tout se passe à merveille et les récentes tragédies nous ont encore rapprochés.

Les premières semaines, la presse s'en donnait à cœur joie sur la mort de mon frère, mais heureusement, l'incident semble déjà tombé dans l'oubli. Il est mort d'un violent coup à la tête, on suppose qu'il a heurté une pierre quand son fauteuil s'est renversé. La police n'étant pas parvenue à déterminer les circonstances exactes, elle a clos l'enquête. Je suis surprise que maman n'ait pas remué ciel et terre pour contester cette décision.

Elle regarde à nouveau son téléphone, puis les alentours. Il faut que je sorte avant qu'elle ne s'en aille. Mais j'hésite. Que me veut-elle, au juste ?

Elle souhaite enterrer la hache de guerre, j'imagine. Tout l'automne, elle m'a envoyé des messages pour me tenir au courant de ses progrès sur le chemin de la sobriété ou me proposer son aide si j'en avais besoin. Implicitement, c'est sa façon de me dire qu'elle accepte enfin William. À moins qu'elle cherche seulement à voir grandir son petit-enfant. N'empêche, ai-je vraiment besoin d'une excuse ?

Après tout, ma mère est vivante et juste là, de l'autre côté de la rue, dans son manteau rouge, prête à repartir de zéro. Si j'arrivais à ravaler ma fierté et à oublier tous ses torts, on pourrait reprendre une vie de famille normale. Si j'arrive à pardonner à papa pour ce qu'il a fait avec Krister après l'accident, pourquoi ne pardonnerais-je pas à maman ? D'abord, il me faudrait me pardonner à moi-même.

Mon cœur bat la chamade quand je traverse finalement la rue.

— Bonjour, ma puce. (Nous échangeons une étreinte prudente et je sens la fraîcheur d'un nouveau parfum aux fortes notes d'agrumes.) Comment vas-tu ?

Elle fait un pas en arrière pour me regarder. Son regard s'arrête sur mon ventre, dont on devine difficilement l'arrondi sous ma doudoune.

— Bien, réponds-je d'une voix que j'aimerais moins chevrotante. Et toi ?

Ces deux mots suffisent à lancer la machine. Maman n'a jamais eu de mal à parler d'elle. Elle me raconte qu'elle a repris du poil de la bête et s'est inscrite à un cours de langue. Elle veut apprendre l'italien.

À mi-chemin vers le café, elle propose un détour par le centre commercial. La chaleur qui règne au Triangeln me fait du bien. Maman m'attrape soudain par la manche pour m'arrêter devant la librairie.

— Tu te souviens d'où vient ton prénom ?

— Emily Brontë, opiné-je en regardant les livres exposés en vitrine. J'ai essayé de le lire, mais…

— *Les Hauts de Hurlevent.* C'était trop tôt, tu avais à peine dix ou onze ans. Tu devrais réessayer, c'est un très beau roman.

Petite, elle m'a souvent parlé de l'origine de mon prénom. Elle devait avoir la sensation de sortir du lot par son idée d'inspiration littéraire. Elle me parlait aussi d'Oscar, son petit garçon mort avant d'avoir vu le jour, nommé ainsi en référence à Oscar Wilde. Le prénom d'Erik est plus royal, mais, quand je suis arrivée, maman est revenue à son thème des écrivains célèbres. La connaissant, papa n'a pas dû avoir son mot à dire.

Nous nous enfonçons dans le centre commercial quand elle s'arrête devant une boutique de vêtements pour bébé, et je comprends alors la raison de notre détour. Nous entrons dans la boutique et contemplons les rayons.

— C'est un peu tôt, murmuré-je en caressant un body vert menthe aux motifs de hiboux. On ne sait pas encore si tout se passera bien. Je ne veux pas me porter la poisse.

Maman décroche un minuscule bonnet de son cintre.

— Mais non, il faut rester optimiste et se réjouir au lieu de s'inquiéter. De toute façon, personne ne peut se préparer au pire.

Et elle sait de quoi elle parle. Son conseil me paraît sage, mais difficile à mettre en pratique. Je suis stressée par nature, surtout concernant la vie qui grandit en moi. Je me dis parfois que ce pauvre enfant croule déjà sous des attentes démesurées, avant même d'être venu au monde. Je suis gênée de l'admettre, mais, au fond de moi, j'espère que notre enfant marquera le début d'une nouvelle ère plus belle et plus sereine. Un nouveau départ. Pour moi, mais aussi pour William et maman, pour nos deux familles.

Nous quittons la boutique avec un sac plein de vêtements pour bébé.

— Il me reste aussi des choses au grenier, dit-elle. De toi et d'Erik.

Puis elle marque un silence, pensive. Je n'ose pas lui demander à quoi elle pense.

Nous avons opté pour le café *Hollandia*, dans la rue piétonne. Maman commande un expresso et une brioche au safran, et moi un latte accompagné d'un muffin. Une fois nos manteaux retirés et nos cafés entamés, elle pose son sac sur ses genoux. Va-t-elle prendre une photo de nous, pour fêter nos retrouvailles ? On ne dirait pas, car son sac reste posé là. Elle jette un coup d'œil par-dessus son épaule et se racle la gorge.

— Emily…, commence-t-elle à mi-voix, si bien que je dois me pencher pour l'entendre. J'ai beaucoup réfléchi à tout ça. (Elle plonge lentement la main dans son sac.) Et je ne te poserai aucune question.

Mon bracelet de perles se retrouve là, sur la table.

— Tu as dû le faire tomber. Je l'ai trouvé à côté d'Erik quand il... Enfin, au pied de la côte.

— Comment... À côté d'Erik ? (Mon cœur tambourine dans ma poitrine. J'ai la langue pâteuse, comme engourdie, et prends le bracelet.) C'est bizarre, je ne...

— Chut, dit doucement maman en posant sa paume chaude sur ma main moite d'une sueur froide. Ne dis rien, je ne veux pas savoir. Et je te jure que ça restera entre nous.

Je ferme les yeux et revois encore la scène qui tourne en boucle dans ma tête depuis ce jour-là. Elle défile sans relâche, comme un film d'horreur qui n'en finit jamais.

Erik dans son fauteuil roulant, enveloppé d'un manteau d'obscurité. Les reflets de l'Öresund derrière lui. Ses yeux brûlants. Et ses mots incisifs.

— Alors ça y est, William sait enfin qu'il a renversé quelqu'un ? Il était temps. (La tristesse paraissait soudain l'accabler.) Mais pour l'accident... C'était ma faute, Emily. J'ai tiré sur le bras de William, il a perdu le contrôle de la voiture. En fait... Il m'a dit qu'il avait embrassé Sanja alors qu'elle était avec moi... On était ensemble... Alors j'ai pété un plomb.

Mon frère ne s'arrêtait plus de parler, sa bouche remuait, il répétait qu'il était angoissé, qu'il en avait « marre d'être le pantin de Krister » et qu'il voulait « être enfin libre ». Il avait l'intention de tout raconter. Il voulait soulager sa conscience, il n'arrivait plus à se regarder dans la glace.

J'ai soudain paniqué, la voix stridente :

— Mais t'es malade ? Tu sais que tu vas pourrir la vie des gens ? Si c'est toi qui as causé l'accident, tu pourrais au moins nous en épargner les conséquences ! Pense à la boîte de William, à Ibbe et à tous leurs salariés. Et pense à moi, je...

— Tais-toi, m'a-t-il interrompue. Tu ne me feras pas changer d'avis. Je vais me dénoncer à la police et assumer les conséquences de mes actes. (Il m'a lancé un regard franc.) Tu es forte, tu t'en sortiras. Tu t'en sors toujours.

Cet accident de voiture a brisé notre famille, il a tout détruit. Et le jour de mon mariage, je me retrouvais au milieu des débris de ce qui aurait dû devenir ma nouvelle vie, ma nouvelle famille.

Des étoiles dansaient devant mes yeux. Erik ne se taisait plus. J'ai arrêté de l'écouter, préférant hurler pour couvrir sa voix.

Puis je l'ai entendu crier :

— Emily, *non* !

Le fauteuil roulant semblait flotter dans l'air. Puis, un bruit métallique. Et un choc sourd.

La panique.

Le silence.

Quand, plus tard dans la soirée, William m'a fait part des souvenirs qui lui revenaient de l'accident, je n'ai pas eu besoin de faire semblant, j'étais sincèrement bouleversée, même si je connaissais déjà l'histoire. Je n'ai jamais été autant secouée que ce jour-là.

Aujourd'hui, avec le recul, je ne sais pas comment j'ai tenu le coup, ni comment j'arrive à vivre avec ça sur la conscience. Serait-elle dans nos gènes, cette capacité à nous relever malgré nos erreurs, malgré les conséquences désastreuses de nos actes ?

Je serre le bracelet dans ma main, le souffle court. Comme maman me caresse les doigts, j'ouvre les yeux et la regarde au travers d'un rideau de larmes.

— Je…

J'ai la gorge serrée et peine à sortir les mots qui restent coincés.

— Je te jure, maman, je n'ai pas fait exprès.

Épilogue

Mats

J'accroche la laisse au collier de Zita, puis appelle Zorro et répète le mouvement. Ensuite, je crie en direction du salon, où Isobel est installée dans un fauteuil recouvert d'une peau de mouton, un bouquin sur les genoux.

— On va faire un tour !

Elle marmonne quelque chose et j'ouvre la porte pour descendre les marches du perron. Il fait froid et brumeux en cette soirée de décembre, mais les chiens n'y tiennent plus, ils me tirent sur le gravier où crissent mes pas dans l'allée du jardin, puis vers le trottoir.

— Salut.

La tête de Tommy dépasse de l'autre côté de la haie.

— Salut, réponds-je en vérifiant que j'ai bien pris les sacs à déjections.

Il fait un pas vers moi.

— On ne s'est pas vus depuis un bail. La période a dû être difficile. Tu tiens le coup ?

Depuis le mariage, j'ai fait tout mon possible pour éviter mon voisin. Malgré quelques ratés, j'ai réussi à réduire la fréquence de nos conversations à la boîte aux lettres. Évidemment, il a lu tout ce qui lui tombait sous la main sur ce mariage tragique et cherche à obtenir des potins en exclusivité.

Il peut toujours se gratter.

— Oui, il faut bien. La vie reprend tranquillement.

Tommy hoche la tête comme s'il savait exactement ce que c'est de vivre avec la mort de son fils sur la conscience.

Zorro et Zita jappent et tirent sur leur laisse. Je les désigne du menton en forçant un sourire.

— Bon, il faut que j'y aille.

Le brouillard s'étend sur les terrains de football de Kulladals IP plongés dans l'obscurité. J'emprunte la piste derrière le complexe sportif et avance sans but à travers les quartiers résidentiels. Derrière les rideaux et les guirlandes de Noël, on voit vivre les gens. Les familles. Toutes sortes de familles. Heureuses, malheureuses. Grandes, petites.

Dans les mois qui ont suivi l'accident de voiture, on a vécu un enfer, mais cet automne était bien pire encore. J'aurais pu empêcher la mort d'Erik. Et si je m'étais comporté en adulte responsable, je lui aurais aussi épargné huit années de souffrance.

Heureusement, les fêtes de fin d'année sont bientôt terminées. Pour Noël, on était quatre : Isobel, moi, ma mère et tante Ulla. Sans Erik. Je redoutais ce repas avec sa chaise vide. Il venait rarement nous rendre visite, mais, depuis cinq ans, il avait pris l'habitude de passer Noël avec nous.

Cette année, on ne peut pas dire que l'ambiance ait été festive. On a mangé du jambon et du chou, bu quelques schnaps et chanté sans conviction. La conversation tournait autour de la météo et de la meilleure recette de hareng au curry. Pendant toute cette discussion, je n'ai pas pu m'empêcher de penser que c'était le plat préféré d'Erik.

Comme d'habitude, Emily et William ont passé le réveillon avec les Nihlzén. Ma fille a toujours glorifié ce grand repas organisé par le frère de Krister et sa femme à Ljungshusen. Pour moi, ça m'a tout l'air d'un cauchemar. Je croirais entendre le synopsis du film de Bergman avec un tas de gens, des chiens et des enfants partout dans un joyeux foutoir. Mais Emily adore faire partie de ce chaos.

Le 25 décembre, elle et William nous ont invités à déjeuner. Gittan, Krister et Annika étaient également de la fête. Je suppose qu'ils ont dans l'idée de lancer une nouvelle tradition, pour notre futur petit-enfant.

Ce repas n'était pas très joyeux non plus, bien qu'on ait fait de notre mieux pour éviter les prises de bec. Même Annika a réussi à se tenir tranquille. D'ailleurs, elle n'a pas bu une seule goutte d'alcool et nous a raconté avoir pris sa dépendance à bras-le-corps. C'est prometteur.

En réalité, ma promenade n'est pas si improvisée. Je me retrouve devant la boîte jaune de la poste sur la grand-place. J'enfouis mes doigts saisis par le froid dans la poche intérieure de ma veste. Après seulement une seconde d'hésitation, je soulève le rabat et glisse l'enveloppe dans la fente. La lettre adressée à la préfecture de police de Malmö atterrit sur le lit de cartes de vœux.

Je m'éloigne rapidement, poussé par un sentiment d'urgence qui me fait tirer trop brusquement sur les laisses. En réalité, j'ai tout mon temps, le courrier ne sera pas relevé avant demain, le 31 décembre, et ne sera pas distribué avant deux jours au moins.

Cette année, nous fêterons la nouvelle année calmement ; Isobel et moi passerons le réveillon avec des amis autour de bons plats. Dès le premier de l'an, j'ai l'intention de tout raconter à ma compagne. Je ne veux pas qu'elle apprenne la vérité sur l'accident par quelqu'un d'autre que moi.

Arrivé au croisement de Kulladalsgatan et de Per Albin Hanssons, je mesure l'ampleur de ce que je viens de faire. Je suis secoué de frissons, mais ce n'est pas seulement la lettre ; l'humidité s'infiltre dans tous mes vêtements.

Je crois que j'ai pris la bonne décision. J'avais le choix entre me taire et vivre une vie alourdie par la culpabilité, ou parler et être libre. Après tout ce qu'on a traversé, ma décision m'a paru évidente. Je sais que beaucoup de gens de mon entourage seront touchés quand la vérité éclatera, et ils me haïront pendant un bon bout de temps. Mais les années finiront par panser leurs blessures. J'estime qu'il faut mettre un terme aux mensonges et aux secrets. Erik avait raison, on ne peut pas continuer comme ça. Avec la conscience tranquille, je serai meilleur dans mes rôles de père, de compagnon et de grand-père. Quitte à passer par la case prison.

Bien sûr, on ne sait jamais à l'avance si une décision sera la bonne ou la mauvaise. Celle que j'ai prise ce soir-là de juin, il y a huit ans, était mauvaise. Mon fils a peut-être échappé à la taule et au casier judiciaire, mais il est resté prisonnier de sa culpabilité. À présent, mon devoir est de veiller à ce que son dernier vœu soit exaucé.

Le château d'Örenäs existe, il se situe en banlieue de la ville de Lanskrona. Sa description dans ce roman s'inspire de l'aspect du château avant sa rénovation en 2022. Toutefois, j'ai pris quelques libertés artistiques, notamment dans l'évocation d'un ascenseur qui n'a jamais existé. Concernant les personnages de *Se taire à jamais*, ils sont entièrement fictifs. Cela dit, il n'est pas impossible que vous ayez croisé une Annika à un moment de votre vie.

Remerciements

Ce livre a nécessité l'implication de nombreuses personnes. Parmi elles, je compte notamment Erik Hirschfeldt, Anna Bågstam, Torsten Bengtsson, Johanna Sundbaum et Emilia Parvaneh. Merci à vous pour vos réponses réactives sur mes questions variées allant des oiseaux à l'asphalte en passant par les prénoms persans.

Je remercie Elina Grandin pour avoir, une fois de plus, réalisé une couverture sublime.

Mattias Johnsson m'ayant fait part de son expérience dans l'utilisation d'un fauteuil roulant et Annika Ernulf m'ayant décrit les résultats d'une rééducation post-accident de la route, je tiens à les remercier sincèrement pour leur générosité et le temps qu'ils m'ont consacré.

Merci à Katarina Ehnmark-Lundquist pour avoir lu le texte à ses balbutiements et m'avoir encouragée par ses commentaires pertinents.

Tous mes remerciements à Viveca Smidvall et Martin Eggert pour avoir été disponibles et avoir répondu à mes questions nombreuses et parfois complexes sur la criminalité et le panel des peines encourues ; ainsi qu'à Pernilla Qvarfordh pour son aide au regard des scènes impliquant des soins médicaux.

Anette Eggert, Mattias Edvardsson et Mårten Melin, vous formez le meilleur comité de lecture du monde. Merci pour votre amitié, vos retours et votre sagesse, mais surtout pour votre soutien inébranlable au cours de ce parcours parfois cahoteux. (Mattias, la prochaine fois que tu m'apportes des

conseils au tout début du processus d'écriture, je promets de t'écouter.)
Mes éditrices Helena Ljungström et Elisabeth Watson Straarup, de chez Albert Bonniers Förlag, m'ont permis de sublimer le texte ; je vous remercie chaleureusement pour votre rigueur et votre engagement. C'est très rassurant pour moi de vous avoir à mes côtés, vous et toute l'équipe éditoriale.
Merci à mon agent Christine Edhäll pour avoir tiré sur le frein à main et m'avoir orientée vers la bonne voie, je t'en suis profondément reconnaissante, ainsi que pour tout ce que tu fais pour moi et mes romans. Merci à toute l'équipe d'Ahlander Agency, vous êtes des perles !
À ma mère et à mon père qui, comme toujours, m'ont soutenue et encouragée.
À Micke, Lukas et Elvira, vous êtes tout pour moi.

Achevé d'imprimer en mars 2025
Par CPI Brodard & Taupin à La Flèche
N° d'impression : 3058892
Dépôt légal : avril 2025
Imprimé en France
38122781-1